# 나의
# 첫 글쓰기
# 수업

# 나의
# 첫 글쓰기
# 수업

Writing Lessons

진은진 지음

글쓰기의 두려움을 넘어서는

사람in

# 차례

개성 있는 문장을 쓰세요

임계점을 넘는 끈기와 용기
글이 도저히 안 써질 때

유행어나 비속어를 써도 되냐고요?
자기만의 색깔을 가지세요

글에 진심을 담으세요
품위 있는 사람이 품위 있는 글을 씁니다

부록

헷갈리는 맞춤법
조사와 접사는 붙여서 쓴다
형태는 같은데 쓰임이 다른 경우
문장부호

# 우리 동네 코끼리병원 이야기

우리 동네에는 특별한 이비인후과가 있습니다. 유명 대학 병원의 병원장까지 역임한 분이 퇴임 후 개원한 작은 병원인데 우리 아이들은 '코끼리병원'이라고 불렀습니다. 병원 간판에 코끼리가 그려져 있다는 것이 이유였습니다. 아이들은 그 의사 선생님을 '코끼리 할아버지'라고 불렀고, 할머니랑 병원에 다녀온 날은 '코끼리병원'에 다녀왔노라고 자랑하듯이 이야기하곤 했습니다.

그러던 어느 날 마침 제가 감기에 걸려서 코끼리병원을 가게 되었습니다. 명의라는 소문에 신뢰가 갔고, 아이들에게 말로만 들었던 '코끼리 할아버지'가 궁금하기도 했습니다. 낡은 건물의 좁은 계단을 올라가 아담하고 조용한 병원에서 만난 '코끼리 할아버지' 선생님은 겉보기에는 그저 평범하고 푸근한 동네 할아버지였습니다.

어른이 돼서 봐도 여전히 신기한 반사경을 머리에 쓰고는 긴 대롱으로 콧물을 빼주고 목에 약을 칙칙 뿌려주셨습니다. 그것으로 진료는 끝이었습니다. 얼른 낫고 싶은 마음에 주사를 한 대 놔달라고 했더니 필요 없다고 고개를 저으셨습니다. 그러고는 제 무릎을 툭툭 치면서 "걱정 안 해도 돼요. 약 먹으면 금세 나을 거야"라고 하시는 거였습니다. 제가 어린애도 아닌데 말이지요.

약국에 처방전을 내밀고 받은 약도 몇 알 안 됐습니다. 재채기, 콧물, 인후염, 두통, 고열에 몸살까지 증상이 한두 개가 아닌데 약은 소화제 포함해서 세 알 정도였습니다. 약도 딱 3일 치였습니다. 일주일 치 처방해달라고 할걸, 하는 뒤늦은 후회를 하면서 약을 받아 들고 집으로 돌아왔습니다. '애기들을 위한 병원인가 보다. 약 다 먹으면 다른 병원에 가봐야겠다' 이런 생각도 했던 것 같습니다. 그런데 신기하게도 진짜 3일 뒤에 몸이 괜찮아졌습니다.

'주사를 맞지 않아도 되는 거였구나. 그 정도의 약만 먹어도 낫는구나.'

그 뒤부터는 저도 감기만 걸리면 코끼리병원을 갔습니다. 선생님은 갈 때마다 진료가 끝나고 나면 무릎을 툭툭 쳐주시면서 "걱정 마. 약 먹으면 금세 나을 거야"라고 말씀해주셨습니다. 마치 주문처럼 말이지요.

분명히 병원에 가기 전까지만 해도 몸이 곤해 짜증도 나고 할 일을 미루게 돼 속도 상했는데, 걱정 말라는 그 한마디에 마음이 스르르 풀렸습니다. 그리고 몇 알 안 되는 약과 선생님의 위로를 처방받아 집으로 돌아오는 길에는 이상하게 마음이 가벼워지곤 했습니다. '내일은 괜찮아지겠구나'라는 생각이 들면서 말이지요. 그럴 수밖에 없는 것이, 심각한 병이면 선생님이 모르실 리 없으니 선생님이 괜찮다면 믿어도 좋은 거였습니다.

사람들에게는 자연 치유 능력이 있다고 하죠. 선생님은 최소한의 약을 쓰면서 환자의 자연 치유 능력을 믿으시는 편이었습니다. 환자에 대한 의사의 믿음과 응원이 약만큼이나, 아니 약보다 더 힘이 있다는 것을 그 선생님을 통해서 알게 되었습니다. 의학적 지식이나 기술을 뽐내지 않는데도, 특별할 것이 아무것도 없는데도 그 선생님은 명의일 수밖에 없었습니다.

저는 의사와 선생이라는 직업이 많이 닮았다고 생각합니다. 대부분의 대학교에서 '글쓰기 클리닉'이라는 이름으로 글쓰기 교실을 운영하는 걸 보면 이런 생각을 저만 하는 것은 아닌가 봅니다. 그런데 이 때문에 저는 늘 제 직업이 너무 무겁다는 생각을 했습니다. 환자가 어떤 의사를 만나느냐에 따라 운명을 달리하기도 하는 것처럼 학생이 어떤 선생을 만나느냐에 따라 배우는 것이 다르고 인생까지 달라질 수도 있다고 생각하면 얼마나 무섭습니까.

젊었을 때는 조급함도 있었던 것 같습니다. 어떻게 하면 더 잘 가르칠 수 있을까, 나는 열심히 하는데 학생들은 왜 열심히 하지 않을까, 열심히 하는데도 왜 나아지지 않을까…. 학생들이 열심히 하지 않으면 서운하기도 하고, 열심히 하고 잘하는 학생을 만나면 신이 났습니다. 열심히 가르쳤는데 결과물이 신통찮으면 실망도 하고, 가끔 선생님 덕분에 글쓰기가 나아졌다고 하는 학생을 만나기라도 하면 느닷없이 용기가 생기기도 하면서 작은 것 하나하나에 일희일비했더랬습니다.

그런데 코끼리병원 선생님을 보면서 저는 조금씩 생각을 바꾸게 되었습니다. 병마와 싸우는 것은 의사가 아니라 환자이듯이 글을 쓰는 것은 제가 아니라 학생들이라고요. 아무리 명의라고 하더라도 의사가 해줄 수 있는 일은 환자가 조금 수월할 수 있도록 최소한의 약을 처방해주는 일뿐인데 저는 명의가 아니면서도 병을 싹 낫게 해줄 수 있다고 감히 생각하고 있었던 겁니다. '내가 그런 명의가 되고 싶어 안달을 했었구나'라는 생각이 들면서 내 안의 교만을 발견했을 때는 크게 부끄러웠습니다. 나는 한 번이라도 학생들에게 "걱정하지 마. 금방 나아질 거야"라고 위로했던 적이 있는가, 학생들을 믿었던 적이 있는가 돌아보았고, 그러지 못했던 날을 떠올리며 학생들에게 많이 미안했습니다.

글쓰기 교육과 관련한 학회나 워크숍 등에서 선생님들이 늘 하시는 말씀이 있습니다. 글쓰기가 이렇게 어려운데 그걸 가르친다는 것이 가능한 일인지 모르겠다고, 글쓰기 교육은 해도 해도 어렵다고요. 심지어 오랫동안 글쓰기 교육을 했고, 너무나 유명한 글쓰기 책의 저자이기도 한 모 교수님도 어느 워크숍에서 그리 말씀하셔서 깜짝 놀랐습니다. 대가의 겸손이지만 그 솔직한 고백이 저는 살짝 반갑기도 했습니다. 나만 어려운 것이 아니구나… 글쓰기가, 글쓰기 교육이 원래 그렇게 어려운 거였구나… 나는 너무 정상이구나….

글쓰기를 가르친다는 것이 그렇게 어려운데 그 일을 대가도 명의도 아닌 제가 하고 있는 겁니다. 저 스스로도 늘 어려워하면서도 말이죠. 그 글쓰기를 이제 막 시작하는 이들을 위해, 그 글쓰기를 오롯이 스스로 감당해야 하는 이들을 위해 제가 할 수 있는 일이 얼마나 있을지 모르겠습니다. 걱정하지 말라는 위로와 금방 나아지리라는 응원밖에요. 그리고 이 책이 그 막막함과 고통스러움을 덜어줄 수 있는 몇 알의 약이 되기를 바랄 뿐입니다.

①

글쓰기가 두렵고
막막합니다

# 글쓰기가 두렵다고요?

## 실패가 두려운 것이 아니고요?

쓰지 않는 이유 vs 써야 하는 이유

실은 저도 오랫동안 글을 쓰지 못했습니다. 다른 사람이 쓴 글에 감탄하고 부러워하면서, '나도 써야 하는데' 동동거리면서도 글을 쓰지 못하고 있었습니다. 세상에는 글을 잘 쓰는 사람이 왜 이리 많은지, 그에 비하면 나는 얼마나 초라한지 속도 많이 상했습니다. 그래서 저는 피할 수 있을 때까지 피했습니다. 다행히 저는 글을 '써야 하는' 사람이 아니라 글쓰기를 '시키는' 사람이었거든요.

학생들이 쓴 글에는 미주알고주알 잔소리도 하고 이렇게 저렇게 수정하면 좋겠다 피드백도 했습니다. 그것도 아주 열심히, 잘했습니다. 학생들에게는 글 쓰라고 닦달을 하면서 정작 저는 아무것도 쓰지 않고 있다는 것이 조금 켕기기는 했습니다. 한편으로는 글을 쓰고 싶은 마음이 아직 떠나지 않고 마음 한구석에 자리를 잡고 있었습니다. 그래서 생각을 해봤습니다. 사실 쓰고 싶은 마음도 있으면서 왜 나는 글을 안 쓸까?

그간 제가 글을 '안' 쓰는 표면적인 이유는 잘 쓰는 분이 너무 많다는 것이었습니다. 그런데 가만히 생각해보니 저는 그런 겸손한 이유 때문이 아니라 '한탕'을 노리고 있었음을 알게 되었습니다. 어느 날 멋진 글을 만들어서 '짠!' 하고 사람들을 놀래고 싶어 한다는 것을요. 학생들의 글에 그렇게 지적질을 했으니 웬만큼 글을 잘 써서는 안 되었던 거죠. 진짜 잘 써서 '선생'으로서 '모범'을 보이지 않으면 안 된다는 부담감, 아니 모든 사람이 주목하도록 만드는 명작을 쓰겠노라는 허영심을 내 안에서 발견했습니다. 저는 글쓰기가 두려웠던 것이 아니라 내 실력을 들킬까 봐 두려워 글을 '못' 쓰고 있었던 것입니다.

다른 사람들이 글을 너무 잘 쓰는 것이, 혹은 내가 그들만큼 글을 잘 쓰지 못한다는 것이 내가 글을 쓰지 못할 이유가 될 수 없다는 것을 이제는 압니다. 그리고 덩달아 저도 여러분과 함께 내 어설픈 글쓰기를 시작해보려 합니다.

미리 말씀드리겠는데, 저는 글쓰기 선생이지만 제 글이 '모범'은 아닙니다. 제가 글을 잘 썼으면 지금 베스트셀러 작가가 되어 있겠죠? 제 역할은 글 잘 쓰는 유명한 분들의 글쓰기 비법들을 여러분에게 소개하고 설명해드리는 것입니다. 글쓰기 책이 워낙 많으니 제가 읽어보고 경험하고 고민한 것을 바탕으로 좋다 싶은 것들을 알려드리는 겁니다. 혀 짧은 서당 훈장이 "나는 바담 풍 하더래두 너희는 바담 풍 해야 돼"라고 했다는 옛날이야기도 있잖아요. 제가 바로 그….

실패해도 됩니다. 못해도 큰일 나지 않습니다. 행복한 글쓰기? 저는 자기 최면을 위해 만들어진 말이라고 봅니다. 글쓰기는 스트레스 맞습니다. 쓰기 전에도 스트레스, 쓸 때도 스트레스, 쓰고 나서는 더 스트레스입니다. 내 이름을 달고 세상에 던져진 내 글이 부끄러워 스트레스, 그런 내 글에 미안해서 스트레스, 그렇게 애를 태웠으면서도 그것밖에 못하는 내가 답답해서 스트레스, 혹은 미루고 미루다가 마감일이 되어서야 휘뚜루마뚜루 그것밖에 못한 내가 답답해서 스트레스. 글쓰기가 행복한 이유는 눈을 씻고 찾아야 찾아지겠지만 글쓰기가 행복하지 않은 이유는 수도 없이 댈 수 있습니다.

그렇지만 우리는 압니다. 그래도 쓰긴 써야 한다는 것. 쓰지 않으면 안 되는 여러 가지 상황에 몰려 이제는 벼랑 끝에 서 있다는 것을요. 누군가는 과제를 해야 할 거고, 누군가는 생애 처음으로 졸업 논문을 써야 할 거고, 누군가는 자기소개서를 써야 할 거고, 누군가는 부장님께 제출할 보고서를 써야 할 겁니다. 그리고 또 누군가는 저처럼 시키지도 않은 글쓰기를 새삼스러운 마음으로 시작해야 하는 경우도 있을 겁니다. 그러니, 눈 질끈 감고 시작합시다. 어차피 해야 하는 것이라면, 내일의 내가 대신 해줄 것이 아니라면 닥치고 시작합시다. 여러분이 저와 함께한다 생각하니 든든합니다.

# 낯설면 막막합니다

글을 쓰려고만 하면 왜 막막함이 앞설까요? 저도 글을 쓰려고 하면 자동으로 한숨부터 나옵니다. 대부분의 작가들도 글쓰기에 대한 부담을 토로합니다. 나만 그런 게 아니라고 생각하니 조금은 위로가 되지 않습니까.

그런데 말이죠, 한번 잘 생각해봅시다. '모든' 글쓰기가 다 막막한가요? 아마 그렇진 않을 겁니다. 어떤 특정한 글쓰기 상황에서만 막막한 것은 아닌가요? 혹시 낯선 글쓰기 앞에서 낯가림을 겪고 있는 것은 아닐까요? 여러분이 글을 쓰려는데 막막하다 싶으면 내가 쓰려는 장르의 글에 내가 얼마나 익숙한가 생각해보시기 바랍니다.

저는 어렸을 때 시를 많이 썼습니다. 제가 시를 집중적으로 쓰는 날은 개학 전날이었습니다. 밀린 일기를 한꺼번에 써야 했거든요. 그 시절의 저는 시를 잘 알았습니다. 짧으면 된다! 문장이 끝나지 않아도 줄을 자꾸 바꾸면 된다! 편지는 또 어떤가요? 편지도 부담 없이 쓸 수 있었던 글 중 하나입니다. 누구누구에게 혹은 누구누구께, 라고만 쓰면 편지는 시작됩니다. 우리는 편지가 어떤 것인지, 어떻게 써야 편지가 되는지 잘 알고 있습니다. 그래서 편지를 쓸 때는 부담이 적은 것입니다.(물론 밤을 새워도 단 한 줄도 쓰지 못하는 편지도 있죠. 그건 글쓰기의 문제가 아니라 마음의 문제입니다. 이 마음과 글쓰기의 관계는 다음에 이야기할 기회가 있을 듯하니 여기서는 넘어갑시다.)

어린 시절 제가 시에 대해 쥐뿔도 모르면서 의기양양하게 쓸 수 있었던 것은 시가 익숙했기 때문입니다. 국어책에서 항상 보던 거였으니까요. 낯설면 막막합니다. 막막하지 않으려면 익숙해져야 합니다.

아무리 글을 잘 쓰는 사람이라도 모든 글을 다 잘 쓸 수는 없습니다. 자신이 써보지 않았던 낯선 장르의 글을 쓰기는 쉽지 않기 때문입니다. 소설가가 논문을 써야 한다면 그 소설가는 논문을 찾아서 읽어보아야 할 것입니다. 기자가 연설문을 써야 한다면 그 기자는 연설문을 찾아서 읽어보아야 할 것입니다.

에세이를 써야 하는데 어떻게 써야 좋을지 몰라 막막하면 내가 에세이를 얼마나 읽어봤는지 돌아보세요. 아마 이름은 많이 들어봤지만 실제 읽어본 경험은 별로 많지 않을 겁니다. 익숙해지는 방법은 읽는 수밖에 없습니다. 자주 읽으면 좋겠고, 많이 읽으면 좋을 겁니다. 시인은 시를 얼마나 많이 읽겠습니까. 소설가는 또 소설을 얼마나 많이 읽었겠습니까. 논문 쓰는 분들은 논문을 얼마나 많이 읽었겠습니까? 읽고 쓰기를 반복하면서 익숙해지는 것입니다.

에세이를 많이 읽다 보면 에세이가 무엇인지 '감'이 잡힙니다. 자기 경험을 바탕으로 말랑하게 쓰는 에세이가 있는가 하면, 논리 정연하게 자신의 생각을 밝히는 에세이가 있다는 것을 알게 될 것입니다. 시사적인 내용을 주제로 하는 에세이가 있는가 하면, 학술적이고 전문적인 에세이도 있습니다. 과학, 문학, 예술, 경제, 스포츠 등 주제가 다양하다는 것도 알게 될 것입니다. 똑같이 시사적인 내용을 주제로 한 에세이라도 필자가 누구냐에 따라, 필자의 개성에 따라 형식도, 구성도, 표현도, 길이도 다르다는 것도 알게 될 것입니다.

그렇게 글을 읽으면서 익숙해지다 보면 자기만의 감이 생깁니다. 내가 매일 쓰던 일기에 어떤 의미 같은 것을 덧붙이면 에세이가 되겠구나, 어렸을 때 쓰던 생활문에 시사적인 내용을 좀 더 추가하면 칼럼이 되겠구나 하는. 그것이 에세이나 칼럼이라는 장르의 전부가 아니어도 괜찮습니다. 설사 극히 일부를 에세이나 칼럼으로 오해했다고 하더라도 상관없습니다. '나 너 누군지 알아!'라고 알아보는 것이 중요합니다.

여러분은 어떤 글을 쓰고 싶은가요? 어떤 글을 과제로 받아놓고 있나요? 일면식도 없는 글쓰기와 맞장을 떠야 한다는 막막함 때문에 한숨만 쉬고 있나요? 이제 낯가림은 그만! 내가 써야 하는 장르의 글을 몇 개 찾아 읽어보면서 낯이라도 익혀봅시다. 가능하다면 방긋 웃어줍시다. 자고로 웃는 얼굴에 침 못 뱉습니다.

"하이, 에세이!"

"반가워, 보고서!"

"처음 뵙겠습니다, 논문님!"

# 글쓰기를 위해
## 당장 해야 하는 일

컴퓨터 앞에 앉기 전에

수업 시간에 보면, 글을 처음 써본다는 학생 중 글을 잘 쓰는 학생이 꽤 있습니다. 알고 보면 다 이유가 있어요. 십중'구십'은 어렸을 때 책을 많이 읽었습니다.

언젠가 만났던 한 학생은 글이 참 좋았어요. 그런데 글을 잘 쓴다는 말을 단 한 번도 들은 적이 없다는 겁니다. 어렸을 때 책을 많이 읽었냐고 물었더니 그것도 아니라는 겁니다. "그럴 리가 없는데 이상하다" 하고 고개를 갸우뚱거리고 있으니 그 학생이 머뭇거리며 이러는 거예요.

"저는 안 읽었는데 엄마가 많이 읽으셨어요."

"그렇지? 어쩐지… 남다른 이유가 있었어."

"근데 저는 안 읽었다니까요."

"어머니가 대신 읽으셨잖니."

나는 분명히 그 학생이 어머니 독서의 영향을 받았다고 생각합니다. 맹자 어머니가 자식의 교육을 위해서 세 번 이사했다고 하죠. 마지막으로 이사 간 곳은 학교였습니다. 내가 만난 학생의 어머니는 스스로 책을 읽어 모범을 보이셨으니 어쩌면 맹자의 어머니보다 더 훌륭한 분이라 할 수 있을 겁니다.

책을 읽다 보면, 혹은 (5백만 보 양보해서) 책을 많이 읽는 사람과 '함께' 있다 보면 어휘력이 늘고 문장력이나 표현력이 풍부해질 수밖에 없습니다. 어떻게 해야 조리 있게 말하는지도 자연스럽게 익힐 수밖에 없습니다. 그것이 글에서는 구성이나 논리입니다. 어휘력, 논리적 사고, 비판적 사고 등 우리가 좋다 여기는 사고력과 표현력이 책을 읽으면서(혹은 책을 많이 읽은 사람과 가까이 지내기만 해도) 자기도 모르는 사이에 길러지는 겁니다. 스스로 읽든, 읽는 사람 옆에 붙어 있든 읽기로 축적된 언어와 사고 능력은 쓰기 능력으로 전환되고, 언젠가는 마침내 발현될 수밖에 없습니다. 이건 콩 심은 데 콩 나고 팥 심은 데 팥 나는 것처럼 정직한 '섭리'입니다.

다만 그 '발현'의 시점이 개인마다 다를 수는 있습니다. 어릴 때부터 읽기와 쓰기에 두각을 나타내는 경우도 있지만, 앞서 예로 든 학생처럼 자신의 잠재력을 모르고 있다가 글을 쓰지 않으면 안 되는 상황이 되어서야 능력이 발휘되는 경우도 있습니다. 똑같이 콩을 심어도 빨리 싹이 나는 경우가 있고, 그렇지 않은 경우도 있는 것처럼 말이죠. 그러나 읽지 않고 쓸 수 있는 방법은 없습니다. 천재라면 어쩌면 가능할까요? 글쓰기를 시작하려면 컴퓨터 앞에 앉을 것이 아니라 우선 책 앞에 앉으셔야 합니다.

## 후회하지 않아도 되는 이유

이제 와서 '옛날에 책을 좀 읽어둘걸' 하고 후회되나요? 그럴 필요 없습니다. 아마 책 읽기보다 더 중요하고 더 재미있는 일을 했을 겁니다. 운동을 했을 수도 있고, 그림을 그리거나 악기를 배웠을 수도 있고, 영화나 애니메이션을 보았을 수도 있고, 웹툰을 즐겨 보았을 수도 있을 겁니다. 산으로 들로 뛰어다녔을 수도 있고, 동물과 놀았을 수도 있고, 형제들이나 친구들과 하루 종일 놀이터에서 뛰어놀았을 수도 있고, 할머니 할아버지와 평화로우면서도 심심한 하루를 보냈을 수도 있습니다. 무엇이 되었건 그 경험들은 여러분이 정서적으로나 지적으로 성장하는 데 도움을 주었을 것입니다. 그리고 여러분의 어휘 능력이나 사고력 신장에도 틀림없이 영향을 끼쳤을 것입니다.

음식에 비유할 수 있을 것 같네요. 세상에는 너무나 맛있고 다양한 음식이 있습니다. 부모님이 건강에 좋다고 먹으라는 음식들이 있지만 우리는 그런 음식보다는 인스턴트 음식이나 몸에 좋지 않다고 하는 음식을 즐기죠. 햄버거나 콜라, 라면, 초콜릿, 커피. 이런 음식들은 많이 먹으면 건강에 나쁘기는 하지만 그렇다고 당장 죽지는 않습니다. 아예 아무것도 안 먹는 것보다는 낫지 않을까요?

그러나 우리가 건강한 몸을 유지하고자 한다면 언젠가는 식단 조절이 필요할 것입니다. 읽기로 치면 지금이 그런 때가 아닌가 싶습니다. 여태 여러분이 즐겼던 다양한 경험이 여러분을 성장시켜왔다면, 이제는 '건강'하고 '균형' 잡힌 사유가 필요합니다. 그걸 독서가 가능하게 해줄 겁니다. 책은 우리의 지적·정서적 성장에 필요한 다양하면서도 필수적인 요소를 고루 갖추고 있는, 말하자면 영양제와 같은 것이거든요.

다양한 경험은 우리의 책 읽기에 날개가 되어줄 수도 있을 겁니다. 애니메이션을 많이 본 경험이 있다면 책을 읽을 때 서사 구조를 더 잘 빨리 이해할 수 있을 겁니다. 책의 내용을 이미지화하거나 감정이입을 하는 데에도 익숙할 것이고요. 축구를 많이 했거나 축구 경기를 보는 것을 즐겼다면 상황에 대한 빠른 판단과 전략을 바탕으로 책을 읽을 수 있지 않을까요? 축구에 대한 열정이나 훈련 과정의 인내심과 끈기도 독서에 충분히 긍정적으로 작용할 것입니다. 우리가 책 읽기를 거부하지만 않는다면 말이죠.

그러니 과거에 책을 읽지 않았던 것에 연연하지 마세요. 지금부터 읽어도 충분합니다. 우리는 글을 지금보다 좀 잘 쓰고 싶다는 것이지 작가가 되려는 건 아니니까요. 지금부터 읽어서 작가가 된다고 해도 이상할 거 하나 없습니다. 어떻든 우리는 시작을 한 것이니 말입니다.

지금 당장 서점이나 도서관에 가보세요. 책을 읽지 않아도 됩니다. 일단 책과 책을 읽는 사람들이 있는 곳의 분위기를 느껴보시면 좋겠어요. 가능하면 손으로 책을 만지면서 여러분의 감각으로 책을 느껴보기를 바랍니다. 그렇게 책과 거리감을 좁혀보는 겁니다. 첫날은 서점이나 도서관 안에 있는 카페에서 차 한잔 마시고 돌아와도 좋습니다.

다음번에 방문할 때는 책 제목들을 죽 둘러보세요. 요새 인기 있는 책들은 어떤 책들인가 제목만 보아도 좋습니다. 제목만 보아도 여러분은 책을 반쯤 아는 거나 다름없습니다. 그러다 재미있어 보이는 제목의 책이 있으면 화라락 펼쳐보기도 하고, 목차를 죽 훑어보아도 좋습니다. 그러다 보면 그림이나 사진이 인상적인 책도 있을 것이고, 눈에 띄는 장 제목이나 구절을 발견할 수도 있을 겁니다. 그러면 그 자리에서 한두 페이지 읽어볼 수도 있겠죠. 영화에 나오는 그 흔한 도서관 장면 속 주인공이 되어보는 겁니다.

그렇게 서점이나 도서관에 자주 가면서 책과 친밀감을 가지는 것이 중요합니다. 시간이 없다면 인터넷 서점에서 최근 베스트셀러가 무엇인지 알아보고, 출판사의 책 광고나 사람들의 리뷰를 읽어보는 것도 좋겠습니다만, 여러분의 머리가 아니라 감각이 책과 친숙해질 수 있도록 되도록 서점이나 도서관에 가보시는 것을 추천합니다.

당장 이번 주말까지 에세이를 써야 한다면 무엇을 해야 할까요? 지금 당장 에세이부터 찾아 읽어야 합니다. 익숙하면 막막하지 않다고 했죠? 그것이 사실은 '스키마'라고 하는 것입니다. 스키마는 경험을 통해 습득된 지식을 자기 나름대로 도식화한 지식 구조입니다. 우리는 네 발로 기는 동물과 네 발로 기는 아기의 차이점을 지식으로 배운 적이 없지만 동물과 아기를 분명하게 구별할 수 있습니다. 동물과 인간에 대한 그간의 지식과 경험을 바탕으로 동물과 아기를 구별할 수 있도록 하는 지식 구조, 즉 스키마가 형성되어 있기 때문입니다.

독서에서 스키마는 대단히 중요합니다. 야구를 전혀 모르는 사람과 야구 선수가 야구에 관한 글을 읽는다고 해봅시다. 두 사람의 지적 능력과는 별개로 야구에 관한 글은 야구 선수가 더 잘 읽어낼 것입니다. 텍스트를 읽고 이해하는 데 스키마가 도움이 되는 것입니다. 우리가 글을 쓸 때도 스키마가 필요합니다. 많이 읽으면서 해당 장르에 대한 스키마가 형성되면 글을 쓰기가 쉬워지는 것입니다. 친숙해지면 막막함이 덜할 수밖에 없는 이유입니다.

한 편만 달랑 찾지 말고 여러 편을 찾으세요. 유명한 글쓰기 책 저자면서 글쓰기를 강의하는 어떤 선생님은 30편 정도 찾아서 읽으면 무엇을 어떻게 써야겠다는 감이 온다고 하시더군요. 30편이 어려우면

10편이라도 읽어보라고 하시던데, 몇 편이 되든 일단 형편에 맞게 찾아서 읽어봅시다.

우선 가장 마음에 드는 글부터 하나 고르세요. 관심 있는 주제를 골라도 좋고, 그냥 마음에 드는 제목을 골라도 좋습니다. 어떤 글을 읽어야 할지, 어디서 읽을 만한 글을 찾을 수 있을지 잘 모르겠거든 선생님에게 물어보세요. 친구나 선배에게 추천을 받으셔도 좋습니다.

글을 찾았으면 이제 읽어야죠. 천천히 읽다 보면 마음에 쏙 드는 문장을 만나기도 할 거고, 내가 하고 싶은 말을 이렇게 표현하는 거구나 싶은 문장을 만나기도 할 겁니다. 그러면 얼른 밑줄을 그어두세요. 동그라미를 치거나 별표를 해도 좋습니다. 그냥 읽기만 해도 됩니다. 한 편 읽고 두 편 읽으면서 읽기 경험이 쌓이다 보면 읽기가 편안해질 것입니다.

읽기가 익숙해지면 내용을 요약해보세요. 정확하게 요약하지 않아도 됩니다. 요즘은 인공지능(AI)도 요약을 꽤 잘해주더군요. 그러나 여러분이 직접 요약해보는 것이 중요합니다. 시험 칠 거 아니니까 틀려도 됩니다. 문단별로 핵심을 정리하면서, 이 글에서 글쓴이가 주장하려고 하는 것이 무엇일까, 그 주장을 펼치기 위해 어떻게 이야기를 시작하고 있나, 어떤 근거들을 활용하고 있나, 어떻게 글을 마무리하고 있나를 찬찬히 살펴보세요.

그렇게 글을 요약하고 핵심을 파악하면서 한 편 한 편 읽다 보면 자연스럽게 글의 전체적인 구성과 개요가 보이기 시작할 겁니다. 3단 구성이라는 것이 이런 거구나, 서론에서 이런 내용을 쓰니까 재미있구나, 한 문단에 하나의 핵심 내용이 있다는 것이 이런 거구나, 주제 문장과 뒷받침 문장이라는 것이 이런 거구나, 결론을 이런 식으로 마무리하는구나 하는 것들을 이해할 수 있을 것입니다. 서론에서 어떻게 문제 제기를 하는지, 본론에서 주제를 드러내는 방식은 설명을 위주로하는지 분석을 위주로 하는지, 논리적인지 비유적인지 등도 파악될 것이고, 구어체와 문어체, 그리고 그에 걸맞은 어휘와 표현 등도 확인할수 있을 것입니다.

우리는 서론에서 문제 제기를 해야 한다는 것을 잘 압니다. 학교에서 잘 배웠거든요. 그래서 서론에서 문제 제기를 하고 싶은데 막상 쓰려면 어떻게 써야 할지 모릅니다. 학교에서 배우기는 했지만 실제로 글쓰기를 해본 경험은 별로 없기 때문이죠. 문단을 요약하면서 글을 읽으면 여러 번 자세히 읽을 수밖에 없고, 그렇게 꼼꼼하게 읽으면서 비로소 안면을 트는 겁니다.

"아, 댁이 말로만 듣던 문제 제기 씨군요!"

우리는 그간 핵심 내용을 찾아내야 하고 정답을 맞혀야 한다는 강박 때문에 책 읽기가 힘들었습니다. 그런 강박에서 벗어나 마음대로 읽어보세요. 그렇게 천천히 읽는 것부터 시작해봅시다.

잘하고 못하는 건 글을 다 쓴 다음의 일입니다. 미래의 걱정은 미래의 나에게 맡겨둡시다. 일단 우리는 오늘, 내가 써야 하는 글이 무엇인지 이해하기 위해서 글을 찾아서 읽었습니다. 그냥 읽은 것도 아니고 요약을 하면서, 좋은 문장과 표현에 밑줄도 그으면서 꼼꼼히 읽어 보았습니다. 써야 하는 글의 장르 규범을 파악하면서 말이지요. 그것으로 충분합니다. 일단 글쓰기 첫발을 내디디는 데 성공한 것입니다.

시작이 반이라 했으니, 우리는 벌써 반이나 왔군요! 축하합니다. 내친걸음이니 앞만 보고 가봅시다. 직진!

# 희망적인 소식

# 두 가지

남다른 감각과 상상력이 없어서 고민입니까?

뛰어난 감각과 상상력은 작가에게만 필요한 건 아닙니다. 음악가나 미술가와 같은 예술가들에게도 예술적 감각과 상상력이 필요합니다. 운동선수들에게도 상상력이 중요하다고 하더라고요. 장사를 하든, 기업을 운영하든, 기술을 개발하든 감각과 상상력이 필요하지 않은 분야가 있을까 싶네요.

그런데 다행히 우리는 챔피언도 아니고 프로도 아닙니다. 우리는 작가가 될 것이 아니기 때문에 글쓰기를 그렇게 잘할 필요는 없는 거예요! 작가가 되려는 사람들은 감각을 예민하고 섬세하게 단련해야겠죠. 더 뛰어난 상상력을 발휘할 수 있도록 훈련해야겠죠. 그러나 우리는 그냥 보통 정도 혹은 부끄럽지 않을 정도만 써도 됩니다. 그러니까 감각과 상상력도 보통 수준이면 됩니다! 물론 있으면 더 좋겠지만 없다고 주눅 들 필요 없다 이 말입니다.

시나 소설, 희곡, 수필 같은 문학 장르는 문학적 감수성과 예술가다운 상상력과 창의력을 필요로 합니다. 그런데, 문학만 글입니까? 감각과 상상력이 없어도 쓸 수 있는 글이 더 많습니다. 세상에는 많은 종류의 글이 있기 때문이죠.

신문 기사나 설명문과 같이 사실을 기록하고 전달하는 글도 있고, 논설문이나 연설문처럼 주장을 하는 글도 있습니다. 보고서만 해도 탐사 보고서, 답사 보고서, 분석 보고서, 감상 보고서, 연구 보고서 등 종류도 많고 성격도 다양합니다. 논문은 내가 공부한 결과를 학계에 보고하는, 학문의 결과물입니다. 그러니까 재능이 아니라 성실한 공부가 바탕이 되어야 합니다. 보고서나 논문 쓰기가 어려운 것은 공부가 덜 된 탓이지 글쓰기 재능이 부족하기 때문은 아닙니다. 공부하면 쓸 수 있습니다. 얼마나 다행입니까.

더 반가운 건, 줄글로 쓰지 않아도 되는 글도 있다는 겁니다. 글쓰기를 한다고 하면 대부분 줄글만을 생각하지만 모든 글쓰기가 줄글로 되어 있는 것은 아니거든요. 요점만 간단히 정리하는 '개조식' 글쓰기도 있습니다. 회의록을 생각해보세요. 줄글로 쓴 회의록이라니 상상이나 됩니까? 계획서나 보고서의 경우에도 개조식을 많이 활용합니다.

다행히도 우리는 '개조식' 글쓰기에 이미 익숙합니다. 학교 다닐 때 다들 공책 정리 해봤을 겁니다. 선생님이 말씀하신 내용이나 책의 내용을 간략하고 이해하기 쉽게 정리한 경험들, 그것도 글쓰기입니다. 너무나 잘 알고 있는 글쓰기, 너무나 많이 해본 글쓰기입니다. 잘 생각해보면 잘했을 수도 있습니다.

우리는 보통 '글쓰기'라고 추상적으로 이야기하지만 구체적인 글의 장르나 쓰는 방식은 이처럼 다양합니다. '글쓰기'로 퉁쳐서 나는 글쓰기를 못한다고 우울해할 필요 없습니다. 나는 글을 쓰는 데 필요한 재능이 없다고 실망할 필요도 없습니다. 글이 다양한 만큼 글을 쓰는 데 필요한 재능도 다양하니까요. 우리가 써야 하는 글들은 예술적 감각이나 상상력이 없어도 되는 경우가 더 많습니다. 그러니 지레 쫄지 맙시다!

## 글 잘 쓰는 비결이 궁금합니까?

글 잘 쓰는 비결이 궁금하다고요? 그런 비결이 있을 것 같습니까? 그 비결을 안다면 저는 이미 베스트셀러 작가가 되어 있지 않을까요?

우리는 글쓰기를 전문으로 하려는 사람들이 아니므로 글쓰기를 예술로 접근하지 말고 '기술'로 접근해봅시다. 기술을 배우려면 어떻게 해야 합니까? 이론으로만 기술을 배우나요? 그렇지 않죠. 배우고 싶은 기술이 있다면 우선 많이 봐야 할 겁니다. 옛날 도제식 교육을 생각해보시면 됩니다. 스승님이 뭘 가르쳐주지 않아도 옆에서 밥 짓고 물 길으면서 곁눈으로, 어깨 너머로 배우는 겁니다. 그렇게 해서 장인이 탄생하는 거죠. 오죽하면 서당 개 3년이면 풍월을 읊는다고 했을까요.

보기만 해서는 안 됩니다. 많이 봤으면 해봐야 합니다. "어허, 너는 아직 때가 되지 않았으니라"라는 스승님의 호통이 있어도 몰래 해보는 겁니다. 내가 하면 잘 안될 거라는 걸 뻔히 압니다. 그래도 해봅니다. '스승님과 똑같이 했는데도 난 왜 안 되지?' 이런 의문이 생기면 그다음부터는 스승님이 하시는 걸 더 면밀하게 관찰하겠죠. 나와 다른 점을 발견하고 저게 문제였나 보다, 다음에는 나도 저렇게 한번 해봐야겠다, 이렇게 마음을 먹을 겁니다.

그렇게 한 번 해보고 두 번 해보면서 점점 익숙해져가는 겁니다. 그러면서 결국 자기만의 노하우를 가지게 되고, 마침내는 스승님을 능가하는 기량을 발휘할 수도 있을 겁니다. 청출어람입니다.

그때 스승님이 말하겠죠.

"나는 이제 더 이상 가르칠 것이 없다. 하산하거라."

가르쳐준 것도 없으면서 말이지요. 그런데 이미 그 스승은 자기의 기술을 '보여주는' 것으로 가르치는 일을 다한 겁니다.

저는 〈생활의 달인〉이라는 텔레비전 프로그램을 좋아해서 자주 보았습니다. 거기에는 돈을 쥐기만 하면 일정한 액수의 돈을 잡을 수 있는 은행원 달인, 눈을 가리고도 바느질을 하는 바느질 달인, 눈을 가리고 허벅지 위의 양파를 써는 요리 달인 등 수많은 달인이 있었습니다. 한번은 초밥 장인이 나와서 초밥을 만드는데, 초밥을 쥘 때마다 무게가 똑같더군요. 심지어 의심 많은 제작진이 밥알 개수를 하나하나 세어보았는데 밥알 개수마저 똑같았습니다. 얼마나 초밥을 많이 만들었으면 그럴 수 있을까 감탄과 존경을 느꼈던 경험이 있습니다.

그분들이 훌륭한 스승님에게서 훌륭한 가르침을 받아서 달인이 되었을까요? 날마다 끝없이 연습하고 연습한 끝에 이루어진 결과가 아닐까요? 우리가 그들을 존경하는 이유가 바로 그것입니다.

글쓰기는 노동입니다. 정신적 노동이라기보다는 육체적 노동에 가깝습니다. 머리로 걱정하고 머리로만 생각해서는 안 됩니다. 눈으로 보고 이론으로만 익혀도 안 됩니다. 실제 글을 써보아야 하는 겁니다. 실패를 겪으면서 배우고 나아지는 것입니다. 그러니 많이 써본 사람이 잘할 수밖에 없습니다. 꾸준히 쓰는 사람이 잘할 수밖에 없습니다. 그래서 글쓰기는 엉덩이로 쓴다고 말하기도 합니다.

공부에는 왕도가 없듯이 글쓰기에도 왕도는 없습니다. 그러니 이제 제발 씁시다.

②

일단 한번
써보고자 합니다

# 글쓰기에도
# 준비운동이 필요합니다

## 자기만의 공간을 만드세요

커다란 책상이 놓여 있고 주위는 온통 책으로 둘러싸인 작가들의 서재를 어디선가 한번쯤은 본 적이 있을 겁니다. 글을 쓰려면 글을 쓸 수 있는 종이와 펜, 노트북 따위의 도구도 필요하지만, 편안하게 집필에 몰두할 수 있는 공간도 꼭 필요합니다. 많은 작가는 그런 자기만의 집필 공간을 가지고 있습니다. 집필 기간 동안 호텔을 이용하는 작가들도 있고, 그럴 형편이 안 되었던 조앤 롤링은 카페에서 《해리 포터》를 쓴 것으로 유명하죠. 집필 공간은 말 그대로 집필에 집중할 수 있는 공간이면 됩니다.

자기가 가장 편안한 공간이 있을 것입니다. 어떤 사람은 조용한 도서관을 선호하고, 어떤 사람은 시끌벅적한 카페가 오히려 집중하기 더 좋다더군요. 자기 책상이 제일 편안하다는 사람도 있고요. 어떤 곳이든 좋습니다. 내 몸이 가장 좋아하는 공간을 찾아보세요. 글을 쓰는 데 필요한 노트북 하나, 혹은 원고지와 가장 좋아하는 펜 하나만 달랑 책상 위에 놓여 있어야 집중이 되는 작가도 있습니다. 그런가 하면 글을 쓰는 데 필요한 자료가 언제든 손만 뻗치면 있어야 하는, 그래서 책을 산더미처럼 쌓아놓아야 안심하고 쓰는 작가도 있습니다. 여러분은 어떤 장소, 어떤 상황에서 좋은 생각이 가장 많이 나는지 생각해보세요.

글을 쓰기 좋은 장소를 찾는다는 것, 글을 쓰기에 최적의 상태를 만든다는 것은 마음의 준비를 하는 겁니다. '자, 이제 너 글 써야 돼. 준비됐지?'라고 나에게 최면을 거는 것과 마찬가지입니다. 그런 환경에서 글을 쓰는 것이 익숙해지면 몸이 기억을 합니다. 그러면 뇌를 속일 수도 있습니다. 항상 글을 쓰는 환경에 앉는 것만으로도 뇌는 글 쓸 준비가 됐다고 생각하게 됩니다.

글을 써본 적이 없어서 어떤 공간이 나에게 적합한지 모른다고요? 그럼 작가 흉내를 내보세요. 자기 방이 있다면 아무에게도 방해받지 않을 나만의 집필 공간으로 만들어보세요. 책도 좀 쌓아놓아 보시고, 안 쓰는 연필도 몇 자루 깨끗하고 예쁘게 깎아놓아 보세요. 인테리어면 어떻습니까. 기분이 중요하죠. 카페가 좋으면 노트북을 들고 카페로 나가보아도 좋습니다. 카페는 시간을 밀도 있게 쓰는 데 도움을 줍니다. 남들 눈을 의식하게 된다면 최소한 게임이나 동영상으로 시간을 흘려보내지는 않게 될 테니까요.

서툰 목수가 연장 탓한다는 속담이 있습니다. 실력 없는 사람이 핑계만 댄다는 뜻으로, 긍정적인 의미는 아니죠. 그런데 저는 어쩐지 이 속담을 들을 때마다 서툰 목수 입장에서 생각하게 됩니다. 고수는 언제 어떤 상황이라도 능력을 발휘할 수 있지만 하수는 그러지 못합니다. 그러니 고수가 아닌 것이지요. 처음부터 고수인 사람이 어디 있겠습니까? 처음에는 서툴러 실패하지만 가끔 좋은 연장을 만나거나 운이 좋아 좋은 상황을 만나면 좋은 결과를 내는 날도 있겠지요. 그렇게 실패의 경험과 성공의 경험을 고루 쌓으면서 고수로 성장해나가는 것 아닐까요? 고수도 처음에는 다 그렇게 시작하지 않았을까요?

우리는 고수가 아니기 때문에 연장이라도 잘 준비해야 합니다. 실력이 아직 모자란다면 연장이라도 잘 벼려놓아야 하지 않을까요? 작업 환경이라도 잘 정돈해놓아야 하지 않을까요? 그렇게 해서 성공할 확률을 높여놓는 것이 더 좋지 않을까요? 정말 고수가 되고 싶다면, 고수가 되기를 간절하게 바란다면 그런 정성과 노력을 들여야 하는 것 아닐까요?

글쓰기를 시작하기 전에 글을 쓰는 목적을 먼저 적어보세요. 과제니까. 회사에 제출해야 하니까. 이건 목적이 아닙니다. 어떤 사람이 내 글을 읽게 될 텐데, 그가 내 글을 어떤 마음으로 읽어주기를 바라는가를 써야 합니다. 내 주장에 동의해주면 좋겠다거나, 내 경험을 들어주면서 인생과 사람에 대한 내 생각에 공감해주면 좋겠다거나, 내 미안한 마음을 알아주면 좋겠다거나, 내가 알고 있는 지식을 다른 사람들과 함께 나누고 싶다거나 하는 마음이 있겠죠? 이것이 글쓰기의 목적입니다.

에세이라든가 설명문, 사과문이나 논문처럼 장르가 결정되어 있다면 글을 쓰는 목적도 어느 정도 결정되었다고 볼 수 있습니다. 설명문의 목적은 설명이고, 사과문의 목적은 사과겠죠. 논문의 목적은 나의 연구 성과를 학계에 발표하는 것입니다. 그러나 이런 추상적인 목적만 가지고는 글을 쓸 수 없습니다. 더 구체적으로 들어가야 합니다.

점심을 사 먹어야 하는 사람들에게 점심 메뉴는 난제 중 난제죠. 우리가 점심때 친구에게 "뭐 먹을래?"라고 물었는데 친구가 "아무거나"라고 대답하면 어떨까요? 한식인지 중식인지 양식인지만 가르쳐줘도 훨씬 수월할 텐데요. 고민 끝에 중식으로 결정을 한다고 해도 그다음이 문제입니다. 짬뽕을 먹어야 할지 짜장면을 먹어야 할지를 결정하는 것은 또 얼마나 고통스러운 일입니까. 우리는 추상적인 '아무거나' 나 '중식'은 먹을 수 없기 때문입니다. '구체적'인 '무엇'을 먹어야 하기 때문입니다. 글이라고 다를까요?

똑같은 장르라고 하더라도 구체적인 세부 목적은 달라질 수 있습니다. 설명문이라면 '어떻게' 설명할 것인가, 사과문이라면 '어떻게' 사과할 것인가를 결정해야 합니다. 설명문을 자세하고 길게 쓸 수도 있고, 짧고 간단하게 쓸 수도 있습니다. 누구나 알아들을 수 있는 쉬운 설명문을 써야 할 수도 있고, 전문가들을 위한 깊이 있는 내용을 담은 설명문을 쓸 수도 있을 것입니다. 사과문을 애교 있게 쓸 수도 있고, 기자회견용으로 쓸 수도 있을 것입니다. '글쓰기'라는 추상적인 단어를 구체적 쓰기 행위로 실행하기 위해서는 에세이 쓰기, 편지 쓰기, 설명문 쓰기, 논문 쓰기 등 구체적 장르로 접근해야 하는 것처럼 각 장르도 마찬가지입니다. 그 장르를 실제로 쓰기 위해서는 '구체적'인 목적을 가지고 출발해야 합니다.

같은 에세이 장르라고 하더라도 자기 주장을 강하게 드러내는 글도 있고, 잔잔하고 소소한 삶의 이야기를 통해 자신의 경험을 공유하려는 글도 있을 것입니다. 내용만 다양한 것이 아닙니다. 편지 형식의 에세이도 있고, 일기 형식의 에세이도 있고, 산문시 형식의 에세이도 있습니다. 에세이는 워낙 스펙트럼이 넓어서 다양한 것이 당연하다고요? 그럼 논문의 예를 들어볼까요? 영화나 문학작품 등 텍스트 하나를 집중적으로 분석하는 논문도 있고, 기존 연구를 검토하면서 자신의 생각을 논리적으로 증명해내는 논문도 있습니다. 그런가 하면 설문을 하고 자료를 분석한 결과를 제시하는 눈문도 있고, 문제의 원인을 파악하여 해법을 제시하는 논문도 있습니다.

어떤 장르든 구체적인 내용이나 형식은 너무나 다양합니다. 이런 다양성은 해당 장르를 실제로 읽으면서 경험해봐야 이해할 수 있습니다. 되도록 많이 경험할수록 유리합니다.

에세이를 쓰고 싶은가요? 어떤 에세이를 쓰고 싶은가요? 자신의 잔잔하고 소소한 삶을 이야기하고 공감받기를 원하나요, 아니면 최근의 사회적 이슈에 대한 생각을 드러내고 싶은가요? 보고서를 써야 하나요? 공부한 내용을 정리하고 그에 대한 자신의 생각을 덧붙인 간단한 보고서를 써야 하나요, 기존 연구의 문제점을 비판하면서 자신의 시각이나 주장을 강하게 드러내는 보고서를 써야 하나요, 아니면 주석에 참고 문헌까지 학문적 관습을 엄격하게 지킨 보고서를 써야 하나요? 편지 형식에 구어체를 쓴 자유로운 보고서를 써도 되나요? 장르가 결정되었다고 해도 '어떻게' 쓸 것인지를 결정해야 합니다. 이것이 글을 쓰는 목적입니다.

'글쓰기를 한다'보다는 '에세이를 써야 한다'가 더 구체적이고, '행복했던 경험을 공유하는 에세이를 쓴다'는 더더욱 구체적입니다. '어린 시절 할머니 할아버지의 시골집에서 보냈던 여름방학은 아름답고 행복했었지. 나에게 그런 아름다운 시절을 선물해주신 할머니 할아버지께 감사와 사랑의 마음을 담아 편지를 드리는 형식으로 에세이를 써봐야겠다'까지 생각하게 되면 글을 쓰는 목적은 더욱 분명해지겠죠.

여러분이 글을 쓰는 목적은 어떤 것인가요? 그것을 먼저 결정하세요.

### 내 글을 읽을 독자의 이름은 무엇입니까?

눈치 빠른 독자라면 눈치챘겠지만, 글의 독자는 글의 목적과 동떨어져 있지 않습니다. 누구를 위해서 쓰는가, 누구를 염두에 두고 쓰는가도 결국은 목적과 관련될 수밖에 없기 때문입니다.

자기소개서를 생각해봅시다. 어차피 나에 대해 서술하는 거니까 한 편을 공들여 쓴 다음 내가 지원하는 모든 회사에 똑같이 제출하면 어떨까요? 당연히 안 되겠죠. 선배들에게 자기소개서 쓴 경험을 많이 들었을 겁니다. 회사에 맞추어서 나를 드러내야 하니 자기소개서는 회사마다 다르게 작성해야 한다고요. 그러면 이런 예는 어떻습니까?

물리학 교수님과 글쓰기 교수님이 주제가 똑같은 과제를 내주셨습니다.

"영화 〈마션〉을 보고 감상문을 쓰시오."

똑같은 영화를 보고 똑같은 장르의 글을 쓰는 겁니다. 아싸! 과제 하나만 하면 두 과목이 한꺼번에 해결되겠군요. 진짜 그런가요? 연구 윤리를 지켜야 하니 그럴 수는 없나요?

윤리 때문이 아니라도 독자가 달라졌기 때문에 다른 글을 써야 합니다. 물리학 교수님은 영화 속의 물리학적 지식이나 원리를 발견해보길 원하시지 않을까요? 글쓰기 선생님은 영화가 던진 메시지나 감동을 주는 지점, 우리를 즐겁게 하는 요소가 무엇이었는지를 궁금해하시지 않을까요? 독자가 달라지면 요구하는 것이 다를 수밖에 없습니다. 우리는 그 달라진 독자에 맞추어 글을 써야 합니다.

그런데 이런 의문을 가질 수도 있을 것 같습니다. '편지나 과제는 독자가 분명하지만 에세이나 칼럼처럼 독자가 불분명한 경우도 있지 않은가?' 맞습니다. 이를 '불특정 다수'라고 하죠. 누가 내 글의 독자가 될지 알 수 없는 겁니다. 앞서 추상적인 목적으로는 글을 쓸 수 없다고 했죠? 독자도 마찬가지입니다. '불특정 다수'라는 추상적인 독자를 위해서는 글을 쓸 수 없습니다.

마케팅을 예로 들어볼까요? 마케팅은 '소비자'를 대상으로 합니다. 그러나 막연하고 '추상적인' 소비자가 아니라 특정 타깃층이 있는 겁니다. 햄버거는 누구나 먹을 수 있는 음식이지만 개별 메뉴나 식당의 분위기는 '누구나'에 맞추어져 있지 않습니다. '스몰 럭셔리를 즐기는 MZ 세대', '가성비를 중요하게 여기는 실속파 청년 직장인', '자연주의와 건강식을 원하는 채식주의자' 이렇게 '구체적'으로 소비자를 상정해야 합니다. 중심적으로 공략하는 구체적인 소비자층이 있어야 하는 겁니다. 글도 마찬가지입니다. 아니, 글은 좀 더 구체적인 독자를 상정합니다.

내 글을 읽을 사람을 한 명 떠올려보세요. 가능하면 이름을 써보는 것이 좋습니다. 이름을 쓰면 진짜 '구체적'인 누군가를 대상으로 글을 쓸 수 있을 테니까요.

대중적인 글은 초등학교 5학년에서 중학교 1학년 사이의 학생을 염두에 두고 쓰면 좋다고 하기도 합니다. 너무 어렵게 자기만 아는 내용과 표현으로 쓰지 말고 누구나 이해할 수 있게 쉽게 쓰라는 의미지요.

에세이나 칼럼을 써야 한다면 내 글을 실을 매체를 함께 결정하는 것도 좋습니다. 그리고 그때 꼭 읽어줬으면 좋겠다 싶은 사람의 이름을 쓰세요. 친구와 이야기한다고 생각하면 내가 어떤 말을 어떻게 해야 할지가 더 쉽게 떠오를 겁니다. 시사에 관심이 있어서 나랑 잘 맞는 친구라면 최근 일어난 사회문제에 대한 내 생각을 그 친구에게 말할 수 있을 겁니다. 늘 내 얘기를 들어주고 공감해주는 친구라면 최근의 내 고민을 이야기하면서 이 시대 청년으로 살아간다는 것의 버거움에 대해 함께 이야기할 수 있을 것입니다. 써야 하는 글이 냉장고 사용 설명서라면 할머니를 독자로 선정해보면 좋을 것입니다. 기계에 익숙하지 않은 할머니를 독자로 정하고 사용 설명서를 쓴다면 누구나 쉽게 이해할 수 있는 내용과 구성으로 쓰게 되지 않을까요? 이처럼 독자와 글의 목적은 서로 상관성이 있을 수밖에 없어서, 독자가 결정되면 글의 목적까지 자연스럽게 결정되기도 합니다.

목적에 맞추어 독자를 결정할 수도 있어요. 기후 위기의 심각성을 주장하는 글을 쓰려고 한다면 너무너무 낙천적인 친구를 독자로 상정할 수 있을 겁니다. 그러면 그 친구의 낙관적 전망이 얼마나 위험한 것인지를 짚어주면서 기후 문제의 심각성을 강조하는 설득력 있는 글을 쓸 수 있을 것입니다. 내가 좋아하는 음식을 주제로 에세이를 쓰고 싶다면 나랑 늘 밥을 같이 먹는 친구를 독자로 결정하고 쓸 수 있습니다. 그러면 수다를 떠는 것처럼 자기 이야기를 편하게 풀어낼 수 있지 않을까요? 젊은이다운 발랄함과 생동감 넘치는 이야깃거리들을 마음껏 쏟아낼 수 있을 것입니다.

독자가 결정되면 글의 목적이나 주제뿐만 아니라 글의 구성이나 글감, 문체, 스타일 등도 독자에 맞추어 자연스럽게 선택됩니다. 예를 들어 AI 시대에 우리가 해야 할 일을 주장하는 글을 써야 하는데 독자를 어린이로 잡았다고 가정해봅시다. 내용은 어린이와 관련 있으면서도 기초적이고 쉬워야 하겠죠. 실생활에서 확인할 수 있는 AI의 종류에는 어떤 것들이 있는지, AI와 대화하는 방법과 유의점은 무엇인지 등을 주된 내용으로 할 수 있을 것입니다. 그리고 어린이들이 공감할 수 있는 근거와 예시를 제시해야 할 겁니다. 어휘나 문장도 쉽게, 분량도 길지 않아야 할 것이고요.

AI가 우리의 더 나은 삶에 기여할 것이라고 생각하시는 AI 전공 교수님을 독자로 글을 써야 한다면 어떨까요? AI가 우리 삶을 얼마나 편리하게 만들었고 앞으로도 얼마나 편리하게 만들 것인지, 그 속에서 우리가 유의해야 할 점이 무엇인지에 관해 전문적인 지식과 깊이 있는 성찰을 바탕으로 글을 쓰면 좋지 않을까요? 그러면 그 주제에 대한 착실한 공부와 진지한 고민을 기특하게 생각해서 좋은 점수를 주시지 않을까요?

어떤 글을 쓰든, 두 가지를 먼저 쓰고 시작하세요. 이 글을 쓰는 목적, 그리고 글을 읽을 독자. 이 두 가지가 나머지를 결정합니다. 두 가지가 결정되어야 내가 무엇을 써야 할지, 어떤 자료를 찾아야 할지, 어떤 분위기의 글을 써야 할지, 분량은 어느 정도가 적당할지 등이 적절하게 결정될 수 있습니다. 글을 쓰는 일도 누군가와 밥을 먹고 수다를 떠는 일상적인 일과 다르지 않다는 점을 꼭 기억하시기 바랍니다.

자, 그러면 여러분은 어떤 글을 쓰고 싶습니까? 누구에게 그 글을 들려주고 싶습니까?


사족: 최근 챗GPT를 비롯한 AI 상용화와 함께 AI를 활용한 글쓰기도 주목받고 있습니다. 학교에서도 AI를 글쓰기에서 어떻게 활용할 것인가 고민 중인데, 회사에서는 발 빠르게 AI를 도입하고 활용하는 것 같습니다. 업무와 관련한 글쓰기에 AI를 많이 활용하는 것 같은데요, AI에게 글쓰기를 시킬 때도 글의 목적과 독자를 먼저 이야기하면 더 잘 써줍니다!

AI를 활용한 글쓰기가 앞으로 더 확대될지 아니면 한때의 유행으로 끝날지는 아직 잘 모르겠습니다. 그런데 분명한 건 AI가 나보다 글을 더 잘 써준다고 해도, 내가 그 글을 볼 수 있는 눈이 있어야 한다는 것입니다. 내가 글쓰기를 잘하거나, 최소한 좋은 글에 대해 잘 알고 있어야 AI도 잘 활용할 수 있습니다.

AI는 '할루시네이션'이라는 치명적인 한계를 지니고 있습니다. 그럴듯하게 거짓말하는 현상인데요, 제가 이해하기에 '생성형'이라고 하는 것은 '짜깁기'와 동의어인 듯합니다. 어떤 정보의 진위와는 관련 없이 기존 정보와 언어들을 짜깁기하여 '그럴듯한' 결과물을 내놓는 것입니다.

AI는 방대한 데이터를 기반으로 하기 때문에 여러분이 요구한 글에 대해서도 그럴싸한 글을 써줄 것입니다. 거짓말인지 아닌지도 모르는 그 결과물을 여러분이 "야호, 고맙습니다!" 하고 넙죽 받아서는 안 됩니다. "수고했어. 잘 썼나 볼까?"라는 태도로 AI의 결과물을 받아볼 수 있어야 합니다. AI 덕분에 우리가 글쓰기를 잘해야 하는 이유가 하나 더 생겼네요!

# 아이디어가

## 잘 떠오르지 않는다고요?

남들은 이럴 때 어떤 방법을 사용할까요?

좋은 아이디어를 생각해내는 것은 글쓰기에서 매우 중요한 일입니다. 그래서 아이디어 생성 방법도 브레인스토밍, 마인드맵, 자유연상, 메모, 질문하기 등 다양합니다. 뒤집어 생각해보면, 좋은 아이디어를 생각해내는 일이 쉽지 않으니 이 방법 저 방법, 여러 가지 방법이 제시되는 것 아닐까요? 많은 필자가 아이디어 생성하기를 어려워한다는 것을 반증하는 것입니다. 어떻게 생각하면 다행이지 않습니까? 나만 힘든 게 아니었어요!

우선 가장 대표적인 아이디어 생성 방법인 브레인스토밍을 소개하겠습니다.

'아이디어' 하면 가장 먼저 떠오르는 것이 '브레인스토밍'입니다. 브레인스토밍은 창의적인 아이디어를 생산해내는 방법으로, 글쓰기 교육에 활용되기 이전에 이미 기업에서 많이 활용되었습니다. 가장 전통적인 방법은 하얀 종이 가운데에 주제를 쓰고, 방사형으로 자유롭게 가지를 뻗어 나가면서 생각나는 아이디어를 마구잡이로 적어보는 것입니다. 처음 서너 개로 출발한 가지는 방사형으로 뻗어 나가면서 기하급수적으로 그 수가 늘어납니다. 주제와 관련이 있든 없든, 좋은 아이디어든 아니든 마치 자유연상처럼 키워드와 관련해 생각나는 것은 무엇이든지 쓰는 방식입니다. 단어든 문장이든 상관없고 그림이나 숫자도 무관합니다. 브레인스토밍의 가장 중요한 목적은 머릿속에 떠오르는 생각을 최대한 끌어내는 것이거든요.

굳이 그렇게까지 할 필요가 있냐고요? 필요한 만큼만 아이디어를 생성하면 안 되냐고요? 안 됩니다. 아이디어가 많아야 그중에서 질 좋은 아이디어를 건질 확률도 높아지거든요. 다다익선입니다. 브레인스토밍의 목적은 '최대한 많은 양'의 아이디어를 끄집어내는 것입니다. 이를 위하여 브레인스토밍에서는 가지부터 만들어놓고 생각하라고 합니다. 가지에 해당하는 아이디어를 억지로라도 생각해내도록 말이죠. "생각해봐. 또 뭐가 있을까?" 이러면서 최대한 많은 생각을 해내도록 자극합니다.

브레인스토밍의 핵심은 양입니다. 질 좋은 아이디어는 충분한 양에서 나옵니다. 혹시 글의 분량을 채울 수 있을 정도의 몇 가지 아이디어가 떠오르면 반가운 마음에 그것만 가지고 글을 쓰려고 하지 않았습니까? 몇 가지 아이디어 외에 더 이상 새로운 아이디어가 떠오르지 않으면 일단 그것만 가지고 글을 시작하지는 않았습니까? 물이 깊어야 고기가 모이고 산이 깊어야 범이 있다고 했습니다. 포기하지 말고 생각하고 또 생각하세요. 그래야 마침내 참신한 아이디어가 떠오르는 것입니다.

## 브레인스토밍의 몇 가지 원칙

브레인스토밍하면서 지켜야 할 몇 가지 원칙이 있습니다.

### 첫째, 비판하지 말라

아이디어를 비판하지 않는 것입니다. 우리 안에는 자기 검열 기제가 있다고 합니다. '전혀 상관없는 생각이야', '창피하니까 지우자', '좀 있어 보이는 생각은 없을까?' 이런 생각들을 하면서 우리는 자신도 모르는 사이에 머릿속에 떠오르는 아이디어를 누르고 있었던 겁니다. 머릿속에서 이것저것 아이디어가 떠오르지만 관련 없어 보이는 것들을 제하고 나니 종이에 쓰여 있는 것은 관련 '있는' 것 한두 개에 그쳤던 겁니다. 여러 사람이 함께할 때는 더 심하겠죠. '남들이 내 아이디어를 식상하다고 생각하면 어쩌지', '이건 말도 안 되는 생각이니까 말했다가 는 웃음거리만 될 거야' 이런 걱정과 긴장이 있을 수밖에 없습니다. 그런 고민들을 이겨내고 겨우 아이디어를 냈는데 그에 대해 누군가 평가를 하고 비판한다면 어떨까요? 더 위축되어버리지 않을까요? 혼자 하든 여럿이 하든 브레인스토밍을 할 때는 비판하지 않습니다. 양이 중요하니까요.

판단하거나 비판하지 말고, 생각나는 건 뭐든 써놓고 봐야 합니다. 창의적이고 참신한 아이디어란 고정관념을 깨는 엉뚱한 생각에서 나오는 것이기 때문입니다. 무릇 창의적 발상이란 관련 없어 보이는 것들을 연결하여 새로운 것들을 창조해내는 것입니다. 자동차와 침대를 결합하여 자동차 침대를 만드는 방식입니다. 글쓰기도 마찬가지입니다. 관련 없고 이질적인 것들을 연결하고 묶어서 생각지도 못했던 의미나 공통점을 찾아낸다면 그야말로 재미있는 글이 되는 겁니다.

예를 들어볼까요? 정희모 선생님의 저서 《글쓰기의 전략》에는 〈아날로그와 디지털〉이라는 칼럼이 예시 글로 제시되어 있습니다. 글은 제목과는 사뭇 이질적인 신데렐라 이야기로 시작합니다. 제목을 보면 신데렐라 이야기와 어떤 관련이 있을까 싶은데, 서두는 다음과 같은 식으로 전개됩니다. 신데렐라 이야기가 현실이라면 왕자는 신데렐라를 찾을 수 없다, 그러나 신데렐라에 관한 자료가 데이터베이스화되어 있다면 빠르고 쉽게 신데렐라를 찾을 수 있을 것이다, 이처럼 디지털이 우리 실제 삶에 편리함을 가져다주는 것은 사실이다, 라고 전제한 후, 그런데 이런 디지털이 좋기만 한 것일까, 라고 묻습니다. 이 글은 무려 20년 전 쓰였습니다. 디지털이 무슨 말인지도 모르는 사람이 많던 시절, 신데렐라 이야기를 활용해서 디지털의 속성을 쉽고 정확하게 전달하면서 문제 제기를 하고 있습니다. 너무나 재미있고 창의적인 연결 아닙니까?

이처럼 전혀 관련이 없어 보이는 것들을 연결하여 새로운 의미를 창출할 때 글은 독자들에게 즐거움을 줍니다. 머릿속에 떠오르는 아이디어들을 자기 검열 없이 모두 꺼내놓아야 하는 이유는 바로 이 때문입니다. 엉뚱하고 터무니없어 보이는 내용이어도 상관없습니다. 어휘여도 좋고 구절이나 문장이어도 좋고, 만약 이미지로 떠오른다면 그림으로 그려도 좋다고 합니다. 브레인스토밍을 할 때 섣불리 주제와 관련 있는 아이디어다 아니다 판단하지 마세요. 판단은 나중에 해도 됩니다. 비판이나 판단이 아이디어를 막지 않도록 하세요.

**둘째, 시간을 투자하라**

충분한 시간을 투자해야 합니다. 브레인스토밍 초반에는 누구나 생각할 수 있는 상식적인 수준에서만 아이디어가 나옵니다. 그래서 픽사에서는 시나리오 작가들에게 첫 번째 아이디어는 버리라고 한다더군요. 두 번째 아이디어도 버려라, 세 번째 아이디어도 버려라, 네 번째 아이디어도 버려라, 다섯 번째 아이디어도 버리라고 한답니다. 대체 몇 번째 아이디어부터 쓰라는 건지는 모르겠지만 어쨌든 오랜 시간 깊이 있게 생각하면 할수록 남다른 글감, 창의적인 아이디어가 나오니 시간을 충분히 두고 오래 고민하라는 말일 겁니다.

충분한 시간이 어느 정도냐고요? '충분'이라는 추상적 형용사를 '구체적' 시간으로 묻는 자세, 매우 좋은 태도입니다! 실제 글쓰기를 하려면 구체적인 시간을 브레인스토밍에 할애해야 하거든요. 개요도 짜고 집필도 하고 수정도 해서 마감 시간 안에 글을 마무리해야 하는데 무작정 좋은 아이디어가 생각날 때까지 아이디어 생성에만 매달려서는 안 될 일이죠. 그런데 이 질문은 정말 답하기 어려운 질문입니다. 왜냐하면 '충분'은 사람마다 경우마다 다르기 때문입니다.

2분 정도 제한 시간을 주고 학생들에게 브레인스토밍을 하라고 해보면 20개 이상 쓰는 학생이 있는가 하면, 주제와 관련된 단어를 한 개도 못 쓰는 학생도 있습니다. 한 개도 못 쓰는 학생들은 여전히 머릿속에서 이 아이디어를 쓸까 말까 고민하고 있는 겁니다. 대체로 글쓰기 경험이 적은 학생들이고, 브레인스토밍을 한 번도 안 해본 학생도 많습니다. 20개 이상 쓰는 학생은 당연히 글을 잘 쓰는 학생들입니다. 브레인스토밍 경험도 많고요. 그런가 하면 브레인스토밍이나 글쓰기 경험이 적은데도 20개 가까이 쓰는 학생도 있습니다. 자기가 잘 아는 내용의 주제가 나왔을 때 그렇습니다. 그전에 이미 많이 생각해본 주제였던 겁니다. 즉, 자기 안에 '내공'이 얼마나 있느냐에 따라서도 브레인스토밍 시간은 달라집니다.

이 정도면 충분히 쓸 수 있겠다 싶을 때까지 시간을 들여서 브레인스토밍을 하세요. 물리적 시간이 중요한 것이 아니고, 좋은 아이디어가 나올 때까지 하면 됩니다. 단, 판단은 스스로 합니다. 글을 쓰기에 충분한 아이디어를 생성하는 데 얼마나 시간이 필요한가는 스스로 결정할 수밖에 없습니다. 집필 시간을 비롯한 글쓰기 환경에 따라서도 다르고 글쓴이에 따라서도 달라지기 때문입니다.

충분하다 생각하고 개요를 짜기 시작했는데, 하다 보니 아이디어가 빈약하다 싶은 경우가 있을 것입니다. 글을 쓰다 보니 아이디어가 부족하다 싶은 경우도 있을 겁니다. 괜찮습니다. 충분하지 않다고 느껴지면 그 시점에서 브레인스토밍을 이어가면 됩니다. 개요를 짜고 있었든, 집필하고 있었든, 심지어 수정을 하는 단계라고 해도 괜찮습니다. 충분하니 그만해도 된다, 아이디어가 더 필요하다는 판단은 스스로 하는 거고, 그 시점도 스스로 결정하면 됩니다. 브레인스토밍에 얼마나 시간을 들여야 '충분'한가 하는 질문에 대한 납은 글을 쓰는 여러분이 가지고 있는 겁니다. 그 글은 결국 여러분의 글이고 여러분이 감당해야 할 몫이니까요.

### 셋째, 다다익선이다

많은 아이디어를 얻기 위해서는 여러 사람이 함께하는 것도 매우 좋은 방법입니다. 산술적으로도 한 사람보다는 여러 사람의 아이디어를 모으는 것이 유리하겠죠? 무엇보다 여럿이 함께하는 브레인스토밍은 구성원들 사이의 상호작용으로 시너지 효과를 내기도 합니다. 다른 사람의 생각에 자극을 받아 생각지도 못했던 아이디어가 나오기도 하거든요.

아예 전략적으로 다른 사람의 아이디어에 자기 의견을 더하는 방법으로 브레인스토밍을 진행하기도 합니다. 이러면 앞사람의 의견을 다른 시각에서 바라보고 더 나은 방법이나 해법을 제시할 수 있습니다. 여러 사람의 견해가 덧붙여지면서 처음 나왔던 아이디어는 더 다듬어지고 정교해질 수밖에 없습니다. 회사에서 아이디어 회의를 하는 이유가 바로 이 때문입니다.

제 글쓰기 수업에서도 조별로 모여 주제에 대해 이야기하면서 아이디어를 모읍니다. 이야기가 꼬리에 꼬리를 물고 이어지면서 풍부한 아이디어가 나오기도 하고, 우스갯소리나 엉뚱한 소리를 하다가 그것이 주제와 연결되기도 하면서 창의적인 아이디어들을 생성하기도 합니다. 아이디어의 양이나 질을 떠나서 심리적 부담이 적어진다는 것도 큰 장점입니다. 즐겁게 수다를 떨다 보면 많은 이야기 속에서 글감을 찾을 수 있게 되니까요.

혼자서 글을 써야 하는 상황이라면 나의 주제에 대해 함께 이야기 나눌 수 있는 사람을 찾아보세요. 자기소개서를 써야 할 때는 친구나 가족에게 내가 어떤 사람인지 물어보세요. 내가 모르는 나의 모습이나 장점들을 나보다 더 정확하게 이야기해줄 겁니다. 혼자 브레인스토밍을 해서는 절대 얻을 수 없는 아이디어와 글감들을 얻게 되는 거죠. 보고서나 논문을 써야 할 때도 혼자서 고민만 하지 말고 교수님이나 도서관 사서 선생님을 찾아가서 도움을 요청하세요. 글을 쓰는 데 필요한 자료를 비롯해서 도움을 줄 수 있는 충분한 정보를 주실 것입니다. 용기가 나지 않는다면 선배나 친구도 도움이 됩니다. 내가 쓰려는 글에 대해 아무것도 모르는 친구도 괜찮습니다. 전혀 다른 관점에서 새로운 아이디어를 제시해줄 수도 있으니까요. 여러 사람이 함께한다는 것은 그만큼 다양한 시각과 관점으로 주제에 접근한다는 것입니다. 그러니 풍부한 아이디어가 나올 수밖에 없고, 질 좋은 아이디어가 나올 수밖에 없습니다.

보통 글쓰기를 혼자만의 고독한 작업이라고 합니다. 맞습니다. 결국 글은 내 것이고, 누가 대신 집필해줄 수 없는 노릇이니까요. 그러니 본질적으로는 고독한 작업이 맞기는 합니다. 헌데 그럴수록 함께할 수 있는 부분에서는 함께해줄 글동무를 찾아야 하지 않을까요? 글쓰기도 힘든데, 외롭고 고독한 글쓰기라면 얼마나 힘들겠습니까. 나의 고독한 글쓰기 여정을 함께해줄 글동무를 찾으세요. 함께하면 훨씬 수월하고 훨씬 즐겁습니다.

**넷째, 마음이 편안해야 생각도 잘 난다**

편안하고 자유로운 상황을 만들어야 풍부한 아이디어가 나올 수 있습니다. 긴장하면 알던 것도 까먹습니다. 글을 써야 한다는 부담감에 아이디어를 짜내야 한다는 강박까지 더하면 긴장할 수밖에 없겠죠. 그런 상태에서는 아이디어가 많이 나올 리도 없거니와 좋은 아이디어가 나올 수도 없을 것입니다. 친구들과 즐겁게 이야기하면서 브레인 스토밍해보라는 것도, 편하고 자유롭게 이야기하면서 아이디어를 생성하라는 의미입니다. 편안하고 즐거우면 별의별 이야기가 다 나옵니다. 회사에서도 회의실이 아니라 휴게실 같은 편안하고 자유로운 분위기에서 아이디어 회의를 한다고 하더군요. 구글이나 페이스북 본사에 다양한 놀이 공간이나 휴식 공간들이 마련되어 있다는 것은 이미 잘 알려진 이야기죠.

저는 수업 시간에 강의실에서 아이디어 생성을 위한 조별 활동을 할 때는 '조별 수다'라는 이름을 붙입니다. '토론'이라고 하면 긴장되지만, 친구들을 만나 수다를 떨 때는 긴장하거나 친구의 의견에 비판을 가하는 경우는 없으니까요. 그래서 강의실에 음악을 틀어놓기도 합니다.

혼자서 브레인스토밍을 할 때는 도서관처럼 조용한 곳도 좋고 카페처럼 잔잔한 음악과 편안한 소파가 있는 곳도 좋습니다. 편안한 내 방 침대도 나쁘지 않습니다. 우리가 아무리 머리를 쥐어뜯으며 생각을 하려고 해도 생각나지 않던 것이 하필 자려고 불 끄고 누우면 떠오르는 경우가 있죠? 재미있는 건, 이게 또 과학적 근거가 있다고 하네요. 똑바로 누웠을 때 뇌가 활성화해서 아이디어가 많이 떠오른다고 합니다. 그래서 의사들은 불면증에 시달리는 사람들에게 똑바로 눕지 말고 모로 누워 자라고 권하기도 한다네요. 침대에 똑바로 누워서 브레인스토밍을 하면 떠오른 생각들을 메모하기가 좀 불편하긴 한데 휴대전화 메모 기능이 이를 보완해줄 수도 있더라고요. 일굴에 휴대전화 떨어뜨리지 않도록 조심하시고요.

여럿이 하든 혼자 하든, 그곳이 어떤 곳이든 브레인스토밍은 최대한 편안하고 자유로운 상황에서 하세요. 음악이 있어도 좋고, 따뜻한 차 한 잔이 있어도 좋습니다. 뇌는 가장 마음이 편안한 곳에서 긴장을 풀고 말랑해져서 창의적인 아이디어들을 떠올릴 수 있습니다.

### 다섯째, 눈으로 확인하라

아이디어가 떠올랐다면 꼭 시각화를 해야 합니다. 단어든 문장이든, 글자든 그림이든, 표든 도식이든 어떤 형태로든 기록해두는 것이 좋습니다.《어린 왕자》의 저자 생텍쥐페리는 이 책의 삽화까지 그린 것으로 유명한데요.《어린 왕자》의 출발이 바로 냅킨에 그린 그림이었습니다. 생텍쥐페리가 유명 출판 업자와 식당에서 식사를 하다가 우연히 냅킨에 그림을 그렸다고 합니다. 그림을 본 출판 업자가 이 아이에 관한 이야기를 써보는 것이 어떻겠냐고 제안해서 책을 쓰게 되었다는 겁니다. 떠오르는 것이 있으면 냅킨이든 종이든 메모지든 휴대전화든 어디에든 즉시 시각화하세요. 그것이 중요한 출발점이 될 수도 있으니까요.

시각화했을 때의 장점은 여러 가지입니다.

① 적어놓으면 까먹거나 빠뜨리지 않을 수 있습니다. 혹시 글을 다 써놓고 '아, 맞다, 그거 쓸걸!' 하며 뒤늦게 후회한 경우가 있나요? 메모

를 한다고 해도 순식간에 스쳤던 생각까지 메모하게 되지는 않습니다. 기억력이 아주 좋은 사람들은 다 기억할 수도 있겠지만 설사 그렇더라도 특정한 어떤 것을 기억하느라 다른 아이디어 생성이 제한될 수도 있습니다.

여러 사람이 함께 브레인스토밍을 하게 되는 경우는 말할 것도 없겠죠. 자기의 생각을 시각화해서 보여주면 서로의 생각을 더 잘 이해하게 됩니다. 더 잘 소통할 수밖에 없고, 더 풍부한 아이디어를 생성할 수밖에 없습니다. 그러니 최대한, 녹음이나 녹화를 하듯이 떠오르는 모든 것을 일단 눈에 보이게 적어놓으세요.

② 눈으로 확인할 수 있으면 뇌를 더 적극적으로 자극해서 추상적으로 생각하는 것보다 더 많은 생각을 끌어낼 수 있다고 합니다. 예를 들어 '별똥별'이라는 아이디어가 떠올랐을 때, 이것을 시각화하지 않으면 '유성', '하늘', '우주' 정도의 유사한 범주의 단어들이 주로 떠오를 것입니다. 그런데 '별똥별'을 글자로 써놓으면 어떨까요? 단어의 의미뿐만 아니라 글자의 모양이나 느낌도 우리를 자극할 것입니다. 기러기, 토마토, 스위스, 인도인, 역삼역… 이런 앞뒤 글자가 똑같은 단어들도 마구 떠오를 것이고, 이렇게 파생된 단어들은 기하급수적으로 여러 아이디어로 확산될 것입니다. 또는 별똥별에서 떠오른 별 모양의 그림을 그려놓아도 좋습니다. 그림 같은 시각적 요소들은 창의적인 사고를 더욱 촉진한다고 합니다. 별 모양의 이미지는 '중요함', '아름다움', '윤동주', '서시' 등과 또 다른 영역의 아이디어들로 확산될 수 있을 것이고,

별 모양 자체도 다양한 아이디어를 파생시킬 수 있을 겁니다.

　게다가 브레인스토밍할 때 계속 가지를 만들면서 생각을 이어나가게 되는데 그 뻗어나가는 가지가 주는 시각적 효과도 중요하다고 합니다. 가지가 심리적 압박을 주어 생각을 끌어내기도 한다고 해요. 가지가 없다면 '이 정도면 됐어' 하고 생각을 그만할 수도 있지만, 가지를 뻗어놓으면 한 개만 더 해보자, 두 개만 더, 이렇게 생각을 자극하게 되는 겁니다. 다양한 색깔의 포스트잇이나 만다라트를 활용한 브레인스토밍도 같은 효과를 의도한 방법이라고 합니다.

　③ 떠오른 아이디어들을 종이에 시각화해놓으면, 아이디어 생성이 끝난 뒤 이것들을 보면서 주제를 드러내는 데 필요한 글감들을 선택하고 글감들을 연결시키면서 글을 구상하기가 쉽습니다. 이 브레인스토밍을 바탕으로 아이디어 간의 관계나 패턴을 발견할 수도 있죠. 도표나 도식, 마인드맵 등을 활용해서 아이디어들의 연결이나 구조를 정리하고 이해할 수도 있습니다. 머리로만 생각하면 이런 작업을 하기가 어렵습니다.

　④ 아이디어를 선별하거나 피드백을 받을 때도 유용합니다. 팀 단위로 브레인스토밍하는 경우에는 이것을 바탕으로 피드백을 주고받으면서 내용을 정리하거나 개선점을 찾을 수도 있습니다. 머릿속의 생각으로는 남들과 소통하기도 어렵고, 내가 내 생각을 정리하기도 어렵잖아요. 그러니 떠오르는 생각들이 있다면 일단 시각화하고 생각을 이어가세요.

　지금까지 아이디어를 생성하는 대표적인 방법으로 브레인스토밍에 대해 설명했는데, 조금 걱정이 되기는 합니다. 1939년 알렉스 오즈번이라는 광고 책임자가 브레인스토밍을 개발할 당시에는 종이와 펜으로 하는 것이 기본이었지만 지금 학생들은 펜과 종이를 좀 낯설게 여기는 것 같습니다. 요즘은 펜 없이 수업에 들어오는 학생들도 많습니다. 휴대전화나 태블릿 혹은 노트북에 기록하는 것이 더 익숙하고 편리하기 때문입니다. 그래서 독자들은 종이보다는 컴퓨터 화면이 더 편안하고, 컴퓨터 화면에 속도감 있게 아이디어를 메모하는 것이 더 활발한 아이디어 생성에 도움을 준다고 생각할지도 모르겠습니다.

　일단 몸과 마음이 편안한 환경에서 아이디어를 생성하고 글을 쓰는 것이 중요하니 시각화만 가능하다면 컴퓨터 화면이든 종이든 편안한 방법을 찾는 것이 좋을 듯합니다. 그러나 손가락 운동이 뇌를 자극하고 활성화한다는 무수한 연구 결과가 있으니, 큰 부담이 없다면 종이와 펜으로 브레인스토밍해보기를 권합니다. 그림도 그리고 글씨도 쓰고 색깔 펜이나 색연필을 쓰기도 하면서, 생각이 안 나면 낙서도 하면서 뇌에 새로운 자극을 주어보는 건 어떨까요?

　브레인스토밍 방법은 여러 가지인데, 가장 많이 쓰는 방법 두 가지만 소개하겠습니다.

첫째는 색깔별 카드나 포스트잇을 활용하는 방법입니다. 이 방법의 핵심은 어느 한쪽으로만 아이디어가 치우치지 않도록 하는 겁니다. 예를 들어 문제점, 원인, 해결책을 아이디어로 내놓아야 하는데, 문제점은 빨간색 카드에, 원인은 노란색 카드에, 해결책은 초록색 카드에만 쓰는 겁니다. 시각적으로 봤을 때 문제점을 적은 빨간색 카드만 너무 많다 싶으면 원인에 해당하는 노란색 카드와 해결책에 해당하는 초록색 카드도 비슷한 양을 써내는 겁니다. 말이 되든 안 되든, 아이디어가 좋든 나쁘든 각 카드의 숫자를 채우는 것이 중요합니다. 눈에 보이는 문제점은 많은데 원인과 해결책이 적다면 원인과 해결책에 대한 아이디어도 억지로 끌어내는 것입니다. 일단 양이 중요하니까요.

그런가 하면 '만다라트'도 많이 쓰는 방법입니다. 정사각형 종이에 아홉 개의 칸을 만들고 각각의 칸을 다시 아홉 칸씩 만듭니다. 그러면 총 81개의 칸이 만들어지는데, 브레인스토밍은 한가운데의 칸부터 시작합니다. 중앙에 핵심 목표를 쓰고 주변 여덟 개의 칸에 그 목표를 달성할 수 있는 세부적 목표를 씁니다. 그다음 그 여덟 개의 세부 목표를 다시 주변의 여덟 개 사각형 중앙 칸에 쓰고, 그 주변의 여덟 개 칸에는 세부 목표를 달성할 수 있는 방법을 적는 겁니다. 만다라트는 일본의 유명 야구 선수 오타니 쇼헤이가 활용해 훈련 계획을 세워서 더욱 유명해졌다고 하네요. '이렇게 하니 되더라'는 경험만큼 우리를 신뢰하도록 만드는 것이 없지요.

'섬광처럼 뇌리를 스치는 번뜩이는 영감'은 글쓰기에 대해 우리가 가진 대표적 환상 중 하나입니다. 비유하자면, 감나무 밑에서 입을 벌리고 감이 떨어지기를 기다리는 것과도 같은 일이죠. 감을 따려면 나무에 올라가야 합니다. 익은 감이든 떫은 감이든 터진 감이든 많이 따야 그중에서 맛있는 감을 얻을 수 있을 것입니다. 자, 그럼 장대를 들고 감을 따러 가봅시다!

# 글쓰기 절차와 단계를
# 꼭 지키나요?

여러분의 MBTI는 무엇인가요?

아이디어 생성하기-개요 짜기-집필하기-수정하기. 이것이 일반적으로 이야기하는 글쓰기 절차입니다. 이 단계를 더 뭉뚱그려서 계획하기-집필하기-수정하기 세 단계로 줄여 말하기도 하는데, 그래도 이 절차대로 글쓰기를 진행하기 어려운 것은 마찬가지입니다. 우리의 글쓰기는 분절적이지도, 단계적이지도 않기 때문입니다. 생각이라는 것이 무 자르듯 딱딱 잘리는 것이 아니니까요.

그렇다고 글쓰기 이론에서 말하는 글쓰기의 단계와 절차가 틀렸다는 것은 아닙니다. 뭐부터 시작해야 할지 막막한 경우, 단계에 따른 글쓰기는 길잡이 역할을 해줍니다. 아이디어 생성부터 단계를 밟아가면서 절차에 따라 글을 쓰면 수월하게 글을 완성할 수 있습니다. 그러나 그렇다고 해서 교조적으로 이론을 받아들이는 것은 바람직하지 않습니다. 우리는 기계가 아니고, 우리가 하는 글쓰기도 틀에 박힌 활동이 아니니까요.

여행하는 것과 비슷하다고 생각하면 될 것 같습니다. 철저하게 계획을 세우고 계획에 따라 움직여야 마음이 편한 사람이 있고, 일단 출발을 하고 여행지에서 상황에 따라 자유롭게 여행하는 사람들도 있습니다. 요즘 유행하는 MBTI에 따르면 전자는 J, 후자는 P라고 하더군요. 여러분은 어떤 스타일인가요? 저는 J입니다.

여행 방식에 따라 장단점이 있어서 어떤 방식이 좋다고 단정하기는 어렵습니다. 여행에는 늘 변수가 따를 수밖에 없죠. 계획대로 되는 경우도 있지만 그렇지 않은 경우도 있기 마련입니다. 그럼에도 불구하고 여행 경비에 맞추어 여행 장소를 결정하고 최소한의 계획을 세우는 큰 틀의 일정은 필요합니다. 시간과 경비를 들인 모처럼만의 여행을 되도록이면 즐겁고 좋은 여행으로 만들기 위한 최소한의 안전장치인 것이죠.

글쓰기 절차와 단계를 좇아서 글을 쓰는 이유도 이와 같습니다. 글쓰기 절차와 단계를 지키면서 글을 써나가는 것은 마감 시간 안에 최대한 완성도 있는 글을 써내기 위한 것입니다. 자기 글쓰기 스타일에 맞게 대략 시간을 정하는 거죠. 그러나 이와 동시에, 필자의 역량이나 개성에 따라서 혹은 어떤 주제를 받느냐에 따라서 글쓰기 순서는 얼마든지 달라질 수 있다는 것을 기억해야 합니다.

나는 계획을 세우고 그에 따라 쓰는 것이 편안한 스타일이다 싶으면 계획하기에 시간을 충분히 안배하세요. 공들여 계획을 세워도 글을 쓰다가 그 계획이 다시 수정될 수도 있습니다. 그러나 자기 스타일을 지키면서 최적의 일정을 짜는 것이 가장 중요합니다. 나는 집필을 하면서 아이디어가 떠오르는 스타일이다 싶으면 되도록 빨리 집필을 시작하는 것이 좋습니다. 그게 초고면 어떻고 계획하기면 어떻습니까. 지금 내가 쓰고 있는 글은 아이디어만 살리고 왕창 수정을 할 수도 있고, 뼈대만 남기고 세부적인 것들을 모두 바꿀 수도 있지만 일단 생각날 때 충분히 써두는 것이 좋습니다. 초고는 어차피 수정을 할 수밖에 없으니까요. 계획하기 없이 초고를 써놓고 그것을 완성본이라고 생각하지만 않으면 됩니다.

내가 오랫동안 고민하고 생각해보았던 주제를 받았을 때는 영감처럼 내가 쓰고 싶은 글이 머릿속에 떠오르죠. 그러면 계획하기 단계를 거쳐야 하나 말아야 하나 고민하지 말고 바로 집필을 시작해야 합니다. 쓰고 싶은 내용을 일단 쭉쭉 쓰세요. 다 썼는데 구성이 이상하다 싶으면 그때 수정하면서 바로잡아도 됩니다. 글쓰기 절차를 단계적으로 밟지 않았다는 죄책감과 불안감을 안고 망설이지 마세요. 논문이나 보고서의 경우는 자료 수집이 아이디어 생성 단계에 해당하기도 하는데요. 자료 찾기는 계획하기 단계에서 주로 많이 하겠지만, 필요하다면 집필 중에도 자료를 찾을 수 있고, 수정하기 단계에서도 할 수 있습니다.

여행은 자기 스타일에 맞게 하면서 글쓰기는 정해진 절차를 꼭 따라야 한다고 생각하고 있나요? 그럴 필요 없습니다. 글쓰기 절차와 단계는 상식선에서만 고려하면 됩니다. 단, 마감 시간이 중요합니다. 마감을 지킬 수 있게 자기 글쓰기 스타일에 맞는 세부 일정을 잡고, 자기 방식대로 글쓰기 여행을 해보시기 바랍니다.


## 세 가지 스타일, 세 가지 글쓰기


저는 계획하기에 많은 시간을 쓰는 스타일입니다. 계획이 잘 서 있지 않으면 글이 써지지를 않더라고요. 어떤 독자를 대상으로 하는가, 어떤 목적과 어떤 마음으로 글을 쓰느냐에 따라 단어도 달라지고, 예시도 달라지고, 구성이나 분위기도 달라지기 때문이죠. 논문을 쓸 때도 마찬가지입니다. 필요한 자료를 충분히 찾아서 모아야 합니다. 그래서 전체적인 그림이 보여야 마음이 편안해져서 글을 쓸 엄두가 생기거든요. 그래서 저는 '이거다!' 싶게 선명하게 계획이 서지 않는 이상은 집필을 시작하지 않는, 시작하지 못하는 타입입니다.

문장이나 한두 개 문단 정도를 쓰기는 합니다. 그러나 그것은 집필하기 수준이라기보다는 계획하기 수준에 가까운, 아이니어나 콘셉트 단계의 집필입니다. 멋진 문장이 기억나면 잊지 않기 위해 메모해두고, 한 문단 정도의 내용이 통으로 떠오르면 일단 적어둡니다. 책이나 논문을 읽으면서 인용할 만한, 참고할 만한 좋은 문장들은 따로 메모해두기도 합니다. 그러나 이것들은 어디까지나 아이디어 수준이어서 집필할 때 활용되기도 하지만 대부분은 버려집니다. 그래도 괜찮습니다. 그 과정은 제가 아이디어를 구체화하고 생각을 확장하는 데 충분히 도움을 주거든요. 같은 내용이나 문단을 이렇게도 써놓고 다른 버전으로도 써보면서 전체적으로 어떤 분위기, 어떤 논조의 글을 쓸 것인가를 가늠해보기도 합니다. 옷가게 옷걸이에 걸린 옷은 직접 걸쳐보았을 때 나에게 얼마나 어울리는지 더 정확하게 알 수 있는 법이니까요.

저는 이처럼 모든 것이 선명해졌을 때 비로소 집필을 시작하는 편이라 제 주위 사람들은 이렇게 말하기도 합니다. "너는 쓰기 시작하면 금방 쓰면서 너무 게으름을 피워!" 책을 읽으면서 워밍업을 하기도 하지만, 산책을 하거나 설거지하면서 생각을 정리하기도 하고, 심지어 머리를 맑게 하기 위해 잠을 푹 자기도 하거든요. 다른 사람들이 보기에는 게으름을 피운다고 오해할 수 있죠. 그러나 저에게 그 시간은 게으름을 피우는 시간이 아니라 '준비'를 하는 시간입니다. 준비가 잘되어야 일을 시작했을 때 몰입할 수 있고, 속도감 있게 일을 진행할 수 있습니다. 밥이든 감자든 옥수수든 뜸을 들여야 속까지 부드럽게 익는 법입니다.

그러나 제가 모든 글쓰기를 이렇게 하지는 않습니다. 계획이 분명하게 서지 않는 글도 있거든요. 그럴 때는 일단 시작을 합니다. 대부분의 글쓰기는 마감 시간이 있기 때문에 사실 무한정 준비하면서 뜸을 들일 수만은 없는 것이 현실이거든요. 여기서 중요한 것은 이것저것 많이 쓰는 것입니다. 구성이고 문장이고 생각하지 않고 일단 일필휘지하는 겁니다.

아주 가끔 운이 좋은 경우에는 그럴듯한 글이 써지기도 합니다. 아니면 조금만 수정을 하면 완벽한, 아니 완벽해 보이는 글을 얻는 경우도 있습니다. 그런데 글쓰기 경험이 적은 사람들은 이것이 자신의 글쓰기 실력이라고 오해합니다. 저도 처음 글을 쓸 때는 그랬던 것 같습니다. 그 시절엔 좋은 글과 서툰 글을 구별하는 눈도 별로 없을 때였으니까요. 암튼 일필휘지한 글이 완벽한 글인 것은 김만중 정도의 천재나 돼야 가능한 일입니다. 다 써놓고 보면 엉망진창이어야 정상입니다.

주제도 분명하지 않을 거고, 구성도 문장도 엉망일 겁니다. 이제부터 할 일은 고치는 것입니다. 아무리 브레인스토밍을 하고 메모를 한다고 해도 아이디어 단계에서 무엇을 쓸까 상상하는 것보다는 구체적인 글을 가지고 고치는 것이 더 쉽습니다. 생각해보세요. 내가 글을 쓰는 것이 더 쉽겠습니까, 남이 쓴 글을 이렇다 저렇다 피드백하는 것이 더 쉽겠습니까. 아무것도 없는 것에서 무언가를 창조하는 것보다는 부족하지만 뭐라도 있는 것을 고치는 것이 더 쉽습니다. 왕창 뜯어고쳐야 한다고 해도 상관없습니다. 틀린 방향을 확인했기 때문에 어디로 가야 할지 좀 더 분명한 길을 찾아낼 수 있기 때문입니다.

휘리릭 쓰는 이 방식은 휘리릭 '쓰기'가 아니라 '수정하기'가 방점입니다. 휘리릭 쓴 원고는 분량이 아무리 길어도 원고라기보다는 아이디어에 가까운 겁니다. 초고라고 하기도 어려운 '생'초고인 것입니다. 허나 생초고면 어떻습니까. 왕창 고쳐야 하는 글이면 어떻습니까. 일단 분량은 채웠고, 고치기만 하면 됩니다. 일단 마음이 푸근합니다.

저는 이런 글은 욕심내지 않습니다. 다만 최선을 다해서 고치는 데까지 고칠 뿐입니다. 완벽한 글은 없다 하니 완성도야 좀 높거나 좀 낮거나 둘 중 하나겠죠. 마감 시간까지 마음에 들게 고쳐지면 좋고, 아니면 말고. 글은 다음에도 또 써야 하니 다음번에 더 좋은 글을 쓰면 되는 겁니다.

마지막 세 번째 스타일은 정직하고 성실한 스타일입니다. 마감 일정에 맞추어 계획을 세우고 한 문장 한 문장, 한 문단 한 문단 성실하게 분량을 채워갑니다. 그러니 니무 모자라게 글을 쓰지도 않을뿐더러 너무 많이 쓰는 법도 없습니다. 쓰면서 계속 계획에 맞게 쓰는지 점검하고 확인하기도 하지만, 이미 머릿속에 자기가 쓰고자 하는 글이 확실하게 잡혀 있기도 합니다.

제게 그런 친구가 하나 있어서 물어봤습니다.

"쓰다가 아니다 싶으면 어떻게 해?"

친구는 단호히 대답합니다.

"계획을 잘 세워야지."

이 친구는 마감 시간 훨씬 전에 원고를 마칩니다. 저는 30년지기인

이 친구가 마감 기한을 넘기는 것을 단 한 번도 본 적이 없는 것 같습니다. 마감이 다가오면 불안해서 더 생각이 안 난다고 하더라고요. 저는 마감 시간이 다가오면 더 생각이 잘 나고 글도 더 잘 써지는 것 같은데 말이지요.

마감 시간이 아직 남았으니 저라면 더 세세하게 수정할 것 같은데 그 친구는 기본적인 수정으로만 마무리를 합니다. 제가 보기에는 여기 저기 좀 다듬으면 좋겠다 싶어 더 수정해보면 어떻겠냐고 하면 그 친구는 절대 손대지 않습니다.

"꼴도 보기 싫어."

계획하고 집필하는 과정에서 너무 집중했기 때문이기도 하지만, 그 친구가 기본적인 수정으로만 끝을 내는 이유를 저는 압니다. 작은 것을 건드리기 시작하면 큰 틀이 흔들릴 수 있기 때문입니다. 마감 시간이 가까워오면 더 글을 쓰지 못하는 그 친구는 욕심을 내거나 모험을 하지 않는 것입니다.

마감일을 절대 어기지 않는 데서도 알 수 있듯이 이 친구는 매우 성실합니다. 글도 성실하게 원칙대로 씁니다. 이런 사람은 영감을 기다리는 스타일이 아니기 때문에 크게 욕심내지 않습니다. 무난하고 이해하기 쉬운 구조와 내용으로 정직한 글을 씁니다. 대체로 이런 성실파들은 글을 시작하기 전에 이미 해당 주제에 대한 충분한 지식을 가지고 출발하는 경우가 많습니다. 기교나 아이디어로 승부하지 않고, 아는 척하지도 않습니다. 착실한 내용으로 승부합니다.

여러분은 세 가지 중 어떤 스타일인가요? 어떤 글쓰기 방식이 여러분에게 가장 잘 맞을 것 같은가요? 자기 글쓰기 스타일에 맞게 계획하기, 집필하기, 수정하기 세 단계에 적절한 시간을 안배하세요. 어떤 방식으로 글을 써라, 어느 단계에 더 시간을 할애해야 한다는 것을 단정적으로 말하기는 어렵습니다. 사람들은 각각 자기만의 스타일이 있기 때문이죠. 우리가 아침형 인간이 부지런하다고 말하지만, 체질에 따라 아침형 인간이 있고 저녁형 인간이 있는 것처럼 말입니다. 자신의 글쓰기 스타일을 찾아보세요.

# 개요를

## 꼭 짜야 하냐고요?

### 첫째, 개요는 대략적이어서는 안 됩니다

우리는 보통 개요 짜기가 글의 '뼈대' 혹은 '설계도' 역할을 하는 것이라는 비유를 많이 들었습니다. 그래서 쓰기 전 '대략적인' 뼈대나 얼개를 만드는 것이 개요 짜기라고 오해를 합니다. 이 오해는 개요는 대강 짜도 된다, 구체적인 내용은 쓰면서 생각해도 된다는 믿음으로 이어지죠. 그러나 이렇게 '대강' 짠 개요는 실제 글을 쓰는 데 도움이 되지 못합니다. 개요 짜기 하느라 시간과 노력을 들였건만 실제 글을 쓰는 데는 도움이 되지 않으니 '개요 짜기'는 이론적으로만 알고 있을 뿐, 실

75

제 글쓰기 상황에서는 생략하는 경우가 많았던 겁니다.

그런데 잘 생각해보세요. 어떤 집을 지을지 '대략적인' 계획을 세워서 설계도를 그릴 수 있을까요? 설계도를 그리기 위해서는 '구체적' 계획이 있어야 합니다. 내가 몇 평짜리 집을 지을지, 방은 몇 개로 할지, 화장실은 몇 개로 할지, 부엌은 얼마나 넓게 만들지, 창문은 얼마만 한 크기로 어느 방향으로 낼지를 모두 결정해야 합니다. 도시에 짓는 집인지 산속에 짓는 집인지, 아파트인지 작은 주택인지, 그 집에는 누가 살 집인지에 따라서도 설계도는 달라지지 않을까요? 그러니까 글로 따지자면 개요를 짠다는 것은 글을 쓰기 전에 '대략적인' 얼개를 만드는 것이 아니라 머릿속에 구상하고 있는 글을 간략하게 '요약 정리'해 놓는 거라고 하는 것이 더 옳습니다.

머릿속에 이미 구상한 글이 있는데 왜 굳이 개요를 짜야 하느냐고요? 까먹지 않기 위해서입니다. 다 쓰려면 시간이 걸리니까 일단 요약만 해놓는 겁니다. 머릿속에서만 생각을 했기 때문에 잘 맞지 않는 부분도 있을 수 있으므로 개요를 짜면서 생각한 것을 정리하고 확인을 해두는 것입니다. 즉, 개요는 내가 쓸 글, 머릿속으로 상상하고 있는 글을 눈에 보이도록 '요약'을 해두는 것입니다.

물론 개요 없이 글을 쓰는 경우도 많습니다. 짧은 글을 쓸 때 우리는 굳이 개요를 쓸 필요성을 못 느끼죠. 글을 잘 쓰는 사람의 경우에도 마찬가지입니다. 김용택 시인의 글에는 동네 어르신들이 설계도도 없이 뚝딱뚝딱 금방 초가집을 만드시는 내용이 나옵니다. 오랜 경험과 숙련

된 기술이 있어서 가능한 일인 거죠. 글쓰기도 마찬가지입니다.

그러나 우리는 글을 잘 쓰는 작가들이 아니기 때문에 개요를 바탕으로 글을 쓰는 것이 '안전'합니다. 그래야 글을 거의 다 썼는데 처음부터 다시 쓰는 불상사를 막을 수 있습니다. 지도를 그려놓는 것이라고 생각하면 이해가 더 쉬울 것 같습니다. 한참 산을 올라가다가 "여기가 아닌가벼" 이러면서 도로 산을 내려오거나, 꼭 가야 하는 곳을 빠뜨리거나, 엉뚱한 길을 빙빙 도느라 체력을 허비하지 않도록 한눈에 지형이 파악되면서도 세부 내용이 충실한 지도를 가지고 길을 떠나봅시다. 목적지가 멀수록, 험한 길일수록 지도가 필요합니다. 마찬가지로 긴 글일수록, 논리적이고 어려운 글일수록 개요를 꼭 짜야 합니다.

### 둘째, 개요는 친절해야 합니다

개요를 짤 때는 간략한 개요와 자세한 개요를 함께 짜는 것이 좋습니다. 간략한 개요는 논리적 흐름이나 중요한 키워드만 제시해도 됩니다. 논문이나 책의 목차를 생각하면 될 것 같습니다. 우리가 목차만 보아도 그 글의 개략적인 내용이나 논리적 구성을 이해할 수 있는 것처럼 말이지요. 그래서 논문을 쓸 때 간략한 개요를 작성해놓으면 그것이 나중에 그대로 목차가 되기도 합니다.

그런데 이 간략한 개요만 가지고는 글을 쓰기가 어렵습니다. 왜냐하면 간략한 개요는 키워드나 구절 형태로만 작성되어 있어 정확한 방향을 가늠하기 어렵기 때문입니다. 예를 들어 '글쓰기의 어려움'이라는 개요를 가지고 글을 쓴다고 해봅시다. 글쓰기가 어렵다는 내용을 쓰면 될 거라고 생각하지만, 글쓰기의 어려움을 자기 경험을 통해 이야기할 수도 있고, 글쓰기의 어려움을 증명하는 여러 예시를 제시할 수도 있고, 글쓰기가 왜 어려운지 이유를 설명할 수도 있습니다. 즉, 간략 개요에는 글의 핵심만 명시되어 있을 뿐 구체적으로 어떻게 써나갈 것인지 세부적인 내용을 전혀 알 수 없어서 주제에서 빗나갈 확률이 높습니다.

그래서 내가 쓰려는 내용을 짧은 문장의 형태로 정리해두는 것이 좋습니다. 이러한 자세한 개요는 '요약'처럼 그 장이나 절의 핵심 주장과 이를 뒷받침하는 근거를 문장 형태로 정리한 것이기 때문에 실제로 글을 쓰는 데 도움이 됩니다. 내가 쓰려는 글이 길다면 더더욱 문장 형태의 자세한 개요를 작성하는 것이 필요할 것입니다. 그런데 문장으로 내용이 이어지다 보니 논리적 흐름을 선명하게 확인하기 어렵다는 단점이 있습니다.

간략한 개요는 글의 구성이나 논리적 흐름을 파악하기 용이하고, 자세한 개요는 실제로 글을 쓰기 용이합니다. 그렇다면 어떤 개요를 짜는 것이 좋을까요? 둘 다 쓰면 됩니다. 저는 이것을 '친절한 개요'라고 부르는데요, 논리적 흐름과 글의 구체적인 내용을 한눈에 파악할 수 있어 매우 좋습니다.

'친절한 개요'에는 분량을 적어두기도 합니다. 긴 글일수록 요긴합니다. 써야 하는 글의 전체 분량을 염두에 두고 서론은 3분의 2페이지,

본론은 각각 1페이지씩, 결론은 2분의 1페이지. 이런 식으로 어느 정도 분량을 메모해놓으면 내가 특정 부분을 너무 장황하게 서술하고 있는 것은 아닌지, 자료나 예시를 더 보충할 필요가 있는지 등을 확인하면서 글을 쓸 수 있습니다. 불필요한 군더더기를 피하면서 균형감 있게 내용을 안배할 수도 있게 되는 겁니다.

### 셋째, 개요는 수정하기 위해 작성하는 것입니다

이 정도면 글을 쓸 수 있겠다 싶게 '완벽한' 개요를 짜고 집필을 시작했는데 글이 안 풀리는 경우도 있습니다. 이럴 경우 보통은 글을 고칠지언정 개요를 고치지는 않습니다. 개요 짜기가 끝나면 계획하기 단계는 끝났다고 생각하거든요. 고생해서 만든 개요는 점점 쓸모가 없어지고, 집필은 집필대로 힘들어져도 하는 수 없이 갑니다. 이것이 개요 짜기에 대해 우리가 하는 큰 오해 중 하나입니다.

개요만을 봤을 때는 매우 명쾌하고 논리 정연했는데 글로 써보면 또 다를 수 있습니다. 머릿속으로 상상한 글과 실제 글이 같기가 쉽지 않기 때문입니다. 그럴 때는 글이 아니라 개요를 다시 수정해야 합니다. 그리고 수정한 개요에 맞추어 집필을 이어가야 하는 겁니다. '계획하기 단계 끝, 이제 집필하기 단계 돌입' 이런 식으로 글쓰기를 분절적으로 생각해서는 안 됩니다.

특히 논리적인 글에서는 여러 번의 수정을 거쳐 논리적이고 짜임새 있는 개요를 만들어야 합니다. 섣부르게 개요를 짜고 집필을 시작하면 처음부터 다시 써야 하는 경우도 생깁니다. 그렇게 되면 매우 곤란할 뿐만 아니라 집필 시간도 모자라 낭패를 보게 될 것입니다. 따라서 집필을 시작하기 전에 머릿속의 글이 완벽하게 될 때까지 개요를 수없이 고쳐야 합니다. 글을 처음부터 끝까지 다 쓰고 고치는 것보다는 개요 단계에서 고치는 것이 더 수월하다는 것은 말할 나위도 없겠죠.

개요는 수정하려고 짜는 것입니다. 논문 지도를 받을 때 교수님이나 선배에게 개요를 보여주고 논문에 대한 피드백을 받죠? 논문을 '거의 완벽하게' 써서 피드백을 받으러 갔는데 글 전체를 완전히 뜯어고치라고 한다면 어떨까요? 생각만 해도 끔찍하죠? 그런 불상사를 막기 위해 미리 개요를 보여주는 겁니다.

교수나 선배 입장에서도 원고를 다 읽고 피드백하려면 너무 힘이 들 것입니다. 글의 핵심이 정리되어 있는 개요를 보고 피드백을 하면 부담이 훨씬 줄어드는 겁니다. 어떤 것이 핵심이고 어떤 것이 지엽적인지 분명하게 구분되니 더 정확하게 피드백할 수도 있습니다. 이건 글을 쓰는 사람의 입장에서도 마찬가지입니다. 개요에서는 내가 쓰고 있는 글의 핵심이나 논리적 흐름이 한눈에 보이니 통일감 있게 글을 구성하고 다듬을 수 있습니다. 그래서 개요는 논리적 흐름을 한눈에 확인할 수 있도록 짜는 것이 중요합니다. 개요의 가장 중요한 목적은 수정이니까요.

그렇다고 해서 개요가 완벽하게 될 때까지 수정한 다음에 집필을 해야 한다고 생각하면 안 됩니다. 그러면 큰일 납니다. 고민만 하다가 원고를 완성하지 못하고 마감 시간을 놓칠 수도 있고, 마감 시간 안에 겨우 원고를 완성한다고 해도 수정할 시간이 없어서 원고를 그냥 제출해야 할 수도 있거든요. 그래서 마감 시간이 정해진 글을 쓸 때는 자기 글쓰기 스타일에 맞게 집필 일정을 짜두는 것이 좋습니다.

개요를 수정할 때 꼭 기억해야 하는 것은, 완벽한 글이 없듯이 완벽한 개요도 없다는 점입니다. 개요가 완벽하지 않아도 어느 정도 시간이 되면 집필을 시작해야 합니다. 단, 집필하는 데 주어진 시간이 허용하는 한 최대한 개요를 수정하면서 글의 논리적 구성을 다듬고, 구체적인 내용까지 포함한 '친절한 개요'를 작성하세요. 그래야 집필이 가능한, 쓸모 있는 개요가 됩니다.

## 짜임새 있는 글의 구성

만약 여러분이 책을 많이 읽지 않았는데 글쓰기를 잘하고 싶다면 (사실 이건 씨를 거의 뿌리지 않고 큰 수확을 기대하는 것만큼이나 무도한 욕심이긴 하지만) 말하기를 잘 생각해보면 됩니다. 말과 글은 다르지 않습니다. 짜임새 있는 글의 구성, 논리적인 글의 구성이란 특별한 것이 아닙니다. 이야기를 시작했으면 차근차근 알아듣게 이야기해야겠죠? 중구난방 뒤죽박죽, 이 얘기했다 저 얘기했다 하면 상대방이 내 말을 제대로 알아들을 수 없다는 걸 우리는 잘 알고 있습니다. 그래서 조리 있게 차근차근 정리해서 이야기를 해야 하는 것이고, 그것이 바로 짜임새 있는 구성입니다.

짜임새 있고 조리 있게 말하려면 어떻게 해야 할까요? 뒤죽박죽 이야기하는 사람은 자기가 하고 싶은 말만 합니다. 듣는 사람에 대한 배려 없이 자기중심적으로 이야기하기 때문에 듣는 사람이 이해하든 말든 자기 이야기만 하는 겁니다. 짜임새 있고 조리 있게 이야기하는 사람은 듣는 사람을 배려합니다. '자, 지금부터 내가 무슨 무슨 이야기를 할 거야. 잘 들어야 해!' 본격적인 이야기를 시작하기 전에 청자가 들을 준비를 하도록 신호를 줍니다. 이것이 서론입니다.

자초지종을 이야기하라는 말 들어봤죠? 처음부터 끝까지 순서대로 이야기하라는 뜻입니다. 그 '자초지종'이 서론, 본론, 결론이고, 기승전결이고, 소설로 치자면 발단, 전개, 위기, 절정, 결말입니다.


① 3단 구성

가장 기본적인 것은 3단 구성입니다. 우리가 가장 잘 아는 서론, 본론, 결론 구성이죠. 모든 의사소통 구조는 이 3단 구조에 기초합니다. 논문이나 보고서는 말할 것도 없고 이메일을 쓸 때도 서두에는 인사를 하고 본론에서 용건을 다 쓴 다음 결론에서는 인사로 마무리를 하죠. 서론, 본론, 결론 구성을 갖추고 있는 겁니다.

논술 시험이나 자기소개서처럼 짧은 글에서도 서론과 결론을 충실하게 쓰는 경우가 있습니다. 3단 구성을 잘 기억하고 있는 거죠. 그런데 이것은 효율적인 '짜임새'라고 할 수 없습니다. 주어진 조건에서 핵심 내용을 최대한 전달하는 것이 효과적인 의사소통입니다. 그렇다면 논술 시험이나 자기소개서처럼 짧은 글에서는 서론이나 결론에서 불필요하게 분량을 낭비해서는 안 됩니다. 서론과 결론은 상황에 따라서 최소한으로 해도 된다, 아니 '해야' 된다는 뜻입니다. 3단 구성에서 결국 가장 중요한 것은 서론도 결론도 아닌 본론이니까요.

짧은 글에서는 서론이나 결론으로 분량을 낭비하는 것보다는 주어진 분량 안에서 본론을 최대한 서술하는 것이 중요합니다. 소제목이 서론 역할을 할 수도 있는 경우에는 바로 본론부터 시작해도 됩니다. 꼭 필요하다면 서론이나 결론은 한두 문장으로 최소화하세요. '짜임새' 있게 글을 쓰려는 이유는 본론의 핵심 내용 전달을 최적화하기 위한 것이고, '짜임새' 있는 글이란 필요에 따라 유연성을 가져야 한다는 것을 꼭 기억하시기 바랍니다.

② 4단 구성

4단 구성은 서양에서는 아리스토텔레스의 《수사학》에서 말하는 머리말-진술부-논증부-맺음말의 4단 구성, 동양에서는 기승전결에 해당합니다.

아리스토텔레스의 4단 구성은 주장과 근거가 분명하게 드러나는 구성으로, 영어 에세이 쓰기에서 강조하는 오레오맵(OREO MAP)과도 비슷합니다. 오레오맵은 주장(Opinion)-이유(Reason)-예시(Example)-주장(Opinion)으로 구성되는 구조입니다. 주장과 근거를 강조하는 방식이죠. 아리스토텔레스는 진술부와 논증부 사이에 반론부를 두어 설득력을 강화하기도 합니다. 아리스토텔레스의 4단 구성이나 오레오맵은 논리적 주장을 통해 독자를 설득하는 방식입니다.

그에 비하면 기승전결은 논리보다는 흐름에 더 강조점을 둡니다. 소설의 5단 구성과도 비슷하다고 생각하면 될 것 같습니다. 그러니 주장과 근거보다는 어떤 상황을 보고하거나 문제를 분석해야 할 때 더 유용한 구성이라 하겠습니다. 오레오맵이 주장을 강하게 드러내는 데 유리한 양괄식이라면, 기승전결은 주제를 뒤에 두는 미괄식이라는 데서도 그 차이가 확인됩니다.


③ 5단 구성

5단 구성은 3단 구성이 확장된 형태입니다. 본론을 세 가지로 나열하면 5단 구성이 되니까요. 보통 본론의 내용을 구성할 때 첫째, 둘째, 셋째 이런 나열 방식을 많이 쓰죠. 너무 식상하다고 생각되나요? 그렇지만 논리적인 글에서는 매우 명징한 구성입니다. 논리는 복잡해서는 안 됩니다. 단순하게 글의 흐름이 눈에 보이는 것이 좋습니다.

5단 구성은 본론을 논리적으로 구성하는 것이 매우 중요합니다. 주장을 뒷받침하는 근거를 본론에 제시하면 되는데요, 시간의 흐름에 따른 순차적 서사나 연대기적 서사를 활용하여 일이 일어난 순서에 따라 서술하는 방법도 있고, 비교 분석을 통해 차이점이나 공통점을 도

출하는 방법도 있고, 사례를 제시하는 방법도 있습니다. 그런가 하면 현상의 심각성을 강조하면서 문제점을 강조하는 방법, 원인을 분석하고 해법을 제시하거나 원인과 결과를 제시하고 해법을 제시하는 방법도 있습니다.

본론에서 사례나 문제점, 원인, 해법 등을 나열할 때는 분류와 서술 순서에 유의해야 합니다. 예를 들어 어떤 문제의 원인을 분석하는 글을 쓰는데 원인이 10개 정도 된다고 칩시다. 이 10개를 모두 단순 나열해서는 안 됩니다. 두세 가지로 적절하게 분류해서 층위에 맞게 제시하는 것이 좋습니다. 또한 서술 순서도 유의하는 것이 좋습니다. 점층법, 점강법이 바로 이럴 때 쓰는 방법입니다.

우리가 아는 소설의 구성인 발단-전개-위기-절정-결말도 넓게 보면 5단 구성입니다. 시간 순서에 따라 일어난 일을 이야기하기에 가장 좋은 구성인 것이지요. '위기'가 있어서 그렇습니다. 위기를 넘기는 이야기이니 얼마나 아슬아슬하고 흥미진진하겠습니까. 자신이 겪은 경험을 이야기하는 에세이를 쓰게 될 때는 서론, 본론, 결론 구성보다는 이런 소설적 구성을 활용하면 더 흥미진진한 에세이를 쓸 수 있습니다.

다시 한번 강조하지만 '짜임새'는 적절한 상황에서 가장 효과적인 의사 전달 방법을 찾는 것입니다. 내가 쓰려고 하는 글의 장르와 내용에 맞는 구성이 어떤 것인지 잘 파악해서 '효과적으로' 활용해보시기 바랍니다. 잘 모르겠다고요? 다른 사람들이 쓴 글을 보고 배워야 하는 이유가 바로 이 때문입니다. 다른 사람들이 쓴 글의 목차나 짜임을 참고하면서 글의 자연스러운 흐름에 익숙해져보세요.

# 시작하기와 마무리하기

서론을 못 써서 고민이라고요?
너무 잘 써서 고민 아니고요?

학생들은 대부분 서론을 쓰기 어렵다고 하지만, 서론을 쓰지 않고 본론부터 시작하는 학생은 거의 없습니다. 우리는 이미 모든 의사소통에 서론이 필요하다는 것을 잘 알고 있기 때문입니다.

편지를 생각해보세요. 본론인 용건부터 시작하는 경우는 없을 것입니다. 누구에게라는 호칭과 인사말부터 시작하는 것이 편지의 기본 형식이지요. 하다못해 동생에게 심부름 시킬 때도 본론부터 말하면 효과가 떨어진다는 것을 우리는 잘 압니다. 그래서 이름부디 부르죠. "○○야." 동생이 대답하면 그때 비로소 용건을 말하는 겁니다. 서론부터 말해야 효과적이고 성공적인 의사소통이 될 수 있다는 것을 우리는 잘 알고 있습니다.

즉, 우리는 서론부터 말하는 습관이 몸에 배어 있습니다. 그래서 학생들이 쓴 글을 보면 서론이 긴 것이 문제가 되는 경우가 많습니다. 학생들은 서론 쓰기가 어렵다고 말하지만 사실 원인은 서론 쓰기 자체가 어려워서가 아니라 멋진 서론을 쓰려고 욕심을 내기 때문입니다. 서론을 잘 써야 독자가 글에 흥미를 가지게 된다는 것을 잘 알기 때문이죠. 그래서 서론에 너무 공을 들인 나머지 본론으로 바로 들어가지 못하고 서론만 이야기하다가 분량이 다 차버려서 글을 급하게 마무리하는 경우를 많이 봅니다.

에세이의 경우 자기 경험을 서사적으로 풀어내는 경우가 많습니다. 어떤 일이 있었는지를 이야기하는 그 스토리 자체에 이미 발단, 전개, 위기, 절정, 결말이 있는 겁니다. 그 안에 서론, 본론, 결론의 구조가 다 들어 있을 수밖에 없죠. 이런 경우에는 서론이 필요 없습니다. 다음은 한 학생이 쓴 〈허리 디스크가 내게 가르쳐준 것〉이란 글의 일부입니다.

인생은 예상치 못한 시련으로 가득하다. 나에게도 그런 순간이 있었다. 바로 허리 디스크로 인해 좋아하는 축구와 다양한 활동들을 마음껏 할 수 없게 된 것이다. 처음에는 이 불행이 내 삶을 뒤흔들었지만, 시간이 지나면서 나는 이 시련을 통해 더 많은 것을 배웠고, 성장할 수 있었다.

고등학교 1학년이 끝날 무렵 나는 왼쪽 다리에 이상을 느끼기 시작했다. 처음에는 단순한 근육통이라 생각했지만, 통증은 점점 심해졌다. 점심시간마다 친구들과 축구와 농구를 해서 단순히 근육통이라고 생각하고 넘겨버렸다. 시간이 지나도 통증은 없어지지 않아서 정형외과를 찾았다. 정형외과에서도 근육통 같다고 약을 처방받고 운동을 쉬면 괜찮아질 거라고 했다. 하지만 왼쪽 다리는 여전히 저린 상태였다. 결국 대학병원에서 MRI를 찍어본 결과 나는 허리 디스크라는 진단을 받았다. 이 소식을 들은 어머니는 눈물을 흘렸고, 나도 놀랐지만 애써 괜찮은 척하며 어머니를 안심시켰다.

이 예문을 보면 주제에 대해 소개하는 방식으로 서론을 제시하고 있습니다. 그러나 두 번째 문단도 내용상으로는 서론 기능을 하고 있습니다. 이럴 때는 첫 번째 문단을 빼고 바로 주제와 관련한 스토리로 시작하는 것이 좋습니다. 우리가 쓰는 대부분의 글은 분량이 제한되어 있습니다. 불필요하게 도입부를 길게 써서 분량을 낭비할 필요가 없습니다.

도입부가 끝난 뒤 바로 본론으로 들어가야 하는데 그러지 못하고 다시 서론에 해당하는 내용부터 쓰기 시작하는 이유는 우리가 이미 의사소통 구조에 익숙하기 때문입니다. 우리는 습관처럼 서론부터 글을 시작하는 경향이 있습니다. 그래서 학생들이 쓴 글 중에서 서론이 두 개인 글을 많이 봅니다. 서론이 중복되더라도 본론의 주제에서 벗어나지 않는다면 그나마 다행입니다. 본론의 내용이나 글의 목적, 주제 등에서 빗나가는 서론을 쓰는 경우도 종종 있습니다. 서론 자체만 두고 보았을 때는 좋은데 정작 가장 중요한 본론이나 주제와는 관련성이 떨어지는 것이지요. 얼마나 아깝습니까.

그래서 저는 서론을 쓰지 말고 본론부터 써보라고 이야기합니다. 글을 다 썼는데 서론이 필요하겠다 싶으면 그때 써도 늦지 않기 때문입니다. 대부분은 이미 도입에 해당하는 내용이 있어서 따로 서론이 필요하지 않은 경우가 많습니다. 서론을 잘 써야 한다는 부담감이나 욕심을 조금 내려놓고 편안하게 글을 시작해보세요. 계속 이야기하지만 우리에게는 '수정하기'라는 마법의 카드가 있으니까요.

글을 쓰고 보니 서론이 두 개다 싶으면 하나를 버려야겠지요? 주로 첫 번째 문단을 버리게 되는데요, 주제와 관련 없거나 본론과 연결이 매끄럽지 않다면 버리는 것이 별로 어렵지 않습니다. 그러나 서론이 주제와 관련이 잘되어 있고 자연스러워 군더더기라는 것을 잘 발견하지 못하는 경우가 있습니다. 군더더기라는 것을 알아챘다고 해도 자기가 쓴 서론이 너무 마음에 드는 경우에는 버리기가 참 아까워집니다. 그러나 있어도 그만 없어도 그만이라면 버리는 것이 맞습니다. 버려야 분량 확보가 되고, 그래야 본론에 집중하면서 내가 말하고자 하는 내용을 충분히 서술할 수 있으니까요.

버리기가 너무 아까운 서론은 결론에서 재활용해보세요. 서론과 결론은 시작이냐 마무리냐의 기능 차이만 있을 뿐 내용은 크게 다르지 않으니까요. 앞에 나온 학생 글의 앞부분은 다음과 같이 결론에서 재활용할 수 있습니다.

> 인생은 예상치 못한 시련으로 가득하다. 허리 디스크로 좋아하는 축구와 다양한 활동들을 마음껏 할 수 없게 되었을 때 불행이 내 삶을 뒤흔들었다. 그러나 시간이 지나면서 나는 이 시련을 통해 많은 것을 배웠고 성장할 수 있었다. 허리 디스크는 나를 성장하게 하였다. 시련은 성장과 동의어다.

## 서론의 기능을 기억하세요

서론이 중요하기는 하지만 서론만 잘 쓴다고 좋은 글이 되는 것은 아닙니다. 서론의 기능은 주제를 안내하는 것입니다. 이것이 기본적인 기능이고, 여기에 독자에게 흥미를 줄 수 있으면 좋습니다. 옛날이야기나 명언, 최근의 이슈 등 재미있는 이야기로 글을 시작하라고 하는 것은 그 때문입니다. 본론과는 전혀 관계가 없어 보이는 이야기로 시작하는 경우도 있습니다. 반전의 재미를 주는 것이지요.

> 다음의 퀴즈를 풀어보자. '이것'은 무엇인가?
>
> ○ 플라톤과 아리스토텔레스는 '이것'이 문명사회에 필수
>   적인 제도라고 주장했다.
> ○ 구약성서와 신약성서 모두 '이것'이 정당하다고 했다.
> ○ 이것은 인류 역사에서 거의 언제나 존재했다. 카타르에
>   서는 1952년에야, 사우디아라비아에서는 1962년에야
>   비로소 사라졌다.
>
> 정답은 노예제이다. 참고로 성경은 "노예는 주인의 재
> 산"(〈출애굽기〉 21장 21절)이라 못 박고 있다. 자기 몸을 남이
> 소유한다는 것이 얼마나 큰 고통이 될지 헤아려본다면 노예
> 제가 이토록 오랫동안 당연하게 받아들여졌다는 역사적 사
> 실은 오늘날 우리를 당혹케 한다.*

제가 너무너무 좋아하는 서론입니다. 퀴즈로 시작한다는 것 자체
도 흥미롭거니와 플라톤과 아리스토텔레스, 심지어 성경에서마저 노

---

* 전중환, 〈왜 인권을 존중해야 할까〉, 《본성이 답이다》, 사이언스북스, 2016,
107~108쪽.

예제를 정당하고 필수적인 제도라고 여겼다는 주장은 독자를 놀라게 하기 충분합니다. 진화심리학자 전중환 선생님은 인권과 가장 배치되는 노예제가 인간의 역사에서 당연하게 여겨져왔음을 지적하면서, 그럼에도 불구하고 인권을 존중해야 하는 이유를 이야기하고 있습니다. 매력적인 서론입니다. 잘 기억해두었다가 언젠가 이런 방식의 서론을 써보고 싶다는 생각을 했습니다.

그러나 아무리 멋지다고 해도 서론은 주제를 안내하기 위해 존재한다는 것을 잊어서는 안 됩니다. 너무 욕심을 부리다가는 본론의 주제와 빗나가는 서론을 쓰게 되기도 합니다. 따라서 일상적 경험이나 명언, 속담 등으로 가볍게 서론을 시작하는 것도 좋습니다. 글에서 가장 중요한 것은 전체적인 균형이고, 서론, 본론, 결론 중에서 가장 중요한 것을 하나만 선택해야 한다면 그것은 당연히 본론이지 서론은 아니기 때문입니다.

특별하지는 않지만 소박하면서도 서론의 기능을 충실히 하는 한 학생의 〈돈과 사랑〉이란 글 서론을 소개합니다.

> 게오르크 짐멜이라는 독일의 사회학자는 일상의 사소한 소재들에 천착해 글을 쓰는 것으로 유명하다. '돈' 역시 그의 연구 대상이다. 그가 보기에 돈은 상품이나 서비스의 가치를 측량하는 수단이자 다른 가치를 표현하는 매개체이다. 하지만 그는 사랑은 돈으로 표현될 수 없는 소중한 가치라

고 주장한다. 사랑과 돈은 관계가 없으며 때로는 서로 배치
되기도 한다. 이는 짐멜뿐만 아니라 텔레비전 드라마에서도
관습적으로 이용되는 주제이다. 그러나 때로는 돈이 사랑을
가장 극적으로 표현하기도 한다.

글은 게오르크 짐멜이라는 학자를 인용하면서 시작합니다. 많이
쓰는 방식입니다. 그런데 이 친구는 자신은 짐멜과는 생각이 다르다
면서 서론을 시작하고 있습니다. 대부분의 사람들이 동의하는 사실에
반박하면서 서론을 시작하고 있는 것입니다. 독자는 흥미를 가질 수밖
에 없습니다. '왜 그렇게 생각할까' 하고 말입니다. 이 친구는 본론에서
어머니와 형과의 일화를 제시하고 있는데, 넉넉하지 못한 형편에서 어
머니와 형이 어떻게 자신에게 돈으로 사랑의 마음을 전했는지를 이야
기하고 있습니다. 이러한 자신의 경험을 바탕으로, 자본주의 사회에서
도 돈은 긍정적인 가능성을 보여줄 수 있으며 그것이 기부다, 라고 결
론에서 주장합니다.

다음은 〈내일은 당구왕〉이란 학생 글의 서론입니다. 당구가 매력
적일 수밖에 없는 이유를 세 가지 제시하면서 자신이 당구를 얼마나
사랑하는지를 보여주는 글인데, 서론을 이렇게 시작합니다.

수능이 끝나고 매일매일 무엇을 할지 고민이었던 고등학
교 졸업 전 마지막 방학, 나는 친구들에게 이끌려 당구를 치

기 시작했다. 어릴 적 당구장이 탈선의 길이라 생각하여 당구에 부정적인 시선을 가지고 있었던 나는 금세 당구에 맛을 들여버렸다. 어느새 당구는 내 최고의 취미 중 하나가 되었고 대학에 입학한 지금도 당구는 내 일상이다. 그렇다. 나는 당구를 사랑한다.

당구의 규칙은 매우 간단하다. 직사각형의 당구대 안에서 큐(당구에서 공을 칠 때 사용하는 긴 막대기)를 이용하여 자신의 수구(득점하기 위해 사용하는 자신의 공. 노란색과 흰색이 있다)로 목적구(수구를 이용해 맞추는 공. 빨간색이다) 두 개를 맞출 때 점수를 얻게 되고 자신의 차례를 계속 이어간다. 그러다 자신의 차례에서 득점에 실패했을 때 상대방의 차례로 넘어가게 된다. 공을 맞추기 위해서 다양한 기술들과 적절한 계산이 요구되기 때문에 사람마다 실력의 차이가 있고 이는 곧 개인의 당구 점수와 연관되어 있다. 그러나 기술도 중요하지만 무엇보다 당구는 집중력이 요구되기 때문에 때로는 하수도 고수를 제압할 수 있는 매력적인 게임이다.


당구를 시작하게 된 계기를 소개하면서 주장을 분명하게 밝히고 있습니다. 그리고 본론을 시작하기에 앞서 당구를 간단하게 소개하는 문단을 하나 덧붙였습니다. 당구에 관해 전혀 모르는 독자들도 본론에서 제시하는 당구의 매력을 잘 이해할 수 있도록 돕고 있습니다.

보통 다섯 문단으로 글을 구성하고 첫 문단만 서론으로 할애하라고 설명하는데, 이 학생은 두 번째 문장에서 당구의 규칙을 설명하느라 총 여섯 개의 문단으로 글을 구성했습니다. 형식이나 틀에 얽매이지 않고 독자를 배려하면서 글을 쓰고 있는 겁니다. 두 번째 문단뿐만 아니라 힘주지 않고 편안하게 시작하면서도 주제를 분명하게 짚고 넘어가는 첫 번째 문단도 독자에 초점을 맞추고 있다 할 수 있습니다. 멋진 글을 쓰고야 말겠다는 욕심보다는 독자에게 내 이야기를 차근차근 정확하게 전달하겠다는 마음이 담긴 소박한 글입니다. 저는 이런 욕심 없는 글을 사랑합니다. 저도 이렇게 내 욕심보다는 독자를 배려하는 소박한 글을 쓰고 싶습니다.

## 결론에서 어떻게 마무리 지어야 할지 모르겠다고요?

### 첫째, 결론의 기능을 기억하세요

결론의 가장 중요한 역할은 주장을 강조하는 것입니다. 그것을 위해 결론에서는 세 가지가 필요합니다. 앞의 논의 내용 요약, 이를 바탕으로 한 주장 재강조, 전망 제시하며 마무리하는 것입니다. 이 요약-주장-전망은 결론의 고정 '패턴'이라고 해도 좋습니다.

요약은 글의 성격과 전체 분량을 보면서 적절하게 하면 됩니다. 긴 글이면 결론도 길어야 하고 짧은 글이면 결론도 짧아야 하니 요약도 그에 맞추어서 하면 됩니다. 박사 논문이나 긴 보고서의 경우 내가 어떤 목적에서 이 논문 혹은 보고서를 시작했는데 연구 결과는 이러저러하다고 길게 요약하기도 합니다. 1천5백 자 정도 되는 짧은 칼럼이나 에세이의 경우, 한 문장 혹은 한 구절로 요약하기도 하고, 아예 요약을 생략하는 경우도 있습니다.

요약 없는 주장은 있을 수 있지만 주장 없는 요약은 있을 수 없습니다. 결론에서 요약을 하는 이유는 이것을 바탕으로 주장을 한 번 더 강조하기 위해서입니다. 결론은 본론의 내용을 압축하는 겁니다. 까먹지 말라는 거죠. 그렇게 주장을 강조하는 겁니다.

요약과 주장 강조에서 유의할 점은 본론의 내용에서 벗어나서는 안 된다는 것입니다. 학생들이 결론에서 가장 헷갈리는 부분이 이 부분입니다. 결론에서 더 깊이 있는 논의를 펼쳐서도 안 되고, 새로운 근거를 제시하거나 새로운 논의를 펼쳐서도 안 됩니다. 독자가 결론에서 기대하는 것은 여태까지의 논의를 마무리하는 것인데, 깊이 있는 논의, 새로운 논의가 등장하면 독자는 당황할 수밖에 없습니다. 그리고 짧은 결론에서 깊이 있는 논의나 새로운 논의가 충분히 서술될 수도 없기 때문에 내용 면에서도 설득력이 떨어질 수밖에 없습니다.

요약과 함께 주장을 한 번 더 강조했다면 이후에 전망을 제시하기도 합니다. 전망도 결국은 주장을 뒷받침하기 위한 것입니다. 전망을 활용해서 주장을 강조하는 방식은 여러 가지가 있습니다. 예를 들어 보겠습니다.

○ 글쓰기는 인간을 인간답게 만드는 중요한 능력이다. 앞으로도 글쓰기 능력은 인간의 필수적인 능력 중 하나일 것이다.

→ 확신에 찬 예언입니다. "두고 봐. 내 말이 맞을 거야"라고 장담하는 겁니다.


○ 글쓰기를 잘하고 싶다면 자신에 대한 믿음을 가지고 용기를 가져야 한다. 불안과 욕심을 내려놓고 용기 있게 글쓰기와 마주한다면 이미 여러분은 글쓰기든 무엇이든 마침내 성공할 수밖에 없다.

→ 내 말대로 하면 잘될 것이라는 전망은, 내 말대로 해야 한다는 점을 강조하고 있는 겁니다. 자기 주장이 옳다는 것을 강조하고 있는 것이죠.


○ 읽지 않고 글을 쓸 수는 있지만 생각하지 않고 글을 쓸 수는 없다. 생각하거나 질문하는 학생보다 잘 외우는 학생을 더 선호하는 우리나라 입시 교육 방식이 바뀌지 않는다면 글쓰기는 여전히 어려울 수밖에 없다.

→ 전망에서 절망적 상황을 강조하는 방법도 있습니

다. 절실한 상황이다, 심각하다는 자기 주장을 강조하고 있습니다.

○ 글쓰기를 대신 해주는 AI가 발전하는 만큼 인간의 글쓰기는 더더욱 중요해질 것이다. AI만 믿었다가는 우리는 어느새 AI에 조종당하고 있을지도 모르는 일이다.

→ 전망을 가장한 협박입니다. "내 말을 안 들으면 큰일 날 거야"라고 말하고 있는 거죠. 우아하게 협박하면서 내 말이 옳다는 것을 주입하고 있습니다.

전망 부분을 쓸 때 유의할 점은, 전망에 너무 힘을 주지 않도록 유의하는 것입니다. 전망이 너무 강조되면 주제나 논점이 흔들리기도 합니다. 가장 흔한 예가, 원인을 분석하는 것이 글의 목적이었는데 결론에서 전망에 너무 집중한 나머지 세부적인 해법이나 제안을 하는 경우입니다. 글의 목적이 원인 분석이었다면 결론에서도 원인을 강조해야 합니다. 전망으로 해법을 제시할 수는 있지만 최대한 가볍게 새로운 논점이 부각되지 않는 수준에서 마무리해야 합니다.

가령 나의 글쓰기를 돌아보면서 내가 왜 글쓰기를 힘들어할 수밖에 없는지 성찰하는 글을 썼다고 해봅시다. 이때 결론은 '내가 글쓰기를 어려워하는 것은 이러저러한 이유 때문이다'가 되어야 하고, 전망을 덧붙이려면 '앞으로는 극복하기 위해 노력해보겠다'고 하면 됩니다.(물론 아무리 생각해도 앞이 캄캄하다고 써도 됩니다.) 그런데 성찰이 지나친 나머지 그 노력의 다짐과 방향을 길고 장황하게 덧붙인다면 바로 그때부터 주제에서 벗어나는 결론이 되어버리는 것입니다. 전망은 주장을 한 번 더 강조하기 위해서, 내 주장이 타당하다는 것을 강조하기 위해서 쓰는 것이라는 점을 잊으면 안 됩니다.

**둘째, 결론에서는 다음을 유의하세요**

서론 쓰기가 어렵다는 학생은 많지만 결론 쓰기가 어렵다는 학생은 많지 않습니다. 서론 쓰기에 비해 결론 쓰기에 대한 부담이 적다는 의미죠. 문제는 그 결론이 좋은 결론이냐 하는 것인데 이건 또 문제가 다릅니다. 마무리가 잘되느냐 그렇지 못하느냐에 따라 그 글의 성패가 결정되기 때문에 사실 결론은 생각보다 신경 쓸 게 많고, 꼼꼼하게 마무리해야 하는 부분입니다. 그런 의미에서 결론을 쓸 때 유의할 점을 항목별로 정리해보겠습니다.

① 서론과 일치하는지 체크해보라

서론에서는 보통 화제를 제시하는데, 이를 통해 문제 제기를 하거나, 자기가 주장하고자 하는 바를 드러내게 됩니다. 서론에서부터 분명하게 자기주장을 밝히면서 글을 시작하는 경우, 서론과 결론에 주장이 모두 드러나므로 양괄식이 되는데요, 이 경우는 앞서 보았던 오레오맵처럼 서론과 결론의 주장이 동일해야 합니다. 너무 당연한 얘기죠? 그런데 이것을 의식적으로 생각하지 않고 쓰다 보면 일치하지 않는 경우가 생각보다 많이 생깁니다. 본론을 쓰다 보면 논점에서 살짝살짝 어긋나기 시작해 결론이 되면 서론과 달리 논점이 빗나간 주장을 하게 되는 경우들입니다.

문제 제기로 서론을 시작하는 경우는 주장이 결론에서 드러나므로 미괄식일 텐데요, 서론의 문제 제기, 즉 '질문'은 결론의 주장인 '답'과 일치해야 합니다. 예를 들어 서론에서 '장애인을 배려해야 하는가'라고 문제 제기를 했다면 결론에서는 그 답이 나와야 합니다. '장애인을 배려할 것이 아니라 장애인의 권리를 보장해야 한다'가 결론에 나와야 하는 겁니다. 이것이 이 글의 주장입니다. 본론은 주장을 뒷받침하는 근거에 해당하는 내용, 즉 왜 배려가 바람직하지 않은 것인지, 왜 권리를 보장해야 하는 것인지 등을 설득력 있게 제시하면 됩니다. 그리고 결론은 본론의 내용을 바탕으로 주장을 한 번 더 강조하는 기능을 해야 합니다. 서론이 질문이라면 본론은 설명, 결론은 정답이라고 생각하면 되겠습니다.


② 결론을 위해 주장이나 근거를 아껴두지 말라

우리는 결론이 매우 중요한 부분이라는 것을 잘 압니다. 그래서 어떤 문제가 생기느냐 하면, 가장 중요한 내용을 결론에 쓰려고 아낍니다. 결론에서 중요한 말을 빵 터뜨리면서 주장을 강조해야겠다고 생각하는 거죠. 안 됩니다!

하고 싶은 말은 본론에서 끝내세요. 결론에서는 새로운 내용을 쓰면 안 됩니다. 절대 안 됩니다. 결론의 가장 중요한 기능은 본론의 논의를 갈무리하는 것이기 때문입니다. 다음은 한 학생의 〈돈과 사랑〉이라는 글의 결론입니다.

> 돈은 사랑과 배치되는가? 그렇지 않다. 그러나 때로 돈은 사랑을 잃고 무한의 자기 증식을 낳는다. 돈 때문에 노동자를 해고하고, 때로는 돈으로 사랑을 사기도 하는 드라마 속 재벌들의 모습은 한편으로는 현실을 반영하고 있다. 어쩌면 일반 대중이 돈에 대해 가지고 있는 편견이나 분노는 이러한 돈의 부정적인 측면 탓일 것이다. 그렇다고 돈을 무가치하게 폄하해서는 안 된다. 그럴수록 더욱 돈이 가진 긍정적인 측면을 부각시켜야 한다. 돈으로 표현되는 사랑, 즉 기부나 재벌들의 사회 환원이 넘쳐날 때 비로소 건강한 자본주의가 성립할 것이라고 생각해본다. 가족의 생계를 책임지는 아버지의 뒷모습이 아름다운 것도, 기부하는 젊은이의 마음씨가 존경받는 것도 같은 이유일 것이다.

예시는 결론 부분인데 문제 제기부터 다시 시작하고 있습니다. 독자는 마무리를 기대하고 결론을 읽는데, 이처럼 새로운 논의가 펼쳐지는 느낌이 든다면 당황하게 됩니다. 본론의 내용을 요약하고 본론의 주장을 강조해주어야 합니다. 그래야 독자는 편안하게 자기가 읽은 글의 내용을 갈무리하게 됩니다.

한 가지 더, 이 글은 '그렇지 않다', '그러나', '그렇다고 ~하면 안 된다'와 같이 계속 논의를 뒤집고 있습니다. 따라서 결론에서 주장을 확인하고 싶었던 독자는 혼란스러워집니다. 결론에서는 간결하고 명쾌하게 핵심을 정리해야 합니다. 그래야 독자가 편안하게 글쓴이의 주장에 주목할 수 있습니다.


③ 논점에서 빗나간 부분을 지워라

글을 쓰다 보면 서론과 본론에 에너지를 쏟아부은 나머지 결론에 가서는 마음이 좀 풀어집니다. 그렇게 편안한 마음으로 결론을 쓰다 보면 불필요한 내용이 들어가기도 합니다. 다음은 한 학생의 〈찌든 목장갑으로부터 배우다〉라는 글입니다.


아버지의 회사에서 일하는 동안은 내가 살아오면서 부모님께 무엇을 해드렸는지를 생각해보는 시간이 되었다. 고등학교까지는 성적이 내 인생의 전부인 양, 대입 준비가 세상에서 제일 힘든 것, 어려운 것으로 생각했다. 내가 태어나고 지금까지 성장할 수 있었던 것은 아버지와 어머니께서 많은 부분들을 희생하고 고생해 오셨기 때문이라는 당연한 사실을 일을 하면서 깨달았던것 같다. 아마도 생애 처음으로 가슴 깊이 느낀 깨달음이었을 것이다. 아르바이트를 해서 월급으로 받은 돈을 드리면서 조금이나마 부모님께 보답을 할 수 있어서 정말 뿌듯했다. 그리고 부모님들의 직장 생활의 어려움을 내가 함께 공유하고 조금이나마 공감할 수 있었다는 사실에 스스로가 대견하기도 했다. 생애 처음으로 해보았던 사회생활과 깨달음의 그 시간들 속에서 나는 좀 더 성장한 것 같았다.

이 글은 대입 시험을 치르고 계획 없이 겨울방학을 보내던 중 아버지 회사에서 일을 하면서 아버지의 힘든 회사 생활을 이해하고 감사를 느끼게 되는 내용입니다. 첫 문장은 바로 그 내용을 요약한 부분입니다. 그다음 깨달음 부분은 본론에서는 나오지 않았던 내용입니다. 본론에서 그 '깨달음'을 충분히 서술했더라면 좋았을 텐데 본론에서는 언급하지 않고 결론에서 언급하고 있습니다. 그러나 본론에서도 비슷한 내용이 나왔던 터라 여기까지는 아직 크게 문제가 되지는 않습니다. 문제는 그다음 부분입니다. 깨달음과 반성이 '보답'으로 이어지고 있기 때문입니다. 이 글의 핵심은 깨달음이지 보답은 아닙니다. 따라서 밑줄 친 부분은 논점에서 빗나간 내용입니다.

주제와 관련 없는 내용은 과감히 지우세요. 결론은 주제를 강조하는 부분이기 때문에 주제와 관련이 없는 부분은 지우는 것이 좋습니다. 팩트라고 하더라도 산만하게 내용을 늘어놓으면 주제 집중도가 떨어지고 자칫하면 논점을 잃게 됩니다. 핵심을 놓치지 않도록 유의하세요. 그래야 주장이, 결론이 선명해집니다.

④ 교훈적인 결론을 조심하라

저는 수업 시작하는 첫날 '나와 글쓰기'를 주제로 첫 과제를 내줍니다. 자신의 글쓰기를 돌아보면서 자신에게 글쓰기가 어떤 것이었는지를 돌아보는 과제인데요, 자신의 글쓰기 경험을 돌아보고 솔직하게 쓰라고 주문합니다. 그러면 학생들은 다양한 자신의 글쓰기 역사를 글로 잘 표현합니다. 날마다 써야 하는 일기가 너무 싫어서 어릴 때부터 글쓰기와는 담을 쌓고 살았다는 학생도 있고, 어렸을 때는 잘했는데 발전이 없어 안타까워하는 학생도 있고, 예나 지금이나 글쓰기가 싫다는 학생도 있습니다.

그런데 결론은 비슷합니다. 이 수업에서 열심히 글쓰기를 배워서 글쓰기를 잘해보겠다는 다짐이 대부분입니다. 내용이 다 다른데 결론이 동일하다니요! 그래서 저는 앞으로 열심히 하겠다는 다짐은 하지 않아도 된다고 말합니다. 우리 마음은 그렇게 쉽게 바뀌지 않습니다. 그런데 글로 무언가를 쓰게 되면, 특히 자신의 과거를 돌아보고 성찰하는 글을 쓰다 보면 반성을 하고 마음을 바꾸어야 할 것 같은 부담이 듭니다. 그래서 진짜 내 마음은 아직 변하지 않았는데 '앞으로는 열심히 해야겠다'라는 마음에도 없는 결심과 약속을 하면서 마무리하는 겁니다. 이런 것이 뻔한 결론입니다.

아직 마음의 준비가 되지 않았다면, 노력 안 하고도 글쓰기를 잘할 수 있는 방법이 없을까 하는 생각이 든다면, 조금 부끄럽더라도 그 생각을 그대로 쓰면 됩니다. 사실은 우리 모두 그런 나약하고 부끄러운 생각들을 하고 있거든요. "그렇게 후회를 하고도 아직 마음의 준비가 되지는 않은 게 한편으로 한심스럽기는 하지만, 그 정도로 글쓰기는 내게 힘든 일이다"라고 한다면 독자들은 그 마음에 깊이 공감하고 여러분을 응원할 것입니다. "노력 없이 이루어지는 것이 아무것도 없다는 것을 잘 알지만, 그래도 내게는 글쓰기가 너무 간절해서 날로 먹을 수 있다면 날로 먹고 싶다"라고 한다면 독자들은 그 간절한 마음을 충분히 이해해줄 것입니다.

어린 시절 일기를 떠올리면 내용이 어떻든지 "오늘은 참 재미있는 하루였다"로 마무리하던 것이 기억날 것입니다. 어린이라면 재미있는 하루를 보내지 않으면 안 된다는 중압감(?)이 있었던 것 같습니다. 어버이날 쓰는 편지는 부모님께 사랑한다거나 효도를 하겠다는 다짐으로 아름답게 마무리하지 않으면 안 되는 것처럼 말이지요. 우리가 마치 시험처럼 글에도 모범 답안이나 정답이 있다고 생각하는 경향은 그때부터 시작된 것이 아닌지 모르겠습니다.

⑤ 길 필요 없다

어떤 책을 보니 결론을 후식에 비유했더군요. 결론이 짧고 깔끔하게, 강렬하게 마무리될수록 좋다는 점에서 참 좋은 비유라고 생각했습니다.

보통 짧은 에세이나 칼럼이 2천 자 내외이니 5단 구성을 활용한다고 가정했을 때 산술적으로 계산해보면 한 문단은 4백~5백 자 정도가 적당할 것입니다. 각 문단은 비슷한 분량을 지켜주는 것이 좋지만 서론과 결론은 본론 문단들보다는 짧은 것이 좋고, 서론과 결론 중에서도 결론이 더 짧은 것이 좋습니다. 서론이나 결론보다는 본론이 더 중요하니까요. 즉, 결론은 3백~4백 자 혹은 그 이하로, 짧게 끝낼 수 있으면 짧고 굵게 끝내는 것이 좋습니다.

결론은 글의 주장이나 핵심이 응집, 총화되는 부분이기 때문에 전체 글에서 가장 중요합니다. 그러나 그것이 글을 길게 써야 하는 이유가 되는 것은 아닙니다. 수필 같은 경우에는 단 한 문장으로 결론을 마무리하기도 합니다. 촌철살인. 사람을 죽일 수도 있는 바늘 하나와도 같은 예리함으로 주제를 분명하게 짚어주는 것, 그것이 결론의 묘미라는 점을 잊지 마세요.

# 글은 문단으로
# 구성됩니다

문단을 왜 나누어야 할까요?

생각해보면 저도 어릴 적에는 왜 문단을 나누어야 하는지 잘 알지 못했던 것 같습니다. 마치 시에서 행과 연을 왜 나누어야 하는지, 어떻게 행과 연을 나누어야 하는지 잘 몰랐던 것처럼 말이지요. 그저 행과 연이 있어야 시가 되는 것처럼 대부분의 산문에는 문단 나누기가 되어 있었기 때문에 적당한 길이에서 무작정 문단을 나누었던 것 같습니다.

문단을 왜 꼭 나누어야 할까요? 글쓰기에서 답을 모르겠을 때는 독자 입장에서 생각해보세요. 그러면 많은 경우 해답이 발견됩니다. 글쓰기는 결국 독자를 위해서 쓰는 것이기 때문이죠. 독자에게 그것이 좋기 때문에, 독자가 내 글을 더욱 잘 이해하는 데 도움이 되기 때문에 그렇게 쓰는 것입니다.

　자, 그렇다면 독자 입장에서 생각해봅시다. 여러분이 문단이 없는 긴 글을 읽어야 한다고 가정해봅시다. 어떨까요? 우선 보기에도 답답하겠죠? "이걸 한꺼번에 다 읽어야 한다고?" 일단 별로 읽고 싶지 않을 겁니다. 참고 읽다가도 금방 지루해질 것입니다. 그런데 문단이 나뉘어 있으면 독자는 일단 심리적 부담이 줄어듭니다. 한 문단씩 읽으면 되니까요. 게다가 우리는 모든 글이 서론, 본론, 결론으로 나뉘어 있고 보통 서론과 결론에 주장이 드러난다는 것을 알고 있습니다. 여차하면 서론을 조금 읽다가 훌쩍 건너뛰어 결론만 읽어볼 수도 있으니 큰 부담 없이 읽기를 시작할 수 있습니다.

　다음으로, 문단이 나뉘어 있으면 독자는 글을 더 빠르고 쉽게 이해할 수 있습니다. 개조식 글을 생각해보면 더 쉽게 이해될 것입니다. 개조식 글은 핵심 내용을 한눈에 빠르고 분명하게 파악할 수 있는 장점이 있죠. 개조식은 아니지만 문단은 독자로 하여금 글을 더 잘 이해할 수 있도록 구획을 나누어주는 장치라고 생각하면 좋을 듯합니다.

　한 문단에는 한 가지 주제가 담겨 있죠. 따라서 한 문단을 읽으면 하나의 핵심 내용을 파악할 수 있고, 그렇게 한 문단씩 내용을 이해하면서 글을 읽어나가게 되는 겁니다. 그 과정을 통해서 글의 흐름이나 논리 구조도 빠르게 이해할 수 있습니다. 독해력이 좋은 독자라면 문단이 나뉘어 있지 않아도 논리나 핵심을 파악하면서 글을 읽을 수도 있겠죠. 그러나 글쓴이의 의도와 딱 맞게 읽어내지는 못할 수도 있습니다.

우리는 독자가 읽기 쉬운 글을 써야 할 의무가 있습니다. 아무리 좋은 글을 써도 독자가 읽기 싫어지는, 빨리 이해되지 않는 글을 쓴다면, 그래서 독자가 내 글을 외면한다면 무슨 소용이겠습니까? 내가 이렇게나 훌륭한 글을 썼는데 읽지 않았으니, 이해하지 못했으니 독자가 손해일까요? 아닙니다. 나만 손해입니다. 내 글이 읽히지 않는다면 나는 헛수고를 한 셈이니까요. 우리는 독자가 내 글을 쉽게 읽고 잘 이해할 수 있도록 '친절하게' 핵심 내용 단위로 문단을 나누어야 합니다.

문단이 새로 시작하는 부분에서는 꼭 표시도 해주어야 합니다. 문단과 문단 사이에 줄 비움을 해주거나 문단이 시작하는 부분에서 한 글자 들여쓰기 등을 해주는 거죠. 이처럼 문단 시작하는 부분에서 편집상의 표시를 해주는 것도 독자를 배려하는 것입니다. 문단이 쉽게 눈에 띄도록 시각적으로 보여주려는 것이죠.

"자, 여기서 새로운 문단이 시작이에요. 여기서부터 새로운 내용이 시작됩니다. 독자 여러분, 눈여겨봐주세요."

요컨대 문단의 기능은 독자로 하여금 문단 단위로 글의 내용을 끊어 읽도록 하여 글의 전체적인 내용을 더 잘 이해할 수 있도록 만드는 것입니다. 그러니 우리는 핵심 내용 단위별로 문단을 꼭 나누어야 하겠지요.

문단 나누기가 쉽지는 않습니다. 원칙부터 말씀드리면, 한 문단에는 하나의 핵심 내용이 있으므로 핵심 내용이 바뀌는 부분에서 문단을 나누는 것이 원칙입니다. 그런데 사실 핵심 내용이 어디서 바뀌는지 정확히 알아차리기가 쉽지 않습니다. 문단마다 핵심 내용이 분명한 글을 읽고 핵심 내용을 찾으라고 해도 만만하지 않을 판에 핵심 내용 단위로 글을 써나가기란 더더구나 어렵겠죠. 이건 뭐 최대한 노력을 하는 수밖에 없습니다. 우린 기계가 아니고, 우리가 쓰는 것도 기계 비스무리한 것이 아니므로 너무 빡빡하게 생각하지는 않아도 됩니다.

논리적인 글은 그래도 핵심 내용 단위 중심으로 문단을 나누는 것이 수월한 편입니다. 가장 어려운 것은 서사적인 글을 쓸 때예요. 사건이 죽 이어지고 있는데 어디서 문단을 끊어주어야 하는지 막막할 때가 많습니다. 이럴 때는 시간이나 장소를 기준으로 문단을 나누어보세요. 시간이 바뀌거나 장소가 바뀌는 부분에서 나누어주면 됩니다. 시간이나 장소가 전환되는 부분에서는 내용이 달라질 수밖에 없기 때문이죠.

문단 나누기에서는 각 문단의 분량도 적절해야 합니다. 특히 본론의 경우 각 단락의 분량을 고르게 해야 합니다. 핵심 내용 단위로 바르게 문단을 나누었다고 가정했을 때, 어떤 문단이 너무 적다면 그 문단은 충분히 설명하거나 표현을 하지 않은 것이 될 것입니다. 반대로 문단이 너무 길다면 그 문단은 불필요한 내용이 덧붙은 것입니다. 주제와 관련 있고 필요한 내용을 담고 있다고 하더라도 다른 문단과의 균형을 생각하면서 설명의 정도를 적절하게 조절하는 것이 좋습니다.

보통 한 문단은 4백~5백 자 정도가 적당하다고 합니다만 이것이 절대적인 것은 아닙니다. 논문 같은 경우에는 한 문단이 6백 자 이상 되는 경우도 있습니다. 그런가 하면 요즘 온라인의 글들을 보면 한 문단의 분량이 짧은 것이 특징인 것처럼 보이기도 합니다. 글쓴이의 스타일에 따라서도 차이가 많습니다. 긴 호흡으로 글을 쓰는 스타일이라면 문단이 길어지겠고, 짤막짤막하게 쓰는 스타일이라면 문단이 짧아도 될 것입니다. 따라서 한 문단의 분량이 어느 정도가 적당하다고 기계적으로 말하기는 어려운 것 같습니다.

가장 나쁜 방법은 문단을 나누어야 한다는 강박에 사로잡혀서 기계적으로 나누는 것입니다. 비유하자면 1백 평짜리 집을 정확하게 4등분해서 25평짜리 방을 네 개 만드는 것입니다. 각 방의 기능이나 특성은 생각하지 않고 말이죠. 나누는 것 자체가 중요한 것이 아니라 왜 나누는가, 어떻게 나누는가가 중요합니다.

계획하기 단계에서 문단을 나누어놓고 글을 쓰는 경우에는 각 문단의 핵심 내용을 분명히 정해놓고 그것을 놓치지 않도록 유의하면서 쓰세요. 반대로 계획하기 단계에서 문단 나누기가 어렵다면 무리해서 문단을 나누지 말고 일단 쓰세요. 그리고 나서 시간이나 장소, 사건이 전환되는 지점에서 문단을 나누어도 됩니다. 문단을 나누면 너무 불필요하게 자세히 서술된 부분이나 너무 간략하게 서술된 부분 등도 확인할 수 있을 것입니다. 전체적인 균형을 생각하면서 글을 다듬으면 됩니다. 자기 스타일에 맞는 방식을 찾으세요.

단, 문단 나누기를 할 때는 꼭 두 가지를 유의해야 합니다.

첫째, 글 한 편에서 각 문단의 분량이 들쭉날쭉한 것보다는 일정한 것이 보기 좋습니다. 소설이나 수필 같은 문학작품의 경우, 한 문장이 한 문단이 되는 경우도 있습니다. 주로 서론이나 결론에서 한 문장이 한 문단이 되는 경우가 많습니다.

> 아픔을 겪은 후 난 슬프고 우울했다.[*]

> 지금은 나의 과거와, 현재와, 어쩌면 올 수도 있는 미래를 향해 달린다.[†]

이 한 문장에는 많은 것이 함축되어 있죠. 여러분이 문학적인 글을 쓴다면 이런 서론이나 결론을 시도해볼 수도 있을 것입니다. 멋지잖아요! 그러나 우리가 쓰는 대부분의 글은 문학적인 글이 아니므로 각 문단은 일정한 분량으로 균형을 맞추는 것이 무난하다는 것도 꼭 기억해주세요.

---

[*] 얀 마텔 지음, 공경희 옮김, 《파이 이야기》, 작가정신, 2004, 14쪽.
[†] 구병모 지음, 《위저드 베이커리》, 창비, 2022, 248쪽.

둘째, 문단이 길든 짧든 한 문단에는 그 문단의 주제가 분명하게 드러나야 합니다. 이를 위해 한 문단은 주제를 드러내는 중심 문장과 주제를 뒷받침하는 문장으로 구성되죠. 그러려면 한 문단은 최소 두 문장 이상은 되어야겠죠? 그래서 논리적인 글쓰기에서는 한 문단은 한 문장으로 끝날 수 없고 최소한 두 문장 이상은 되어야 한다고 합니다.

자, 이 지점에서 문제! 한 문단에 주장과 근거를 써서 핵심 내용을 분명히 하는 데까지는 성공했는데, 그 두 문장 쓰고 나면 할 말이 없는 경우가 있습니다. 글쓰기에 어려움을 겪는 학생들이 호소하는 어려움 중 하나가 바로 이 분량을 채우는 것입니다. 그럼 분량은 어떻게 채울 수 있을까요?

## 문단 분량을 채우기가 힘들다고요?

분량 채우기 힘들다는 것이 글쓰기의 어려움일 수는 있지만 그것이 여러분의 단점은 아닙니다. 다른 각도에서 생각하면 이것은 글쓰기에서 장점으로 작용할 수도 있습니다. 주장과 근거를 한 문장씩 쓰고 나니 할 말이 없다는 것은 달리 말하면 핵심 내용을 간결하게 정리하는 능력을 지니고 있는 거거든요. 이런 학생들은 아마 요약 정리도 잘할 것입니다. 읽기와 쓰기에서 핵심을 간결하게 정리하는 능력은 대단히 중요한 능력입니다. 매우 분석적으로 사고를 할 수 있다는 뜻입니다. 좋은 출발이에요.

심리학에는 '자기 효능감'이라는 말이 있습니다. 어떤 일을 수행할 때 내가 그것을 잘해낼 것이라고 믿는 겁니다. 얼마나 자신감을 가지고 있는가 하는 것인데요, 객관적으로 잘하는가 못하는가보다 스스로 잘한다고 생각하는가 아닌가가 최종 결과물의 완성도에 영향을 끼친다는 것이 연구자들의 공통된 결론입니다.

우리는 교과서에서 늘 좋은 글들을 읽어왔습니다. 좋은 글에 대한 눈높이가 높은 거죠. 거기에 글쓰기에 대한 부담까지 크다 보니 자기의 능력을 과소평가하는 경향이 있습니다. 여러분이 가지고 있는 자질들을 긍정적으로 해석하고 자신감을 가지세요. 그리고 내 자질들을 어떻게 활용하면 글을 더 잘 쓸 수 있을 것인가 생각해보세요. 그러면 글쓰기가 훨씬 수월해지고, 어느새 자신감도 붙을 겁니다. "별거 아니구나. 하니까 되네, 뭐." 이렇게 말이지요.

다시 본론으로 돌아와서, 많은 학생이 분량 채우기를 어려워합니다. 분량을 채우느라 이 말 저 말 덧붙이기도 하고, 불필요한 수식어를 붙이면서 문장을 늘리기도 하죠. 그러느라 오히려 주제에서 빗나가는 경우도 있고, 문장의 의미가 분명하지 않거나 비문이 되어버리는 경우도 생깁니다. 이러면 글 전체에도 영향을 주기 때문에 글 쓰는 사람으로서는 막막하게 되어버립니다.

그러나 시각을 바꾸어, 두 줄 쓰고 나면 할 말이 없다는 것을, 분석력이 좋아서 핵심 파악하는 능력이 뛰어나다고 생각해보면 어떨까요? 그 핵심에 살을 붙이기만 하면 되는 거 아닐까요? 사실 분량을 채우는 것보다는 핵심만을 이야기하는 것이 더 어려운 능력입니다. 핵심을 파악하는 능력은 요령을 배운다고 금방 달라지지 않지만, 분량을 늘리는 능력은 요령을 배우면 금방 달라질 수 있거든요.

## 오레오맵을 활용해보세요

이럴 때 '오레오맵'이라는 것을 추천합니다. 앞서 글의 구성에서도 잠깐 언급한 오레오맵은 자신의 주장이나 견해를 분명하게 드러내는 논리적인 성격의 글을 쓸 때 쓰는 구성 방식입니다. '주장(Opinion)-이유(Reason)-예시(Example)-주장(Opinion)' 구조를 지녀 앞글자를 따서 '오레오(OREO)'라는 이름이 붙었습니다. 오레오맵은 전체적인 글의 구성으로도 좋지만, 구성이 단순하기 때문에 한 문단과 같은 짧은 글을 쓰는 데도 활용도가 높습니다.

> 주장: 글쓰기를 잘하려면 연습을 많이 해야 한다.
>
> 이유: 뛰어난 작가들도 날마다 글쓰기를 게을리하지 않기 때문이다.
>
> 예시: 미국의 유명 소설가이자 《유혹하는 글쓰기》의 저자 스티븐 킹은 매일 2천 단어를 쓰는 습관이 있다

고 한다. 심지어 그는 생일이든 휴일이든 예외 없이 하루도 빠짐없이 글을 썼다고 한다. 헤밍웨이나 무라카미 하루키가 새벽에 일어나서 날마다 몇 시간씩 규칙적으로 글을 썼던 것 또한 유명한 일화다.

주장: 뻔하게 들리겠지만 글쓰기를 잘하고 싶다면 꾸준한 연습하는 방법밖에 없다.

주장으로 시작하고 주장으로 마무리를 하니 양괄식입니다. 오레오맵은 주장이 분명하게 강조될 수밖에 없는 구조인 것이지요. 바꿔 말하면 주장을 강하게 하는 글을 써야 할 때 효과적인 방식입니다. 단, 서두의 주장과 마지막의 주장은 내용은 동일하되 표현은 좀 달리하는 것이 좋습니다. 그래야 세련돼 보입니다.

주장을 뒷받침하기 위한 근거를 제시한 다음, 그 근거의 설득력을 높이기 위해 예를 들어서 설명합니다. 우리가 쉽게 설명할 때 보통 예를 들잖아요. 예를 들어서 설명하면 독자는 더 쉽게 이해할 수 있습니다. 여러분이 독자라고 생각해보세요. 단 두 문장으로 상대방이 하고자 하는 말을 정확하게 알아들을 수 있을까요? "좀 더 자세히 말해봐. 예를 들어서 좀 설명해봐." 이렇게 요구하지 않을까요? 그런 독자의 요구에 응답을 해야 합니다. 그러기 위해 구체적으로 예를 들어서 설명하는 거죠.

글을 쓰는 사람 입장에서는 여기서 분량을 진뜩 뽑을 수 있습니다!

예시란 무궁무진하잖아요. 예를 짧게 써도 되고, 길게 써도 됩니다. 분량을 채우는 건 말할 것도 없고 분량을 내 마음대로 조절도 할 수 있는 거죠? 유레카! 그런데 예가 잘 생각나지 않는다고요? 그러면 관련 자료를 찾아봐야죠. 글쓴이라면 그 정도 성의는 보여야 하는 겁니다.

말하고자 하는 핵심 내용과 근거는 있지만 이것을 어떻게 한 문단 분량으로 늘려야 하나 고민하는 학생들에게 오레오맵은 아주 명쾌한 방법입니다. 신기할 정도로 분량 늘리는 것이 쉽습니다. 게다가 주장과 근거를 뒷받침하는 예시를 제시하는 것이니 논점이 흐려질 염려도 없습니다. 꼭 맞는 예시를 제시하기만 한다면 더욱 논지를 강화하고 설득력을 높일 수 있으니 일석이조입니다.

조심할 것은, 글은 레고처럼 모듈을 가져다 끼우기만 하면 완성되는 기계가 아니라는 점입니다. 논리적으로 글을 써야 하는 경우에는 오레오맵을 사용해도 좋지만, 지나치게 기계적인 글은 매력이 없을 수도 있으니 글의 성격이나 전체적인 균형을 생각하면서 활용하기 바랍니다.

## 문단과 문단의 유기적 연결

구성에 문제가 있으면 유기적 연결이 문제가 됩니다. 구성에 문제가 있으면 논리적 비약이 일어나면서 글은 유기성을 잃습니다. 글쓴이의 머릿속에는 연결 고리가 있지만 글에는 그것이 채 드러나지 않는 거죠. 이럴 때는 생략된 논리가 무엇인지 찾아보고 차근차근 독자와 발을 맞추는 것이 중요합니다.

도식화된 논리 구조에 맞추어 내용을 배치했을 때도 단락이 툭툭 끊어지는 느낌을 줍니다. 이때는 구성이나 논리보다는 흐름을 먼저 생각하는 것도 좋습니다. 구성이나 논리도 결국은 흐름이기 때문입니다. 논리도 설득을 위한 것입니다. 흐름을 고려하면서 누군가를 설득한다고 생각하고 구성을 자연스럽게 수정하면 연결도 매끄러워집니다.

전체적인 구성을 보았을 때는 문제가 없는데 문단마다 새로운 내용이 시작되는 경우가 있습니다. 이때도 단락과 단락이 연결되지 않고 어색합니다. 이런 경우의 원인은 새로운 느낌으로 문단을 시작하고 있기 때문입니다.

앞 문단 마지막 문장과 뒤 문단 첫 문장이 연결되도록 해보세요. 앞 문단 마지막 문장의 주어나 핵심어가 뒤 문단 첫 문장의 주어가 되는 것이 좋습니다. 앞 문단에서 하던 얘기가 뒤 문단에서도 계속되고 있다는 느낌을 주어야 독자는 내용이 연결되고 있다는 것을 이해할 수 있기 때문입니다.

③

글다운 글을
써보고 싶습니다

# 첫 문장을
## 어떻게 시작하는 것이 좋을까요?

제 친구 중 하나는 사서삼경의 첫 구절을 모두 외웁니다. 그러면서 첫 구절을 알면 다 아는 거나 다름없다고 큰소리를 치더군요. 듣고 보니 그럴듯하기도 했습니다.《논어》에서 제가 유일하게 아는 구절이 바로 첫 문장이더라고요. "학이시습지(學而時習之)면 불역열호(不亦說乎)." 배우고 때로 익히면 즐겁지 아니한가. 가장 유명하니 너도나도 기억하고 있는 것이겠죠.

《논어》는 공자님의 말씀을 모아놓은 책입니다. 공자님의 사상이 집대성된 책인 거죠. 공자님은 춘추전국시대를 대표하는 사상가였습

122

니다. 그러나 공자님은 어느 나라에서도 등용되지 못해 오랜 세월 떠돌이 생활을 해야 했습니다. 전국칠웅이라 불리는 나라들이 패권을 차지하기 위해 대립하고 다투면서 치열한 싸움을 벌이던 때, 인(仁)을 주장하고 공부하고 수양하는 것을 중요하게 생각했으니 누가 그 말에 귀를 기울였겠습니까. 그래서 《논어》의 첫 구절은 배우고 때로 익히는 것이 얼마나 즐거운가를 역설하면서 시작할 수밖에 없었던 겁니다.

그 공자님의 사상을 발전시켰던 분이 맹자님이었습니다. 《맹자》 또한 맹자와 그 제자들의 어록을 엮은 책인데, 첫 구절은 맹자가 양혜왕을 만나는 데서 시작합니다. 맹자가 양혜왕을 만났는데 양혜왕이 묻습니다. "이리 먼 길을 달려와주셨는데, 내 나라를 위해서 어떤 이로움을 주실 생각이십니까?" 그러나 맹자가 말합니다. "왕은 어찌 '이익'을 말하십니까. 왕이 나라를, 대부가 가문을, 선비가 자신을 이롭게 하려 한다면, 그리하여 위아래가 이익만을 취하려고 한다면 마침내 나라가 위태로워질 것입니다"라며 따끔하게 지적을 합니다. 그러면서 국가를 통치하기 위해서는 이익보다는 인자함과 정의가 더 중요하다고 역설하죠.

책 한 권의 내용이 첫 구절에 응축되어 있는 겁니다. 첫 구절의 무게감이나 중요성이 어떤 것인지 금방 이해되시죠? 한 가지만 더 예를 들겠습니다.

오늘 엄마가 죽었다. 아니, 어쩌면 어제인지도.

프랑스의 실존주의 소설가 알베르 카뮈의 소설 《이방인》의 첫 구절입니다. 실존주의가 뭔지 저는 지금도 잘 모르지만, 처음 《이방인》을 읽었을 때의 당혹감은 생생합니다. 엄마가 죽었는데 언제인지 모른다고? 이렇게 덤덤하다고? 내가 알던 슬픔이나 사랑, 정의나 행복 따위는 사실은 허구였던가? '부조리'라는 단어의 정확한 의미를 몰랐던 때였는데도 소설을 다 읽었을 때 그 '부조리'가 직관적으로 이해되었습니다. 아, 소설 속 주인공 뫼르소 앞에 놓였던 삶과 죽음을 관통하는 것이 바로 이 첫 문장이구나! 첫 문장은 곧 그 글 혹은 책 전체를 대변합니다. 그러니 첫 문장이 중요할밖에요.

스티븐 킹도 첫 문장을 고민하는 작가로 유명한데요, 스티븐 킹은 조금 다른 의미에서 첫 문장을 중요하게 여겼습니다. 스티븐 킹이 말하는 첫 문장의 가장 중요한 원칙은 흥미를 끌어야 한다는 것입니다. "들어봐요. 이리로 오세요. 이 이야기를 알고 싶지 않나요"라는 '유인'이 바로 첫 문장의 역할이라는 겁니다. 그래서 스티븐 킹은 그 첫 문장을 찾기까지 몇 년이 걸리기도 했다고 합니다. 마음에 드는 문장을 쓰게 되어야 비로소 책을 쓸 수 있다는 생각을 하게 되었다고 해요.

이처럼 첫 문장은 글의 전체를 보여주는 것이면서, 독자의 호기심을 끄는 가장 중요한 실마리가 되기도 합니다. 그러니 많은 작가가 첫 문장을 어떻게 시작할까 고민할 수밖에 없겠죠. 《칼의 노래》로 유명한 김훈은 첫 문장의 조사를 '이'로 할 것인가 '은'으로 할 것인가를 고민했던 것으로도 유명합니다. 그의 선택은 "버려진 섬마다 꽃이 피었다"입니다.

첫 문장이 얼마나 중요한지, 첫 문장만 모아놓은 책도 많습니다. 작가들이 그렇게 고심하고 공을 들여 쓴 문장들이니 그 문장들을 읽어보는 것도 글쓰기에 많은 도움이 될 것입니다. 그리고 그 첫 문장이 그 글전체에 어떤 기여를 하는지를 살펴본다면 더더욱 좋겠죠. 관심 있는분들은 한번 읽어보시길. 그리고 관심이 생겼다면 한두 문장은 베껴쓰기를 하면서 좋은 문장에 익숙해져보시길 추천드립니다.

자, 여기까지는 잘 쓰는 사람들 얘기. 이제 우리 이야기를 해봅시다.

## 첫술에 배부르랴

글쓰기에 열정을 가지는 것은 좋지만, 잘 쓰고 싶다는 열망이 들끓다 보면 오히려 글을 시작하기 어렵게 됩니다. 우리는 스티븐 킹처럼몇 년간 첫 문장을 고민할 수는 없는 처지거든요. 계속 이야기하지만,우리는 작가가 되려는 것이 아닙니다. 열심히 하다 보면 우리도 언젠가는 작가가 될 수도 있겠죠. 하지만 지금은 아닙니다. 첫술에 배부를수 없습니다. 지금은 일단 쓰는 것, 그것이 중요합니다. 쉽게 쉽게 시작해봅시다.

서론에서 가장 중요한 것은 화제를 던지는 것입니다. 내가 지금부터 무슨 이야기를 할 것인지 독자에게 차근차근 일려주는 것입니다.

독자가 마음의 준비를 하고 글을 읽을 수 있도록 말이지요.

### 첫째, 개념 정의로 시작하기

가장 대표적인 예가 개념 정의로 시작하는 겁니다.

> 지속 가능한 발전이라는 용어는 1987년 세계환경개발위원회(WCED)가 발표한 '우리의 공통된 미래'라는 보고서에서 등장한 개념으로, "미래 세대가 그들의 필요를 충족시킬 수 있는 가능성을 손상시키지 않는 범위에서 현재 세대의 필요를 충족시키는 개발"을 의미한다. 지속 가능성은 단순히 환경적 측면에만 국한되지 않고 경제성장, 사회적 평등을 포괄함으로써 자연 자원의 보존과 더불어 모든 인류가 더 나은 삶의 질을 누릴 수 있도록 하는 것을 목표로 한다.

지속 가능한 발전이라는 것이 무엇인지 차근차근 설명하면서 글을 시작하고 있습니다. 글쓴이는 독자에게 이렇게 말하는 겁니다. "내가 이야기하려는 것은 이런 거야. 자, 내 손을 잡고 따라와." 독자는 글쓴이의 손을 잡고 거부감 없이 자연스럽게 글 속으로 걸어 들어갈 수 있게 되죠.

그런가 하면 기존의 개념과는 다른 재정의로 글을 시작할 수도 있습니다.

사랑은 슬픔과 동의어다. 우리가 보통 사랑과 함께 떠올리는 단어들은 행복, 기쁨, 따뜻함, 웃음 등이다. 그 단어들을 떠올리는 것만으로도, 상상만으로도 우리는 기분이 좋아진다. 우리가 사랑을 하는 것은, 최소한 사랑이라는 단어를 사랑하는 것은 행복하기 위해서고, 기쁘기 위해서고, 따뜻함을 느끼기 위해서고, 웃기 위해서다. 그러나 타인의 불행을 눈감는 행복, 고통을 모르는 기쁨, 추위를 견뎌보지 못한 따뜻함, 눈물 흘려본 적 없는 웃음은 얼마나 가치가 있을 것인가. 슬픔을 아는 사랑, 슬픔을 견딘 사랑, 슬픔을 나누는 사랑, 슬픔을 감싸 안는 사랑이어야 가치가 있고, 깊이가 있는 사랑이다.

기존의 생각을 뒤집는 이런 재정의는 글 전체의 주제를 대변하기도 합니다. 자기만의 생각을 던지면서 글을 시작하는 것이지요. 용감하게. "내 생각은 이래. 내 이야기 한번 들어봐!"

개념 정의 방식이 친절하고 진지한 방식이라면 재정의는 좀 더 경쾌한 방식입니다. 말하기로 치면 달변가들이 쓸 법한 방식이죠. 흥미를 유발하면서 독자의 관심을 끄는 겁니다. 미처 생각하지 못했던 허를 찌르는 시작으로 때로는 독자를 놀래기도 합니다. 그러면 독자의 반응은 이렇게 됩니다. "오홋! 이런 얘기를 하려 했던 거야? 계속해봐."

## 둘째, 집필 의도를 밝히면서 시작하기

좀 재미없는 방법도 있습니다. 집필 의도를 밝히면서 시작하는 방법인데요. 주로 논문 같은 재미없는 글에서 씁니다. "이 논문의 목적은" 이러면서 말이죠. 이렇게 쓰지 말라고 하기도 하지만 논문의 목적이 명쾌하게 드러나니 그닥 나쁜 방법이랄 수도 없습니다. 첫 문장이 별로 생각나지 않을 때 저도 이렇게 논문을 시작해본 적 있습니다. 좀 멋이 없으면 어떻습니까. 편하고 좋습니다. 첫 문장도 잘 쓰고 본론도 잘 쓰면 좋겠지만 둘 다 잘할 수 없을 때, 한 가지만 선택해야 한다면 첫 문장보다는 본론을 선택해야 합니다. 첫 문장이 아무리 중요하다고 해도 첫 문장만 멋지고 본론은 별 볼 일 없는 것보다는 첫 문장은 별 볼 일 없어도 본문을 더 잘 쓰는 것이 낫기 때문이죠.

이런 칼럼을 본 적 있습니다.

> 역사 교과서 국정화를 둘러싼 논란이 매우 뜨겁고 더 보탤 이야기가 남아 있는지 의문이다. 그러나 이 글은 해당 정책이 정부, 여당의 목적과 지향을 위해서라도 실패가 예정된 정책임을 보이고 내달 초 확정 전 교육부가 이를 포기하기를 바라는 간곡한 마음으로 적는다.[*]

---

[*] 박원호(서울대 정치학과 교수), "교과서 국정화, 정부의 정책적 '자해'", 《경향신문》 2015년 10월 20일 자.

매우 짧은 서론이었는데요, 길게 이야기할 것도 없지만 한 번만 더 이야기한다는 글쓴이의 심정이 너무나 분명하게 드러나는 멋진 서론 이었습니다. 이처럼 집필 의도를 밝히면서 쓴 글도 멋진 서론이 될 수 있는데, 제발 이것만은 피했으면 하는 것이 있습니다.

내 생애 최고의 순간을 쓰라는 과제를 받고 내 생애 최고 의 순간이 언제인지 생각해보았다.

가르친 적이 없는데도 학생들은 어디서 보았는지 이런 식으로 글 을 시작하는 경우가 많습니다. 이 내용은 필요가 없는 내용입니다. 생 각하고 고민한 결과, 내가 하고 싶은 이야기부터 시작해야 합니다. 일 기 쓸 때 '나는 오늘'을 쓰는 것과 같은 군더더기인 것이지요. 너무 뻔한 시작이고, 화제만 던지고 있을 뿐 주제와 연결이 되지도 않는 군더더 기이니 되도록 쓰지 않는 것이 좋습니다.

그런데 사실 첫 문장 하나만 가지고는 이것이 필요한지 아닌지를 알 수는 없습니다. 다음에 어떤 내용이 이어지는지에 따라 이 문장은 필요한 문장이 되기도 하고 불필요한 문장이 되기도 하기 때문이죠. 전에 어떤 학생이 '나는 무엇을 사랑하는가'를 주제로 글을 썼는데, 이 런 식으로 시작했습니다. 나는 무엇을 사랑하는가, 라는 주제로 과제 를 해야 해서 컴퓨터를 켜고 글을 시작했는데 아무리 생각해도 떠오르 지 않더라는 겁니다. 내가 무엇을 시랑하는가, 사랑이란 무엇인가라는 주제에 천착을 하면서 친구에게 물어보기도 하고 고민하기도 합니다. 그러나 이렇다 할 결론을 내리지 못하고 새벽까지 과제를 못 해서 애가 타는데 너무 배가 고프더라는 거예요. 기숙사 방에는 먹을 게 하나도 없고, 편의점도 문을 닫았는데 배가 너무나 고파 온 방을 이 잡듯이 뒤져 책장 틈새에 끼어 있는 오래된 컵라면 하나를 발견했습니다. 유통기한마저 지나버린 컵라면을 먹으면서 이 친구가 말합니다. "나는 컵라면을 사랑한다."

이쯤 되면 과제로 주어진 주제를 가지고 고민하는 과정은 꼭 필요한 부분이 됩니다. 차근차근 이 친구의 글쓰기 과정과 고민을 따라가다 보면 그 친구가 깨달았던 사랑의 의미를 독자도 함께 깨닫게 되는 겁니다. 사랑이란 크고 숭고하고 아름다운 것이 아니라, 작고 하찮더라도 대상에 대한 절실함이라는 것을요.

너무 거창하게 뽐내면서 시작하지 않아도 됩니다. 내가 말하려는 주제(혹은 화제)의 개념이나 정의부터 시작해도 되고, 내 나름의 재정의로 시작을 해도 좋습니다. 내가 쓰려는 글의 주제가 무엇인지, 어떤 목적이나 의도로 내가 이 글을 쓰고 있는지를 밝히면서 시작해도 됩니다. 저는 이것이 친절한, 군더더기 없는 진솔한 시작이라고 생각합니다. 그 진솔함에 독자는 끌릴 수밖에 없습니다.

### 셋째, 이야기로 시작하기
가장 일반적이고 무난한 방법 중 하나가 이야기로 시작하는 것입니다. 이야기를 싫어하는 사람은 거의 없으니까요. 내 얘기도 상관없고 남 얘기도 상관없습니다. 옛날이야기, 지금 이야기, 미래 이야기 뭐든 괜찮습니다. 주제와 관련되기만 한다면요. 최근의 사회적 현안으로 시작할 수도 있고, 영화나 광고, SNS에서 가장 핫한 영상이나 이슈 등 독자가 관심을 가질 만한 것이면 무엇이든 괜찮습니다. 주제와 관련 있으면서도 독자가 관심을 가질 만한 적당한 이야기를 찾는 것이 여기서 가장 중요한 포인트입니다.

그런데 그 에피소드를 또 어떤 문장으로 시작해야 할지 막막한 사람들이 있죠. 이런 사람들을 위해 강원국 선생님은 '한번은 이런 일이 있었다'로 시작해보라고 조언하시더군요. 참 좋은 아이디어라는 생각이 들었습니다. 편안하게 이야기하듯이 글을 시작할 수 있는 겁니다. '한번은 이런 일이 있었다'는 문장은 글을 다 쓴 다음 지우면 되는데, 내버려두면 또 어떻습니까.

몇 년 전 신문에 반가운 소식이 실렸었다. 경희대학교 학생들이 《표준국어대사전》에 실린 사랑·연인·애인·연애 등 네 단어의 정의에 문제 제기를 했고, 국립국어원은 이 문제 제기를 받아들여 표제어의 풀이를 바꿨다는 것이다. '상대에게 성적으로 끌려 열렬히 좋아하는 마음. 또는 그 마음의 상태'라고 풀이되어 있던 '사랑'의 정의는 이제 '어떤 상대의 매력에 끌려 그리워하거나 좋아하는 마음'이라고 바뀌었고, 이에 따라 '연인', '애인', '연애'의 정의도 '남녀'에서 '사람'으로 바뀌었다. 남녀를 중심으로 서술되는 이성애 중심적 언어가 차별을 만든다는 청년들의 건강하고 도전적인 문제의식은 사전을 바꾸는 쾌거를 이루어낸 것이다. 그러나 정권이 바뀌자 이 정의는 슬그머니 이전 정의로 다시 되돌아갔다. 청소년들에게 가치관의 혼란을 줄 수 있다는 것이 이유 중 하나였다. 이 해프닝은 여러 가지를 생각하도록 만든다. 정권이 바뀌면 사전의 정의도 바뀐다. 청년은 비판적으로 사고해도 되지만 청소년은 비판적으로 사고하면 안 된다.

이처럼 주제를 드러낼 수 있는 이야기면 어떤 것으로 시작해도 상관없습니다. 역사에 길이 남을 서론을 쓰려는 것이 아니라면 어떻게 서론을 시작해야 하나 고민하지 않아도 됩니다. 무궁무진한 이야기 중 하나만 선택하면 되기 때문입니다.

### 넷째, 너무 뻔하게 시작하지 않기

단, 너무 흔한 속담이나 격언, 너무 뻔한 이야기는 하지 않는 것이 좋습니다. 뻔하다는 것은 그 이야기 자체가 뻔하다는 것이 아니라 그 이야기를 왜 시작하는지 독자들이 미리 다 알아버리는 것을 뜻합니다. 그렇게 되면 독자는 흥미를 가지지 않겠죠. 끝까지 보지 않아도 결말을 다 아는 식상한 드라마처럼 되어버리는 겁니다.

생활고에 시달리던 모녀가 이웃의 외면 속에 동반 자살을 선택할 수밖에 없었던 가슴 아픈 기사로 글을 시작하여 이웃에 대한 관심이 왜 필요한지, 혹은 국가적 사회보장 시스템이 왜 더 촘촘해야 하는지에 관해 주장한다고 해봅시다. 주제에 딱 맞는 기사이기는 하지만 기사를 많이 본 독자들로서는 너무 뻔하다는 느낌이 들겠죠? 무슨 이야기를 하려고 그 이야기를 꺼내는지 알고 있으니 독자는 흥미를 잃을 수밖에 없습니다.

이럴 때는 정반대의 예를 드는 것이 더 효과적일 수 있습니다. 누구나 꿈꾸는 행복하고 부족할 것 없는 가정의 예를 이야기하면서 글을 시작해보면 어떨까요? 이상적인 가정에 대한 환상이 어딘가에서는 그렇지 못한 삶을 사는 사람들을 외면하고 있고, 사회제도마저도 이들을 배제하거나 놓치고 있다고 문제 제기를 할 수 있을 것입니다. 이웃집의 숟가락 개수까지 알고 지냈던 1980년대 이야기로 시작하는 건 어떨까요? 프라이버시라는 이름으로 이웃과 거리를 두거나 외면하고 살고 있는 현재와 1980년대를 대비하면서 사회 자체를 변화시킬 수는 없다고 하더라도 제도라도 그 빈틈을 메워주어야 하는 것 아니겠냐고 문제 제기를 할 수도 있을 것입니다.

뻔하다는 것은 아이디어와 주제에서도 나왔던 고민입니다. 주제든 아이디어든 서론이든 똑같습니다. 뻔하다는 것은 남들이 생각하는 수준에서만 생각한다는 것입니다. 이미 알고 있는 범위 내에서 말이지요. 남다른 생각은 남다른 생각에서만 나옵니다. 남다르게 생각하려면 남보다 더 많은 고민을 해야 합니다.

### 다섯째, 대화로 시작하기

대화로 시작하는 것도 좋은 방법입니다. 대화 글은 그 상황을 생생하게 보여주기 때문에 독자는 어떤 상황이 벌어지고 있는지 궁금해하면서 글을 읽고 싶어지고 더 쉽게 이야기 속으로 빠져들 수 있습니다.

어떤 학생이 라면을 주제로 글을 썼는데 첫 문장이 "후~ 후~ 후루룩"이었습니다. 텔레비전 프로그램 시청률을 단시간에 올릴 수 있는 비장의 방법 중 하나가 먹방, 특히 라면과 짜장면 먹기라고 하더군요. 이상하게 라면과 짜장면을 남들이 먹는 모습을 보면 참기 어렵죠. 게다가 한 젓가락 얻어먹을 때의 그 맛은 비할 데가 없을 겁니다. 이 친구의 글은 바로 그 점을 공략했습니다. 청각적 효과를 활용하여 라면 먹는 모습을 생생하게 전달하고 있는 겁니다. 독자는 거기에 빠져들 수밖에 없게 됩니다.

영화나 드라마로 치면 전투 장면부터 시작하는 것과 마찬가지입니다. "뭐야, 무슨 일이야?" 독자가 이렇게 주목하면 성공입니다. 그런 효과를 줄 수 있는 대화로 시작해보세요.

### 여섯째, 낯선 것으로 시작하기

이처럼 독자의 예상을 깨는 서두, 뻔하지 않은 서두를 쓰는 것이 중요합니다. 그래서 글쓰기에서는 낯선 것을 연결해보라는 조언을 많이 합니다. 제목과는 전혀 관련이 없어 보이는 서두를 읽으면서 독자는 대체 무슨 얘기를 하려고 이러나 궁금해서 글을 읽게 되거든요. 그리고 그것이 주제와 어떻게 연결되는지를 알아챘을 때 무릎을 탁 치게 되는 것이지요. 기가 막힌 서론이 될 수밖에 없는 겁니다.

이런 글을 발견하는 것은 독자로서는 즐거운 일입니다. 독자들은 여기서 창의적인 새로움을 발견할 수 있기 때문입니다. 독자로 하여금 생각지도 못했던 것을 발견하는 기쁨을 줄 수 있으면 좋습니다.

예를 들어보겠습니다. 2014년부터 2019년까지 JTBC 방송 '뉴스룸'에는 '앵커 브리핑'이라는 코너가 있었습니다. 당시 뉴스 진행자였던 손석희 앵커가 그날 뉴스 내용 중 중요한 이슈를 골라 4분 내외로 짧은 평을 전하는 방식이었는데, 2015년 9월 17일에 방송된 내용은 갑을 관계가 주제였습니다. 이 갑을 관계와 함께 중요한 글감은 5그램이었는데요. 갑을 관계와 5그램은 어떤 관련이 있을까요?

내용은 이렇습니다. 5그램 정도 무게의 A4 용지 한 장은 단면이 날카로워 손을 베이게 할 뿐 아니라 더 나아가 사람의 마음을 베기도 한다, 정부 공공기관이 용역 기관과 계약을 맺으면서 '횡포'에 가깝게 용역 계약서를 작성한 반면 성북구 아파트 주민들은 경비원과 계약을 맺으면서 함께 행복하자는 뜻의 '동행(同幸) 계약서'를 작성했다, 5그램에 불과한 A4 용지 한 장이 세상을 울게 할 수도 있고 웃게 할 수도 있다….

무슨 얘기를 하려고 A4 용지 무게로 이야기를 시작하나 싶었는데 사용자와 고용자의 갑을 관계를 드러내는 두 계약서를 비교하면서 고작 5그램짜리 계약서가 지닌 의미의 무게를 짚어내고 있는 겁니다. 여기에 상처 치료 연고의 무게도 5그램이라는 내용을 덧붙인 것은 압권이라고 할 수 있습니다.

앞서 언급한 바 있는 디지털을 주제로 한 글에서 신데렐라 이야기로 시작하는 경우나 인권을 이야기하면서 역사적 위인들의 노예제에 대한 긍정을 퀴즈 형식으로 제시한 경우도 모두 이에 속합니다. 이 예시들의 공통점은 모두 글쓰기를 매우 잘하는 분들의 글이라는 점입니다. 아쉽게도 아무나 흉내낼 수 있는 방식은 아닌 겁니다. 주제에 대한 지식과 비판적 사고, 거기에 창의적 상상력까지 있어야 쓸 수 있는 서론입니다.

그러나 우리도 한번쯤 도전은 해볼 수 있지 않을까요? 주제에 대한 충분한 지식과 비판적 사고를 가지고 창의력을 발휘해서 말이지요. 스스로를 한번 믿어보세요. 실패가 두렵다고요? 실패하면 어떻습니까? 여러분은 전문가가 아니므로 실패할 자유가 있습니다. 우리는 실패를 통해서 성장합니다. 그들도 그러했을 것입니다. 틀림없이.

**일곱째, 질문으로 독자를 불편하게 하지 않기**

학생의 글을 보면 가끔 '~을 아는가?'라는 질문으로 서두를 시작하는 경우가 있습니다. 그렇게 쓰라고 가르친 적이 없는데 어떻게 그렇게 쓰는지 모르겠지만 꽤 자주 보이는 현상입니다. 질문하면서 독자의 관심을 끌겠다는 계획일 텐데, 문제는 그 질문이 독자에게 호기심을 불러일으키지는 못한다는 것입니다.

ESG 경영이 무엇인지 아는가, 스마트팜이 무엇인지 아는가, 뭐 이런 식인데, 이런 건 독자가 몰라도 궁금하지 않습니다. 모르면 사전 찾아보면 되는 거고, 아는 거면 시험당하는 것 같아서 기분 상합니다. 이럴 때는 정의로 시작하는 것이 더 안전합니다. 물어보지 말고 독자와 함께 친절하게 가는 편이 더 낫습니다.

글을 쓸 때는 독자를 생각해야 한다고 했죠? 서론에서는 더더구나 독자를 잊으면 안 됩니다. 독자와 손잡고 같이 갈 것인가, 앞에서 독자를 잡아당길 것인가. 어느 쪽이든 독자와 함께 가야 한다는 것을 잊지 마세요.

질문할 때는 내가 무엇을 가르친다는 느낌이 아니라 편안하게 이야기 나눈다는 느낌으로 시작해보세요. '브라질에 있는 나비의 날갯짓이 정말 미국 텍사스에 토네이도를 일으킬 수 있을까?', '어릴 때 꿈이 없었던 사람이 있을까?', '노래 없는 세상에서 살아야 한다면 어떨까?' 이런 질문들은 독자에게 답을 하라고 강요하는 질문이 아니라 글쓴이가 독자와 함께 생각해보고자 하는 의도로 던지는 '스몰토크'이기 때문에 독자를 불편하게 하지 않습니다.

자연스럽게 내 이야기를 한다, 독자와 대화를 한다고 생각하세요. 그러지 않고 너무 멋져 보이려고 하면 서론에 힘이 들어갈 수밖에 없고, 그러면 서론도 글두 잘 풀리지 않습니다. 어찌이찌 쓸 수는 있겠지만 독자의 공감을 얻기는 어렵습니다.

이 외에도 역사적 사실이나 독자가 깜짝 놀랄 만한 통계 등을 인용하면서 글을 시작할 수도 있습니다. 그러나 이들 모두 가장 중요한 것은 주제와 관련이 있어야 한다는 것, 그것을 독자가 눈치채지 못하게 시작해야 한다는 것입니다. 그래야 재미가 있으니까요.

# 눈길을 끄는 제목을
# 붙이세요

## 제목은 이름입니다

학생들은 첫 과제에 제목을 붙이지 않는 경우가 많습니다. 마감 시간이 촉박해서 제목을 못 붙였을 수도 있고, 제목 붙이는 것을 깜빡했을 수도 있는데, 제목을 크게 의식하지 않는 경향도 있는 것 같습니다. 제목을 붙이지 않는 것은, 자기 글을 쓴다는 의식이 약하기 때문입니다. 마치 서술식 시험문제 답안을 쓸 때 답만 쓰지 제목을 쓰지는 않는 것처럼, 부여된 과제에 대한 '답'을 쓰는 것이라고 여기는 것 같습니다.

글쓰기는 정해진 답이 아니라 자기 생각을 쓰는 것입니다. 남과 다른 자기만의 생각을 썼다면 남들의 글과는 구별되는 제목을 붙여야 합니다. 글의 핵심 내용을 압축적으로 드러내는 제목은 그 글에 붙이는 고유한 이름표 같은 것이니까요.

여러분의 글에 이름을 부여해보세요. 내 생각을 쓴 글이라면, 과제는 말할 것도 없고 자기소개서나 이메일에도 제목을 꼭 붙이세요. 나혼자 보는 일기라고 하더라도 내 글의 핵심이 분명하게 드러나는 제목을 붙여보세요. 내 글에 맞는 제목을 붙이는 순간 그 글은 비로소 온전한 글이 됩니다.

혹시 제목을 붙이고 싶은데 적당한 제목을 붙이기 어려운 경우 없었습니까? 제목을 붙이기 어렵다면 그것은 제목이 문제가 아니라 글의 내용이 문제일 확률이 높습니다. 제목은 글의 핵심 내용을 압축적으로 제시해놓은 것이라고 했습니다. 그렇다면 글의 핵심이 분명해야 제목도 쉽게 붙일 수 있는 것입니다. 글에서 중심 생각이 딱 하나로 분명하게 드러나지 않는 경우는 제목을 어떻게 붙어야 할지 망설일 수밖에 없습니다. 제목을 두 개 붙일 수는 없는 노릇이니까요. 제목을 달기 어려울 때는 글을 찬찬히 읽어보면서 내 글의 핵심이 분명한지 확인해보세요.

제목에서 한 가지 더 기억할 것은 화제를 제목으로 해서는 안 된다는 것입니다. 학생들에게 '나와 글쓰기'를 주제로 에세이를 써 오라고 하면 '나와 글쓰기'를 제목으로 붙이는 경우가 있습니다. 화제가 제목이 되는 것은 피하는 것이 좋습니다. 구체적인 내용에 걸맞은 제목을 붙여야 합니다. 똑같은 화제로 썼지만 학생들이 쓴 글은 모두 다릅니다. 똑같은 글은 단 하나도 없습니다. 그렇다면 당연히 제목도 달라야 합니다.

'글쓰기의 어려움', '나는 왜 글쓰기가 어려운가', '글쓰기를 잘하기 위하여' 등의 제목은 화제와는 조금 다르지만 여전히 너무 범위가 넓은 제목입니다. 두루뭉술해서 어느 글에도 쓸 수 있는 제목입니다. 이보다는 '글쓰기로 상장 받기', '20년을 해도 늘지 않는 글쓰기', '글쓰기는 생각만으로도 가슴이 답답하다', '3일에 한 번씩 작심한다' 등의 제목이 더 좋습니다. 구체적인 내용을 잘 드러내는 제목이기 때문입니다. 글이 구체적이어야 한다면 제목도 구체적이어야 마땅합니다.

내 글이 전달하려는 메시지가 무엇인가, 내 글의 특징이 무엇인가, 내 글이 무엇을 지향하는가, 독자들이 내 글에서 무엇을 읽었으면 좋겠는가 등을 고루 고려하여 제목을 붙여보세요. 제목을 글쓰기의 화룡점정이라고도 하더군요. 제목을 붙임으로써 글이 비로소 완성된다는 점, 내 글에 맞는 제목만이 내 글의 성격을 드러낼 수 있다는 점에서 좋은 비유라고 생각합니다. 여러분이 쓴 모든 글에 제목을 붙이세요. 여러분의 글이 용이 되어 날아오를 수 있도록 말이지요.

## 매력적인 제목 쓰는 팁이요?

인터넷 환경에서 글을 많이 쓰게 되면서 눈길을 끄는 제목의 필요성이 점점 더 강조되는 것 같습니다. 눈길을 끄는 제목으로 '~하는 방법'처럼 솔루션을 제공하는 방법이라든가, '~하는 101가지' 등과 같이 수치를 이용하는 방법 등을 제안하기도 하더라고요. 그런데 글쓰기 선생으로서는 매력적인 제목을 쓰는 팁이 있냐는 질문에 한마디로 대답하기 어렵습니다. 왜냐하면 모든 글에 '매력적인' 제목을 붙여야 하는 것은 아니기 때문입니다. 제목을 보고 어떤 내용일까 궁금해지는 제목을 붙여야 하는 경우가 있는가 하면, 제목만 봐도 내용을 유추할 수 있는 '정직한' 제목을 붙여야 하는 경우가 있거든요.

보통 제목을 설명할 때 글의 첫인상이다, 광고다, 간판이다, 핵심 내용을 잘 드러내야 한다, 이런 설명들을 합니다. 예를 들어보겠습니다. 늘 아웅다웅했던 언니와 둘만 떠난 여행에서 자매애를 되찾았다는 내용의 에세이를 썼다고 해봅시다. 제목은 '언니와의 여행에서 찾은 자매애'. 글의 핵심 내용을 매우 잘 드러낸 제목이죠. 일단은 합격. 그러면 이 글은 어떤 내용일까 궁금해지는 제목일까요? 정답은 아니요. 너무 뻔한 제목입니다. 제목이 스포일러가 돼버리는 겁니다. 핵심 내용을 잘 드러내는데도 이 제목은 그리 좋은 제목이라고 할 수는 없는 겁니다.

학생이 쓴 에세이 제목 중에 '55미터 × $\alpha$ 의 추억'라는 제목이 있었습니다. 궁금증을 자아내는 제목이었죠. 글을 다 읽고 나면 왜 제목이 그런지 알 수 있습니다. 라면 한 개의 길이가 보통 55미터라고 합니다. 이 친구가 쓴 글은 라면을 먹을 때마다 행복했던 추억에 관한 내용입니다. 일요일 오후 아버지와 집에 둘이 남아 레시피 그대로 끓여 먹었던 라면, 방학 때 형과 밤새 게임을 하고 새벽에 냉장고 속 온갖 것들을 넣어서 끓여 먹었던 퓨전 라면, 어린 시절 사촌들과 시골 할머니 댁에서 실컷 물놀이를 하고 먹었던 컵라면… 무수히 많은 라면을 먹었고, 그 라면을 먹을 때마다 행복했다는 겁니다. 따라서 라면을 먹은 개수만큼 행복했고 앞으로도 그러할 거라는 뜻의 제목이었습니다. 글을 읽기 전에는 궁금증을 자아내고, 글을 다 읽었을 때는 핵심 내용이 너무나 잘 드러나 그야말로 무릎을 탁 치게 하는 제목이었습니다.

그런가 하면 반어적 제목도 있죠. 대표적인 것이 현진건의 소설 〈운수 좋은 날〉입니다. 〈인생은 아름다워〉라는 이탈리아 영화도 반어적 제목으로 빼놓을 수 없습니다. 영화의 줄거리를 한 문장으로 정리하면 이렇습니다. 운명과도 같은 여인을 만나 예쁜 아들과 함께 행복하게 살던 귀도는 나치에 의해 유대인 수용소에 끌려가 목숨을 건 탈출을 감행하다 죽음을 맞이합니다. 그런데 귀도의 인생이 아름다운 이유는 무엇일까요? 귀도는 아들 조슈아에게 수용소에서의 모든 일이 놀이라고 이야기합니다. 그리고 독일군들에게 발각되어 죽는 순간까지 아들을 위해 유쾌한 쇼를 하죠. 덕분에 어린 조슈아는 목숨을 건 탈출도 숨바꼭질이라고 여깁니다. 죽음의 홀로코스트가 아버지와 함께한 즐거운 놀이로 기억되도록 하고 죽어간 귀도의 인생은 왜 아름다운가를 깊이 생각하게 하는, 그리고 인생이 과연 무엇인가에 대해서도 생각하게 하는 제목입니다.

제목 자체가 반전인 경우도 있습니다. 만약 여러분이 《죽음의 한 연구》라는 제목의 글을 보았다면 그 글의 장르가 무엇이라고 상상하겠습니까? 철학 논문? 보고서? 사실 《죽음의 한 연구》는 1970년대 박상륭 작가가 발표한 장편소설 제목입니다. 난해하기로 유명한 작품인데요, 이해하기 가장 어려운 장르 중 하나가 논문이라는 것을 떠올린다면 이 소설에 왜 논문 같은 제목이 붙었는지, 그것이 얼마나 적절한 제목인지 이해될 겁니다.

창의력이 뛰어난 작가들이나 이런 제목을 붙일 수 있다고 생각한다면 조금 더 쉽게 가봅시다. 여러분이 쓴 글 속에서 제목이 될 만한 구절을 찾아보세요. "혼자만 잘 살믄 별 재미 없니더. 뭐든 여럿이 노나 갖고 모자란 곳을 두루 살피면서 채워주는 것. 그게 재미난 삶 아니껴"라며 함께 가는 삶의 중요성을 전하고 있는 전우익 선생님의 책 제목은 《혼자만 잘 살믄 무슨 재민겨》입니다. 프랑수아즈 사강의 소설 《슬픔이여 안녕》도 소설 속 문장에서 따왔습니다. "나는 어둠 속에서 아주 나직하게 아주 오랫동안 그 이름을 부른다. 그러면 내 안에서 무엇인가가 솟아오른다. 나는 두 눈을 감은 채 이름을 불러 그 감정을 맞으며 인사를 건넨다. 슬픔이여 안녕."

학생들이 쓴 글의 제목 중 '봉천초등학교 1학년 7반'이라는 제목도 기억에 남습니다. 입학 첫날 운동장에 몇 학년 몇 반이라고 쓰인 팻말 앞에 서서 초등학교 첫 친구들을 하나하나 만났던 기억을 되짚어보는 재미있는 글이었습니다. 아직 그 친구들과 우정을 나누고 있다는 거였지요. 이렇게 글감을 제목으로 하는 것도 좋은 방법입니다. 그 글감으로 어떻게 이야기를 풀어나갈지, 어떤 이야기가 전개될지 독자는 관심을 가질 수 있기 때문입니다. 자신의 고향인 부산 남천동을 글감으로 에세이를 쓴 학생은 '니 남천동 살제'를 제목으로 했더군요. 이처럼 영화나 소설을 패러디한 제목도 좋습니다.

'진수야'라는 제목도 기억에 남습니다. 할머니를 그리워하는 글이었는데, 글쓴이가 말썽꾸러기여서 할머니가 고생을 하셨다는 겁니다. 그런데 할머니는 잔소리는 하지 않으셨고, 늘 이름을 부르셨는데 따뜻하게 불러주실 때, 걱정하실 때, 꾸중하실 때 이름을 부르는 톤이 달랐다고 합니다. 철이 든 지금은 더 듬직하고 자랑스러운 이름으로 불리고 싶다는 글이었습니다. '할아버지, 안녕'이라는 제목도 참 인상 깊었습니다. 할아버지 댁에 들어서면서 늘 "할아버지, 안녕"이라고 인사할 정도로 할아버지와 친구처럼 지냈는데, 이제 할아버지는 돌아가시고 만남의 인사였던 "할아버지, 안녕"은 헤어짐을 고하는 마지막 인사가 되었다는 내용의 글이었습니다. '할아버지, 안녕'은 중의적 의미를 가지면서 주제를 너무나도 명징하게 잘 드러내고 있는 것이죠.

매력적인 제목의 기본 전제는 주제를 압축적으로 드러내는 것입니다. 주제를 드러내면서도 글을 읽기 전에는 궁금증을 불러일으키고, 글을 읽은 다음에는 의미를 되새겨볼 수 있는 제목이 '매력적인' 제목일 것입니다. 쉽지는 않겠죠? 그러나 매력적인 제목을 고민하고 애쓰는 여러분은 충분히 자격을 가지고 있습니다. 스스로를 믿어보세요.

제목이 중요한 것은 사실이지만 모든 제목이 매력적일 필요는 없습니다. 제목만 보고 읽기를 미루어두었다가 막상 읽어보니 너무 재미있어서 깜짝 놀랐던 작품 중 하나가 《오만과 편견》이었습니다. 저는 러브스토리를 좋아하거든요.《노인과 바다》,〈변신〉,《객주》,《부활》,《대지》,〈목걸이〉,《천변풍경》 이런 제목들은 어떻습니까? 제목만 보아서는 이 작품들이 얼마나 뛰어난 작품인지, 얼마나 재미있는지 알 수 없습니다. 제목이 독자의 눈길을 쓰는 것도 중요하지만 그보다 더 중요한 것은 그 작품을 잘 대변하는 것이어야 하기 때문입니다.

어떤 내용일까 기대하게 만드는 제목을 붙여야 하는 경우도 있지만 제목만 봐도 내용을 알 수 있도록 정직하게 제목을 써야 하는 글도 있습니다. '정직한 제목'의 대표적인 것 중 하나가 신문이죠. 우리는 신문 기사의 제목을 보고 기사가 어떤 내용일지 추측하고, 관심이 가는 기사를 읽습니다. 그런데 독자의 흥미를 끄는 데만 치중하는 기사 제목들이 종종 있습니다. 인터넷에서 기사 제목에 끌려 클릭을 했는데 내용이 기대와 많이 달라 실망했던 경험 다들 있을 겁니다. 이를 '낚였다'라고 표현하기도 하고, 이처럼 독자의 관심을 끌 목적으로 내용과는 다른 제목을 붙이는 경우를 '낚시성 제목'이라 부르기도 하죠. 기사는 내용과 일치하는 '정직한 제목'을 붙여야 합니다.

논문이나 보고서도 정직한 제목을 붙여야 하는 경우입니다. 논문의 제목에는 연구 주제와 연구 결과가 분명하게 명시되어 있어야 합니다. 글 잘 쓰기로 유명한 동물행동학자 최재천 선생님이 유튜브에 직접 소개하신 일화가 있어요. 젊은 시절, 개미가 서로 다른 종끼리 교류하고 협업을 한다는 논문을 유명 학술지에 투고했답니다. 인간으로 치면 인간과 침팬지가 서로 교류하고 협업하는 것과 같은, 학계가 깜짝 놀랄 만한 연구 결과였다고 해요. 그런데 그 논문은 심사에서 탈락했다는 겁니다. 논문답지 않은 제목 때문에 말이지요. 〈아즈텍 여왕개미들 사이의 종간의 갈등과 협동(Interspecific Conflict and Coorperation Among Aztec Queen Ants)〉이라는 제목이었는데, 과학적 연구의 느낌이 나지도 않을뿐더러 논문의 내용도 명쾌하게 드러나지 않았기 때문이라고 합니다.

자, 여기서 우리는 세 가지를 알 수 있습니다.

첫째, 내용이 아무리 훌륭해도 제목이 안 좋으면 소용없다.-제목의 중요성

둘째, 제목이 아무리 멋져도 글의 장르적 특성과 어울리지 않으면 안 된다.-제목의 적절성

셋째, 최재천 선생님처럼 글을 잘 쓰는 분에게도 제목은 어렵다.-제목의 평등성(?)(최재천 선생님께는 죄송하지만 한편으로는 위안이 되는 건 어쩔 수가 없습니다.)

보고서도 마찬가지고, 메일을 쓸 때도 마찬가지입니다. 특히 행정

적인 메일이라면 내용을 정직하게 반영하는 제목을 붙이면 좋습니다. '우리나라 동물보호법의 문제점과 개선 방안', 'AI 시대 대학 교양 교육의 과제와 전망', '마케팅 담당자 4차 회의록 송부' 이런 제목들이 너무 재미없게 느껴지나요? 동물권이나 대학 교양 교육에 관심 있는 연구자는 제목을 보고 얼른 논문을 찾아보지 않을까요? 부장님은 수많은 메일 속에서 가장 먼저 회의록 메일을 발견하고 클릭하지 않을까요? 논문이나 보고서와 관련해서는 어떤 연구를 진행했느냐가 '매력'으로 느껴질 것이고, 업무 담당자에게는 자기 업무와 관련 있는 제목이 끌리는 제목일 것입니다.

단, 에세이에는 에세이에 어울리는 제목이 있고, 신문 기사에는 기사다운 제목이 있고, 논문에는 논문다운 제목이 있고, 업무 메일에는 업무 메일에 어울리는 제목이 있습니다. 논문다운 제목을 붙인 경우 더 많은 학자가 인용했다는 연구 결과도 있다고 합니다. 즉, 장르 관습에 맞는 제목을 붙이는 것이 중요합니다.

그렇다면 내가 붙인 제목이 글의 장르적 특성에 '어울리는지' 어떻게 알 수 있을까요? 네, 많이 읽어봐야죠. 에세이를 쓰려면 에세이를 많이 읽어야 하고, 기사를 쓰려면 기사 제목을 많이 보면서 기사다운 제목에 익숙해져야 합니다. 논문이나 보고서, 블로그 글 등도 마찬가지겠죠. 글쓰기가 의사소통이라면 글쓰기는 일종의 약속인 겁니다. 독자가 제목을 보고 그것이 논문인지 보고서인지 에세이인지 구별할 수 있도록, 약속을 지키는 것이 중요합니다. 잘하는 건 그다음입니다.

## 언제 제목을 붙여야 할까요?

글을 쓰기 전에 제목을 붙이는 것이 좋은지, 다 쓰고 붙이는 것이 좋은지 궁금해하는 질문을 많이 받습니다. 하나마나한 대답일 수도 있는데, 글쓴이의 글쓰기 스타일에 따라 혹은 경우에 따라 달라져야 합니다.

논문이나 보고서 같은 경우에는 제목을 써놓고 시작하는 경우가 많습니다. 논문이나 보고서는 오랜 시간 연구하고 그 연구 내용을 바탕으로 쓰는 글입니다. 즉, 아이디어만 가지고 시작할 수 있는 글은 아니기 때문에 글쓰기를 시작하기 전에 이미 내가 쓰려는 글의 목적이나 내용이 어느 정도 정해져 있는 경우가 대부분입니다. 따라서 제목을 먼저 결정하고 개요를 짜는 것이 좋습니다. 제목을 수정하면서 글의 방향이나 내용을 분명하게 다듬을 수 있어서 개요 짜기가 훨씬 수월해지기 때문입니다.

예를 들어 '복식과 이데올로기: 일제강점기와 박정희 정권기를 중심으로'라는 제목을 결정했다고 칩시다. 그렇다면 이 논문은 복식과 이데올로기의 관계를 분석하는 것을 목적으로 하는 논문입니다. 가장 통제가 심했던 일제강점기와 박정희 정권기를 비교 분석하는 방법으로 그것을 증명해낼 계획입니다. 그러면 목차는 금방 나오겠죠. 또는 한강의 생태를 조사하고 답사 보고서를 써야 한다면 '한강의 생태적 특성 연구'라는 제목을 붙일 수 있을 겁니다. 본론에는 한강의 생태적 특성을 서술하면 되겠죠. 이처럼 논문이나 보고서에서 제목은 핵심 키워드를 중심으로 연구 주제나 목적, 결론 등을 분명하고 압축적으로 드러냅니다.

제목을 결정했다는 것은 내가 어떤 주제로 어떤 내용의 논문을 쓰겠다는 것이 결정되었다는 것을 의미합니다. 내가 어떤 글을 쓸 것인지를 제목을 수정하면서 결정하면 됩니다. 개요를 수정하거나 글 전체를 수정하는 것보다는 훨씬 쉬운 방법입니다. 집필하다가 방향이 달라지면 어떡하냐고요? 제목을 바꾸면 되죠! 방향을 바꾸는 것은 언제든지 해도 됩니다. 그렇지만 일단 제목으로 글의 목표와 방향을 분명하게 하고 시작하는 것이 좋습니다. 제목은 그 길잡이 역할을 해줍니다.

논문이나 보고서가 아닌 경우에 저는 보통 글을 다 쓰고 나서 제목을 붙이는 편입니다. 제가 선호하는 방법은 앞서도 소개한 바와 같이 글 속에서 제목을 찾는 방법입니다. 그게 진짜 쉽거든요! 본문 속에서 멋진 표현을 찾아도 좋고, 각 문단에는 핵심 문장이 있을 것이니 그 핵심 문장 중 주제를 가장 잘 드러내는 문장을 찾아도 됩니다. 글 속에 제목으로 삼을 만한 마땅한 것이 없으면 내 글의 주제에 맞는 적당한 제목을 고민합니다.

그런데 만약 아무리 읽어도 마땅하게 쓸 만한 표현이나 문장이 없다, 내 글의 제목을 어떻게 붙여야 할지 도통 감이 잡히지 않는다 싶으면 내 글의 주제가 분명한가 한 번 더 확인해보세요. 제목을 붙이기 어렵다면 그것은 제목의 문제가 아니라 글의 주제가 모호한 경우가 많습니다. 제목을 먼저 써놓고 글을 쓰는 경우라도 집필이 끝나면 제목이 글의 주제나 핵심 내용을 정확하게 반영하는지 확인하는 과정이 필요합니다. (그래서 게으른 저는 일단 글을 다 써놓고 제목을 붙입니다.)

글을 쓰기 전에 멋진 제목이 떠올랐다, 그러면 까먹기 전에 얼른 제목을 쓰고 시작을 하세요. 나중에 글을 다 쓰고 보니 제목이 별로 마음에 안 든다, 내가 쓴 글과 제목이 어울리지 않는다 싶으면 언제든 바꾸면 됩니다. 제목도 그렇고 개요도 그렇고, 심지어 글도 써놓고 아니다 싶으면 바꾸면 됩니다. 그러니 언제 제목을 붙여야 하나 걱정하지 않아도 됩니다. 취향에 따라, 상황에 따라 하시면 됩니다. 여러분 글의 주인은 여러분이니 여러분이 결정하면 됩니다.

# 주제가

# 자꾸 빗나간다고요?

주제는 딱 하나!

어린 시절 그네 타는 것을 좋아했던 학생이 있습니다. 그런데 동생들 그네를 밀어주느라 자신은 마음껏 그네를 타지 못했죠. 고등학생이 되어 그런 아쉬웠던 추억도 잊었을 즈음, 요양원에 계신 할머니를 만나러 갑니다. 표정 없이 앉아 계신 할머니가 너무 안타까워서 할머니를 위해 무엇을 해드릴까 생각하다가 그네를 타며 행복했던 어린 시절 기억을 떠올리고는 그네를 태워드리기로 합니다. 할머니가 흔들 그네에 앉아 희미하게 미소 짓던 모습과 함께 이제는 세상을 떠나신 할머니를 추억하는 글이었어요.

참 좋은 글감이었습니다. 할머니와 그네의 낯선 조합은 쓸쓸하면서도 아름다운 추억을 잘 드러냈고, 동생들을 돌보던 어린 소녀가 어느덧 할머니를 돌보는 청소년으로 성장하는 성장 서사이기도 했습니다. 제목은 '그네와 할머니'였습니다. 무난한 제목이었죠.

글감을 잘 잡았기 때문에 글을 쓰는 과정도 어렵지 않았습니다. 쓰다 보니 어린 시절 이야기가 술술 잘 풀렸습니다. 동생들 그네를 밀어주면서 동생들과 행복했던 기억도 있지만, 자신도 마음껏 그네를 타고 싶다는 간절했던 마음도 생생하게 떠올랐습니다. 그리고 할머니와의 추억도 잘 썼습니다. 정해진 분량을 훌쩍 넘길 만큼 동생들과의 추억과 할머니와의 추억 둘 다 맛깔나게 잘 썼습니다.

그런데 글을 다 써놓고 보니 문제가 생겼습니다. 동생들과의 추억과 할머니와의 추억을 둘 다 잘 쓰는 바람에(!) 이 글의 중심 주제가 무엇인지가 흐려져버렸거든요. 둘 다 잘 써서 문제가 되다니 아이러니하죠? 그런데 학생들 글을 보다 보면 이런 경우가 참 많습니다. 아무리 잘 써도 주제는 둘이 될 수 없습니다. 한 가지를 골라야 합니다.

동생들과의 추억이 아무리 아름다워도 이 글이 할머니와의 추억을 이야기하고 싶은 거라면 동생들과 그네에 대한 추억은 길어지면 안 됩니다. 서론에서 간략하게 '그네'라는 글감을 소개하는 정도로만 활용해야 합니다. 이 글의 제목은 '그네와 할머니'였습니다. 제목만 보면 이렇게 쓰는 것이 맞습니다.

문제는, 이 친구의 마음에는 아직 어린 시절 그네에 대한 아쉬움이

진하게 남아 있습니다. 그래서 그 마음을 꼭 써야겠는 거예요. 두 에 피소드를 모두 쓰고 싶다면 이 글은 성장 서사가 되어야 합니다. 동생을 돌보아야만 했던 어린 소녀가 스스로 할머니를 돌보는 어엿한 청소년으로 성장하였음을 보여주어야 합니다. 그래야만 두 에피소드를 동등하게 강조할 수 있습니다. 할머니가 아무리 그립고 할머니가 그네를 타시던 그 장면을 잊을 수가 없다고 해도 그것을 강조할 것이 아니라 '나의 성장'을 강조해야 합니다. 그네, 동생들, 할머니는 나의 성장을 보여주는 도구일 뿐이라는 점을 기억해야 합니다.

피드백을 하면서 학생들에게 묻습니다.

"주제가 두 개네. 둘 중 하나를 골라야 하는데 딱 하나만 골라야 한다면 어느 것을 고르고 싶어?"

대부분의 학생들은 자신의 글에 주제가 두 개라는 것을 발견하고 본래 쓰고 싶었던 것을 고릅니다. 그러나 쉽게 결정하지 못하는 경우도 꽤 있습니다. 생각 외로 자신이 말하고 싶은 것이 무엇인지 분명하게 알지 못하는 상태로 글을 쓰는 경우도 많은 것 같습니다. 주제문을 쓸 때는 주제를 딱 하나로 결정하세요. 그럼 글에도 주제가 분명하게 드러나고 독자도 그 글을 읽으면서 쉽게 주제를 이해하게 됩니다. 설마 글쓴이도 잘 모르겠는 주제를 독자가 알아차려주기를 기대하는 것은 아니겠지요?

하나만 더 예를 들어보겠습니다. '나의 어린 시절은 아름다웠고 행복했다'라는 주제문을 썼다고 해봅시다. 이런 경우가 가장 어려워요.

글쓴이의 생각으로는 아름다움이 곧 행복함이거든요. 그래서 글을 쓰다 보면 아름답다는 내용과 행복하다는 내용이 섞여 있게 됩니다. 결국 글의 주제는 아름다움인지 행복함인지 모호하게 되어버리는 겁니다.

아름다움으로 결정했다면 본문에는 얼마나 아름다웠는지를 서술해야 합니다. 그 속에 행복감이 포함될 수는 있지만 지금 쓰고 있는 글의 핵심이 아름다움이라는 것을 놓치면 안 됩니다. 반대로, 내가 말하고 싶은 것이 행복이라면 행복이라는 감정에 집중해서 본문을 서술하는 것이 더 좋습니다. 아름답기 때문에 행복할 수도 있고, 여유롭기 때문에 행복할 수도 있고, 슬프지만 행복한 경우도 있습니다. 아름다움, 여유로움, 슬픔을 이야기하면서도 내가 말하고 싶은 것이 '행복'이라는 것을 잊지 말아야 합니다.

## '세 가지'의 함정

비슷한 예로 '세 가지'의 함정이 있습니다. 행복하기 위해 필요한 세 가지, 스트레스를 줄일 수 있는 세 가지, 환경을 생각하는 세 가지 이런 제목들 익숙하죠? 이 세 가지를 본론 부분에 각각 한 단락씩 쓰고, 도입과 마무리에 해당하는 단락을 덧붙이면 다섯 단락이 됩니다. 매우 안정적인 구성이고, 이런 글들은 핵심이 분명하게 드러나는 것이 특징입니다.

그런데 잘 생각해보면 '무슨 무슨 세 가지' 유의 글들은 글쓴이의 주장이 드러나는 글이라기보다는 설명문인 경우가 많습니다. 하나의 주제를 가지고 이야기하는 글이 아니라 어떤 지식이나 정보를 제공하는 글인 거죠. '행복', '스트레스', '환경'이라는 큰 주제에서만 일관성을 가질 뿐, '행복하기 위해 가장 중요한 것', '스트레스를 줄이기 위해 가장 중요한 것', '환경을 지키기 위해 가장 중요한 것' 딱 한 가지를 말하지는 못합니다.

이런 글들에 익숙해서인지 학생들에게 자기소개를 하는 글을 써보라고 하면 이렇게 세 가지를 쓰는 경우가 많습니다. '나는 활발한 성격이고, 사진 찍기를 좋아하고, 요리를 잘한다' 이런 식으로요. 도입부와 마무리를 붙여서 안정적인 다섯 단락 구조를 만든다고 해도 이런 글은 매력적인 글이 될 수 없습니다. 독자에게 충실하게 정보를 주고 있기는 하지만 인상 깊게 기억할 만한 부분이 없거든요.

이 내용을 말로 소개한다고 생각하면 문제는 더 심각합니다. 독자가 한꺼번에 기억해야 하는 정보가 세 가지나 되기 때문이죠. 혹시 '세 가지를 말하면 한 가지라도 기억해주지 않을까?' 이런 생각을 한다면 큰 오산입니다. 입장을 바꿔서 생각해보세요. 자신에 대해 구구절절 설명하는 사람과 딱 한 가지로 명쾌하게 설명하는 사람 중 누구를 더 잘 기억할 수 있을까요?

글도 마찬가지입니다. 독자는 '외워야' 하는 글보다는 자연스럽게 기억에 남는 글을 더 좋아합니다. 그러려면 세 가지를 한꺼번에 나열

하는 것보다는 딱 한 가지를 쓰는 것이 유리할 것입니다. 우선 나를 설명하기에 가장 중요한 것을 하나 고르세요. 독자가 나에 대해 꼭 기억해주었으면 하는 하나, 그것이 주제입니다. 그 주제를 중심으로 서술하면서 추가적인 정보는 덤으로 제시하면 됩니다.

가령 '사진 찍기를 좋아한다'를 선택했다면 내가 사진 동아리에서 활발하게 활동한다는 것을 이야기하면서 자연스럽게 활발한 성격이라는 것을 드러낼 수 있습니다. 요리를 해서 사진을 찍고 SNS에 자주 사진을 올린다는 이야기를 하면서 요리를 잘한다는 내용도 자연스럽게 드러날 것입니다. 활발한 성격, 사진, 요리 이렇게 키워드별로 세 가지를 설명하는 것보다는 사진이라는 주제를 중심으로 성격과 요리를 연결시켜주세요. 그렇게 키워드 간에 연결 고리를 만들면 주제가 잘 드러나면서도 세부 내용까지 효과적으로 전달됩니다. 독자로서는 '사진 찍기를 좋아한다'는 주제 하나를 분명하게 기억할 수 있고, 성격이 활발하고 요리하기를 좋아한다는 부수적인 정보도 함께 떠올릴 수 있을 것입니다.

〈삼총사〉라는 영화 잘 아시죠? 알렉상드르 뒤마의 소설이 원작인 이 작품에는 "All For One, and One For All!"이라는 명대사가 나옵니다. 제가 어릴 적 읽은 동화책에는 이 대사가 '하나를 위한 셋, 셋을 위한 하나!'로 번역되어 있었더랬습니다. 아마 '삼총사'를 강조하기 위함이었던 것이 아닐까 싶은데요. 이 구호를 기억하신다면 '세 가지'의 함정에서 벗어나는 데 도움이 될지 모르겠습니다. 하나를 위한 셋, 셋을 위한 하나!

주제는 문장, 특히 평서문 형태로 써두는 것이 좋습니다. 평서문은 술어가 분명하게 드러나 의미가 명확하지만 의문문은 한 가지 이상의 답이 있을 수 있기 때문입니다. 또한 술어가 명확하지 않은 구의 형태도 한 가지 이상의 의미로 읽힐 수 있어서 바람직하지 않습니다.

예를 들어보죠. '경쟁은 우리를 성장시키는가'라는 의문문을 주제로 써놓고 글을 쓰기 시작했습니다. 서론에서는 당연히 동일한 질문을 던지면서 시작할 것이고, 본론에서는 찬성과 반대의 의견을 고루 제시할 것입니다. 그런데 본론에서 상반된 두 주장을 나란히 공평하게 서술했기 때문에 마무리 단계에서 자기주장을 드러내기가 어렵게 됩니다. 따라서 결론에서는 이런 측면도 있고 저런 측면도 있다는 양비론적 태도로 마무리할 수밖에 없습니다. 주제를 잡는 단계에서 명확한 주장을 결정하지 못했기 때문에 글에도 그 주장이 드러나기 어려운 겁니다.

이런 의문문을 글의 주제로 오해하는 이유는 보통 토론의 주제가 의문문 형태로 제시되기 때문입니다. 토론에서는 이런 질문을 두고 상반된 주장을 펼치는데, 잘 생각해보면 찬성과 반대 양쪽은 각각 자신의 태도를 분명히 하고 토론합니다. 그러니 실제 토론을 하는 쪽에서는 '경쟁은 이러저러한 이유로 우리를 성장시킨다' 혹은 '경쟁은 이러저러한 이유로 우리의 진정한 성장을 저해한다' 둘 중 하나를 주제로 정해놓고 주장을 펼치는 겁니다. 의문문은 주제가 될 수 없습니다. 주제문은 꼭 평서문으로 쓰세요.

다음으로는 구의 예를 들어볼까요? '글쓰기의 어려움'이라고 주제를 써놓았다고 해봅시다. '글쓰기의 어려움'은 '글쓰기가 어렵다'로 이해될 수도 있고, '글쓰기를 어렵게 생각한다'로 이해될 수도 있습니다. '어렵다'와 '어렵게 생각한다'는 비슷한 것 같지만 차이가 있죠. '어렵게 생각한다'는 실제로 어려울 수도 있지만, 어렵지 않은데 인식이 그렇다는 의미도 있으니까요. 전자의 경우는 글쓰기가 왜 어려운지, 글쓰기가 얼마나 어려운지에 초점을 맞추어 글을 쓰게 되겠고, 후자는 사람들이 글쓰기를 얼마나 어렵게 생각하는지, 혹은 어떤 이유 때문에 어렵게 생각하는지에 초점을 맞추게 될 겁니다. 그러니 '어렵다'와 '어렵게 생각한다'는 매우 다른 글이 되는 겁니다.

이처럼 구의 형태로 주제를 써놓으면 아무리 주제를 놓치지 않으려고 노력해도 글은 갈팡질팡할 수밖에 없습니다. 그렇기 때문에 주제는 주제문의 형태로, 즉 주어와 술어가 분명한 평서문의 형태로 써야 합니다. 가장 이상적인 주제문은 주장과 근거가 한 문장으로 표현된 형태라고 합니다. 다음 두 문장을 비교해보세요.

A. 멀티태스킹은 비효율적이다.

B. 멀티태스킹은 두 가지 작업을 동시에 함으로써 효율적인 것 같아 보이지만 집중력을 필요로 하는 작업의 경우에는 오류나 실수가 잦아 오히려 효율을 더 떨어뜨릴 수 있고, 심지어 위험을 초래하는 경우도 생기기 때문에 효율적인 작업 방법이라고 보기는 어렵다.

두 문장 모두 평서문 형태로 된 주제문입니다. 주장하는 바도 동일합니다. 그런데 B를 보면 한 문장 안에 주장과 근거가 모두 들어 있습니다. 겉으로 보기에는 효율성이 높아 보이지만 실제로는 왜 비효율적일 수밖에 없는지 근거를 제시하면서 멀티태스킹이 비효율적이라는 주장을 하는 주제문입니다. 이 문장은 다음과 같이 금세 개요로 만들 수도 있습니다.

> 서론:  생산성과 효율성을 요구하는 현대사회는 멀티태스킹 능력을 필요로 하지만 과연 멀티태스킹은 효율적인가. (문제 제기)
>
> 본론 1: 멀티태스킹은 두 가지 작업을 동시에 함으로써 효율적인 것 같아 보인다. (양보)
>
> 본론 2: 그러나 집중력을 필요로 하는 작업의 경우에는 오류나 실수가 잦아 오히려 효율을 더 떨어뜨릴 수 있다. (근거 1)

**본론 3:** 심지어 위험을 초래하는 경우도 생긴다. (근거 2)

**결론:** 따라서 멀티태스킹은 효율적인 작업 방법이라고 보기는 어렵다. (주장)

한 문장이던 주제문이 순식간에 뚝딱 개요로 변신했군요. 그렇다면 우리가 글을 쓰기 위해서는 A보다는 B처럼 주장과 근거가 한 문장 안에 정리된 주제문을 쓰는 것이 더 좋겠군요. 그렇죠?

그런데 사실 이렇게 주장과 근거가 분명하게 드러나는 주제문을 쓰기가 쉽지는 않습니다. 역으로 생각하면, 개요를 짤 수 있을 정도로 주장과 근거가 정리되어야 주제문을 쓸 수 있다는 뜻이기도 하거든요. 그러니까 완벽한 주제문을 써야 한다고 부담 가지지는 않아도 좋습니다. 다만 자신이 무엇을 말하려는지는 되도록 분명하게 밝혀두어야 합니다. 그래야 주제를 놓치지 않을 수 있습니다.

개요를 짤 때 꼭 주제문을 명시해두는 것을 잊지 마세요. 같은 이유로, 글 전체의 주제뿐만 아니라 각 장의 주제나 각 문단의 소주제도 평서문 형태로 제시해두는 것이 좋습니다.

# 서사, 묘사, 비유로
# 내 글에 날개를 달아주세요

우리는 서사, 묘사를 매우 잘 압니다. 뒤에서 설명할 비유도 마찬가지입니다. 국어 시간에 너무나 많이 배워서 시험 문제에는 척척 답을 할 수 있습니다. 그런데 문제는, 이것을 글쓰기에 어떻게 활용해야 하는지를 잘 모른다는 것입니다. 문학작품에서 주로 보았기에 문학작품에서나 활용하는 기교라고 생각하기 때문에 그렇습니다. 그러나 서사, 묘사, 비유는 일상생활에서도 흔히 사용되는 보편적인 표현 전략입니다.

우선 서사부터 볼까요? 어떤 일이 일어났는지를 설명하는 것이 서사입니다. 어렸을 적 유치원 다녀와서 유치원에서 있었던 일을 가족에게 이야기하는 것, 그것이 바로 서사입니다. 그때부터 우리는 서사를 활용해서 의사소통했던 겁니다.

이야기하는 방식은 두 가지가 있습니다. 시간의 흐름에 따라서 순차적으로 이야기하는 방법과 사건의 핵심을 중심으로 이야기하는 방법이 있습니다. 전자는 유치원 일과를 이야기하는 일입니다. 우리가 읽은 글들 중에서는 기계 조립 방법, 컴퓨터 작동 원리, 실험 과정, 역사적 사건의 전개, 요리 레시피 등이 순차적 서사에 해당합니다.

후자는 유치원에서 단짝 친구랑 재미있게 놀았던 이야기를 하는 경우입니다. 모든 이야기를 다 하지 않습니다. 그 친구와의 놀이, 그리고 핵심 감정이 중요합니다. 이때 서술 시간은 균질하지 않습니다. 시간적으로는 짧더라도 중요한 내용, 그러니까 재미있었던 부분은 길게 이야기하고 덜 중요한 부분, 재미와 관련 없는 내용은 건너뛰기도 합니다. 여기에서 중요한 건 시간 순서대로 이야기하는 것이 아니라 어떻게 재미있게 놀았는지, 얼마나 재미있게 놀았는지를 이야기하는 것이니까요.

두 사람이 똑같은 에피소드를 가지고 글을 쓴다고 가정했을 때, 그 두 사람이 어디에 방점을 두고 이야기하느냐에 따라 내용은 얼마든지 달라질 수 있습니다. 주제와 관련 없는 부분은 압축적으로 이야기하고, 주제와 밀접하고 중요한 부분은 길게 늘어서 이야기합니다. 소설이나 영화를 생각해보세요. 10년 세월을 한마디로 줄이는 경우가 있는가 하면 1초도 안 되는 상황을 몇 페이지에 걸쳐, 몇 분에 걸쳐서 자세히 서술하기도 합니다.

서사가 지연되는 그 상황에서 묘사가 활용됩니다. 다들 알다시피 묘사는 그림을 그리듯이 표현하는 것입니다. 사진이나 그림을 말로 설명한다고 생각하면 됩니다. 그런데 뒤죽박죽 순서 없이 설명하면 독자가 혼란스러울 수 있으니 일정한 순서를 지켜서 서술해주면 좋습니다. 위에서 아래로, 안에서 밖으로, 먼 곳에서 가까운 곳으로, 전체적인 부분에서 세부적인 부분으로. 카메라 움직임을 생각하면 더 쉬울 것 같습니다.

오감을 활용하면 더 정확하게 상황을 전달할 수 있습니다. 눈으로 보이는 것뿐만 아니라 후각, 청각, 미각, 촉각 등을 활용한다면 더 생생하게 장면을 전달할 수 있습니다. 나탈리 골드버그는 "설명하지 말고 보여주라"라고 했습니다.

> A. 주문을 하자 곧 짜장면이 나왔는데 라드 기름에 돼지고기, 양파, 감자, 호박 등의 재료를 볶고 춘장을 넣어 만든 짜장면은 윤기가 나고 고소한 맛이 일품이야. 식당에서 먹으면 따뜻한 짜장면을 먹을 수 있어 더 좋지.

> B. 뜨거운 김이 모락모락 피어오르는 짜장면 한 그릇이 눈앞에 놓였어. 윤기가 흐르는 검은 춘장 소스 사이사

이에 큼직한 돼지고기가 먹음직스럽게 박혀 있더라구. 젓가락으로 돼지고기부터 얼른 하나 집어 먹으니까 비계가 적당히 박힌 고기는 쫄깃했고, 달콤하고 고소한 소스가 배어 스테이크 부럽지 않았어. 매끄럽고 쫄깃한 면은 더 말할 것도 없었지.

　두 예문을 비교해보세요. 설명과 묘사의 차이가 느껴지나요? 설명의 목적은 정확한 정보 전달입니다. 반면 묘사의 목적은 정보가 충실한가보다는 내가 보고 듣고 느낀 것을 생동감 있게 독자에게 그대로 전달하는 것, 독자가 직접 체험하는 것처럼 느낄 수 있도록 하는 것입니다. 얼마나 맛있어 보였나, 얼마나 맛있었나를 전달하는 것이 중요합니다.

　이처럼 서사나 묘사는 일상생활에서 흔히 사용되는, 사실은 우리가 잘 아는 표현 방법입니다. 겁내지 말고 글쓰기에도 적극적으로 활용해보세요. 한 가지 더, 글의 구성에서도 서사를 활용할 수 있습니다. 현재에서 시작해서 과거 이야기를 하고 다시 현재로 돌아오는 액자식 소설 구성이 우리에겐 그리 낯설지 않습니다. 에세이에서도 이런 구성을 얼마든지 활용할 수 있습니다.

　소설가들만 서사, 묘사를 활용하는 것이 아니라는 점을 꼭 기억하기 바랍니다. 서사와 묘사를 함께 활용하면 글은 훨씬 더 생생하고 풍부해집니다. 무엇보다 분량 늘리는 데 최곱니다!

## 비유는 시인만 쓰는 것이라고요?

비유는 시인이나 쓰는 것이라고 생각하는 경우가 많습니다. 정말 그럴까요? 우리가 일상에서 가장 많이 쓰는 것이 바로 비유입니다. '바람같이', '별처럼', '나비가 춤을 추듯' 등의 표현은 모두 일상생활에서 흔히 쓰입니다. 너무 흔히 쓰여서 내가 비유법을 써서 말하고 있다는 인식도 없었을 것입니다. 그러니 비유는 특별한 것이라는 인식부터 접어두는 것이 좋겠습니다.

우리가 비유를 특별하게 여기는 데에는 시와 소설의 영향이 큽니다. 시에는 비유가 많이 활용되죠. 그래서 우리는 시를 이해하기가 어렵습니다. 더 정확하게 말하면, 특별히 어렵게 여기지요.

정도의 차이는 있겠지만 소설도 마찬가지입니다. 재미있게 읽는 것으로 그치면 좋을 텐데 비평가들은 그 소설에 함축되어 있는 의미를 찾습니다. 이문열의 〈우리들의 일그러진 영웅〉은 어느 학급에서 일어난 일이면서 한국 현대사와 환치되기도 하는 서사죠. 소설 작품 자체가 거대한 비유가 되기도 합니다. 〈토끼전〉은 그냥 재미있는 옛날이야기이기만 한 것이 아니라 조선 후기 사회상을 비유적으로 풍자하는 작품이어서 조선 후기와 작품을 연결하여 이해하지 않으면 안 됩니다. 이런 비유적 의미 때문에 이 작품들은 문학적 가치를 가지게 되지만 같은 이유로 우리는 소설을 쉽지 않은 것으로 여기기도 합니다.

그러나 작가들만 비유를 활용해서 글을 구성하는 것은 아닙니다. 우리의 글쓰기에도 얼마든지 활용할 수 있습니다. 서론에서 주제와 관련한 우화나 속담 등을 활용하는 방법도 비유를 활용한 구성이고, 본론에서도 비유를 풍부하게 활용할 수 있습니다.

어느 나이 지긋한 수필가가 부모님이 돌아가신 후 형제들끼리 처음으로 떠난 여행 이야기를 수필로 썼는데 여기에 해초 비빔밥 이야기가 나옵니다. 신기하고 맛있었노라고 소개하고 있지만, 여행에서 그 해초 비빔밥이 가장 기억에 남는 이유는 그 해초 비빔밥이 형제들의 만남을 의미하기 때문이었을 것입니다. 각기 다른 모양과 맛을 지녔으나 애초에 같은 바다에서 나고 자란 해초들이 한 그릇에 옹기종기 모인 모습은 제각기 다른 도시에 흩어져 살고 있던 형제들이 다시 모인 여행으로 환치됩니다. 작가는 부모님의 부재에도 불구하고 더 끈끈한 형제애로 모인 그 여행의 의미를 해초 비빔밥에 담고 싶었던 것입니다. 이처럼 여행에서 가장 맛있게 먹은 음식이 있다면 그것이 그 여행을 어떻게 비유적으로 보여줄 수 있을지 생각해보는 건 어떨까요?

결론에서도 비유를 활용하면 메시지를 강렬하게 전달할 수 있습니다. 비유는 압축적으로 의미를 전달하기 때문입니다. 다음 예시는 한 학생이 쓴 글의 결론 부분입니다.

> 기차에 탑승해서 서울로 오는 중에도 홍어 냄새는 내 코끝에서 맴돌았다. 우리 곁을 떠났지만 누군가의 몸에서 살아

가고 있을 친구를 기억해달라는 어머님의 부탁이 어쩌면 그 냄새로 기억되는 것일 수도 있겠다는 생각이 들었다. 잊을 수 없는 그 냄새를 코끝에서 내보내기 싫어 숨을 조금씩 내쉬며 친구와 함께한 고등학교 시절에 인사를 건넸다.

친구 장례식에 갔던 경험을 쓴 글입니다. "그날 광주는 이미 흠뻑 젖어 있었다"로 시작되는 첫 구절부터 심상치 않은 글이었어요. '슬프다'거나 '눈물을 흘렸다'는 내용은 어디에도 없습니다. 낯선 장례식 풍경과 분위기를 차분히 설명하고, 장례식장에서 먹었던 '삭힌 홍어' 이야기를 할 뿐입니다. 냄새가 역했으나 친구 어머님이 권하시는 바람에 억지로 먹고 장례식장을 나옵니다. 그리고 이 결론이 붙어 있는 겁니다.

생전 처음일 수밖에 없는 친구의 장례식이 홍어회로 비유되고 있습니다. 장례식장을 나왔지만 홍어 냄새는 아직 몸에 배어 있습니다. 장례식장을 나왔지만 냄새가 남아 있듯이 친구와의 추억과 그 친구를 잃었다는 상실감은 쉽게 잊히지 않을 것입니다. 그렇지만 결국 냄새는 점점 옅어지고 언젠가는 사라질 수밖에 없듯이 친구와의 추억이나 슬픔도 흐려질 수밖에 없다는 것, 실감이 나지 않지만 이별을 받아들일 수밖에 없다는 것을 잘 압니다. 이 학생은 저처럼 구구절절 설명하지 않고 "잊을 수 없는 그 냄새를 코끝에서 내보내기 싫어 숨을 조금씩 내쉬며 친구와 함께한 고등학교 시절에 인사를 건넸다"라는 마지막 한 문장으로 그 깨달음과 아쉬움을 절묘하게 표현하고 있습니다.

비유할 때 조심해야 할 것이 두 가지 있습니다. 첫째는 논리적이어야 한다는 것입니다. 비유는 원관념과 보조관념이 딱 들어맞아야 합니다.

글쓰기는 사랑이다.

대학은 도화지다.

두 예문은 비유 연습에서 학생이 쓴 문장입니다. 첫 번째 문장을 보고 저는 매우 반가웠습니다. 글쓰기를 얼마나 좋아하면 이런 비유를 할까 싶었습니다. 그런데 이 학생이 이렇게 비유를 한 이유는 다음과 같았습니다. "글쓰기와 사랑은 대학에서 꼭 해야 하는 일이다. 정말 잘하고 싶은데 마음먹은 대로 잘되지 않는다. 게다가 다른 친구들은 다 잘하는데 나만 못하는 것 같아서 속상하다"라는 설명이었습니다. 재치가 넘치면서도 찰떡 같은 비유였습니다.

그런가 하면 두 번째 비유는 조금 엉성합니다. 대학에서는 무엇이든 시작할 수 있고, 노력하는 만큼 성장할 수 있다는 의미로 쓴 비유인데, 원관념과 보조관념이 잘 맞지 않게 쓰였습니다. 대학이 도화지가 아니라 자신이 도화지라고 해야 합니다. 4년 동안 노력해서 멋진 도화지가 되는 것은 대학이 아니라 자기 자신이기 때문입니다.

비유는 구구절절 설명하지 않습니다. 대신 독자가 그 속에서 수백

마디를 발견합니다. 그러니 조금이라도 논리적 허점이 있으면 그 비유는 허술한 비유가 되고 맙니다. 비유가 어려운 이유는 이 때문입니다.

둘째, 아무리 기막힌 비유라도 너무 많으면 식상해집니다. 딱 필요한 곳에 필요한 만큼 써야 합니다. 그 적정선은 글의 장르에 따라 다를 것이고 글의 성격에 따라 다를 것입니다. 쓰면서 익히는 수밖에 없습니다.

# 구체적으로 쓰려면

# 어떻게 해야 할까요?

이가 아파서 치과에 갔더니 의사 선생님이 물으셨어요.

"얼마나 아프세요?"

"너무 아파요."

그랬더니 의사 선생님이 이렇게 물으시더라고요.

"살짝 아프다 1, 죽을 만큼 아프다 10. 몇 정도 아프세요?"

"음… 5나 6 정도?"

말하고 보니 좀 웃겼습니다. 사실 5나 6은 평균입니다. '너무' 아프다고 할 수 있으려면 못 돼도 7 이상은 돼야 할 것 같은데 말이지요. 아무튼 저는 내 통증의 강도가 5나 6 정도라는 것을 비로소 이해할 수 있었고, 의사 선생님도 내 통증의 강도가 '너무'는 아니지만 '꽤' 아프다는 것을 잘 이해하셨습니다.

통증은 추상적인 겁니다. 나도 어느 정도인지 정확히 이해하지 못하는 거죠. 나도 잘 이해하지 못하는 것을 상대방에게 이해시킨다는 것은 더더욱 어려운 일일 겁니다. 그런데 그것을 수치화하고 보니 당사자인 저도, 의사 선생님도 제가 느끼는 통증의 정도를 가늠하고 공감할 수 있었습니다. 글쓰기에서도 이게 가능해야 합니다. 내가 느끼고 내가 생각하는 것을 독자들에게도 최대한 그대로 전달하는 것이 우리의 목적입니다. 내가 느끼는 것을 독자도 느낄 수 있도록 말이지요. 제가 아픔을 수치로 설명했던 것처럼 '얼마나' 많은지, '얼마나' 큰지, '얼마나' 비싼지, '얼마나' 빠른지 구체적인 수치를 제시하면 좋습니다.

자기소개서를 쓴다고 생각해봅시다. "3년간 열심히 봉사 활동을 했습니다"라고 쓴다면 독자는 '열심히' 했다는 내 말을 믿어주지 않을 수도 있습니다. 내가 얼마나 열심히 했는지 독자는 알 수가 없기 때문입니다. "2주에 한 번 방문하여 3시간씩 활동했습니다. 3년간 단 한 번도 약속을 어기지 않았습니다"라고 하는 것이 더 좋지 않을까요?

## 부사는 꼭 필요할 때만 쓰세요

'너무', '굉장히', '상당히', '무척', '몹시', '매우', '꽤' 등의 단어들을 우리는 일상생활에서 많이 씁니다. 부사입니다. 《표준국어대사전》의 설명에 따르면 '부사'는 "용언 또는 다른 말 앞에 놓여 그 뜻을 분명하게 하는 품사"입니다. 용언은 서술어 기능을 하는 동사나 형용사입니다. 즉, 부사는 동사나 형용사의 뜻을 '분명하게' 하는 역할을 합니다.

그러나 이런 부사어들은 자신만 아는 개념입니다. 내가 느끼기에 그렇다는 것입니다. 내 감정을 전달할 수는 있지만 상대방은 내가 느끼는 것과 다르게 느낄 수도 있기 때문에 지나치면 안 됩니다. 어떤 사람이 부사어들을 잔뜩 써서 여러분에게 말을 건넨다고 생각해봅시다.

> "안녕하세요. 오늘 날씨가 너무 맑네요. 하늘도 엄청 높고 엄청 파랗죠? 날씨 하나로 무척 기분이 좋아지는 날이에요. 이런 날 당신을 만나게 되어서 정말 정말 반갑고 기뻐요."

어떤 느낌인가요? 감정이 풍부한 사람이라고 느껴지나요? 혹시 지나치게 감정적이거나 수다스럽다고 생각되지는 않나요? 부사어를 뺀 문장과 비교해볼까요?

"안녕하세요. 오늘 날씨가 맑네요. 하늘도 높고 파랗죠? 날씨 하나로 기분이 좋아지는 날입니다. 이런 날 당신을 만나게 되어 반갑고 기쁩니다."

부사어들을 모두 뺐는데도 의미는 전혀 달라지지 않았습니다. 기분 좋은 느낌이나 반가움의 감정도 결코 줄어들지 않았습니다. 대신 좀 더 정돈되고 차분한 느낌이 듭니다. 더 신뢰가 가죠. 글에서는 이러한 차이가 더욱 현격하게 드러날 것입니다.

우리는 부사어가 있어야 감정이나 느낌이 정확하게 전달된다고 생각하지만 꼭 그렇지 않습니다. 스티븐 킹은 "지옥으로 가는 길은 부사로 뒤덮여 있다"라고 말했습니다. 부사는 마치 정원에 핀 민들레와 같아서 마당에 한두 송이 피었을 때는 예쁘지만 그냥 놓아둔다면 며칠 사이에 온 마당이 민들레로 무성해지고, 정원은 엉망이 되어버린다고요. 정말이지 소설가다운 비유지요? 비유가 어떻게 구체성을 획득하는지는 앞에서도 확인한 바 있습니다.

부사어는 꼭 필요한 부분에만 쓰는 것이 좋습니다. 평소 말할 때 부사어를 즐겨 쓰는 편이면 글을 쓸 때도 마찬가지일 확률이 높습니다. 부사어를 즐겨 쓰는 편이다 싶으면 글을 수정할 때 이 부분을 눈여겨보기 바랍니다. 부사어를 지우면 의미가 달라지는 경우에만 부사어를 쓰는 것이 좋습니다. "날씨가 매우 더워요"와 "날씨가 더워요"는 같을 수가 없죠. 이때는 부사어가 '매우'가 정확하게 쓰인 겁니다. 그대로 두면 됩니다.

　그런데 객관적 사실을 전달해야 하는 경우가 있습니다. 일기예보를 생각해봅시다. 기상 캐스터가 "오늘은 전국이 매우 덥겠습니다"라고만 한다면 어떨까요? 얼마나 더운지 궁금한데 이렇게만 말한다면 조금 답답하지 않을까요? 이때는 '매우'라고 판단한 근거도 함께 제시해주어야 합니다.

　"오늘은 전국이 40도 가까이 올라가겠습니다."

　'매우'라는 부사를 쓰지 않아도, '덥다'는 형용사를 쓰지 않아도 이 수치만 있으면 '매우 더운' 날씨라는 것을 금방 이해할 수 있습니다.


## 독자가 판단하도록 표현하세요


　'예쁘다', '빠르다', '똑똑하다', '행복하다', '어둡다', '신난다', '지루하다', '춥다', '덥다'와 같은 형용사는 말하는 사람의 주관적 기준을 따릅니다. 지하철 냉방 온도가 어떤 사람에게는 춥게 느껴지고 어떤 사람에게는 덥게 느껴지는 것처럼 말이죠. 내 느낌과 감정을 정확하게 표현했으니 독자도 나와 똑같이 느낄 것이라 기대하지 마세요. '공감'은 동의하거나 이해한다는 뜻이지 실제로 똑같이 느낀다는 뜻은 아닙니다.

　글을 통해 다른 사람의 공감을 이끌어내고 설득하려면 내 생각이나 느낌을 최대한 독자가 느낄 수 있도록 해야 합니다. 독자가 판단하고 느끼도록 해야지 내가 내 생각이나 감정을 독자에게 '강요'해서는 안 된다는 것입니다. 내가 느낀 것을 독자도 느낄 수 있도록 해보세요.

여행 감상문을 쓴다고 생각해봅시다. 밤하늘에서 쏟아지는 별빛이 너무 아름다웠습니다. 사진을 보여주면 좋겠지만 우리는 사진이 아닌 글로 그 아름다움을 전달해야 합니다. 이때 묘사를 활용하는 겁니다. 눈에 보이듯이 오감을 활용해서 내가 느꼈던 아름다움을 그대로 전달하면 됩니다. 독자도 내가 느꼈던 '아름다움과 감동'을 느낄 수 있게 말이지요.

영화를 보고 리뷰를 쓴다고 생각해봅시다. '재미있었다'만 반복한다고 해서 내 감상이 제대로 전달되지는 않을 것입니다. 어떤 이야기인지 이야기해야겠죠. 서사입니다. 혹은 무엇이 재미있었는지 구체적으로 제시할 수도 있을 겁니다. 영상미나 미장센, 연기자들의 연기 등이 어땠는지 설명해주면 좋을 겁니다. 더 객관적인 평가를 위해 별점을 주기도 하죠. 그것을 보고 독자는 이 영화를 볼지 말지 결정할 것입니다.

독자의 판단이나 결정이 중요한 글 중 하나는 자기소개서입니다. 열심히 했다, 잘했다고만 해서는 안 됩니다. '한 달 동안 조원들 모두 날마다 밤을 새다시피 하면서 3시간 이상씩 토론하며 준비했는데 더 잘한 팀이 있어서 성적은 A0를 받았지만 조원 모두는 A+ 못지않은 많은 것을 배우고 경험한 수업이었다'와 같이 구체적 수치를 써야 독자가 빨리 이해할 수 있습니다. 장점을 쓰라고 할 때 '성실하다'라고 하는 것보다는 그 성실함을 보여줄 수 있는 대표적인 예시를 써보세요.

예를 들면 이런 거죠. 나는 어릴 때부터 한번 약속한 것은 꼭 지키는 성격이었다, 신발 정리를 할 때마다 1백 원씩 받기로 약속했는데 한번은 자전거 타다가 팔을 다쳐서 깁스를 하고 집에 들어오는 길에 현관에서 신발을 정리하고 들어와 엄마가 혀를 내둘렀다, 이런 에피소드를 서술하는 겁니다. 그러면 내가 어릴 때부터 빈틈없는 성격이었다는 것과 그것이 현재의 꼼꼼하고 성실한 성격으로 이어지고 있다는 것을 강조할 수 있습니다. '성실하다'라고만 했을 때는 독자가 그 말을 믿지 않을 수 있겠지만 구체적인 사례를 이야기하면 고개를 끄덕이지 않을 수 없을 것입니다.

거칠게 말한다면, 모든 글은 주관적일 수밖에 없습니다. 글은 어디까지나 자기의 언어로 자기의 생각을 이야기하는 거니까요. 좋은 글은 독자를 이해시키고, 독자가 공감할 수 있는 글입니다. 그러기 위해 자기만 알 수 있는 형용사나 부사를 줄이고, 독자가 판단할 수 있도록 표현하세요.

# 정해진 분량 안에서
# 설득력을 높이려면

3박 4일 여행을 다녀와서 여행을 주제로 칼럼을 쓴다고 생각해봅시다. 모두 즐거운 추억들이라서 다 이야기하고 싶습니다. 어디서는 무엇을 봤는데 멋졌고, 어디서는 무엇을 했는데 즐거웠고, 어디서는 무엇을 먹었는데 맛있었다고 말이지요. 그러다 보면 A4 용지 한 장을 금세 넘기게 됩니다. 분량은 넘었는데 할 얘기는 아직도 산더미입니다. 하는 수 없이 3박 4일 동안 있었던 즐거운 이야기를 최대한 간략하게 요약, 제시해서 분량을 맞춥니다. 과연 독자는 그 글을 읽으면서 글쓴이의 즐거운 추억에 공감할 수 있을까요?

칼럼을 읽는 독자라면 3박 4일 있었던 모든 이야기를 듣고 싶은 것이 아닙니다. 그러니 모든 것을 이야기하려고 하지 말고, 가장 즐거웠던 경험이나 가장 멋졌던 부분 하나에 집중해야 합니다. 3박 4일 중 하루일 수도 있고, 한나절일 수도 있고, 혹은 찰나의 순간일 수도 있습니다. 우리의 목표는 내가 느끼고 보았던 것을 독자도 최대한 동일하게 느낄 수 있도록 하는 것입니다. 따라서 분량을 줄여야 한다면 내용을 요약할 것이 아니라 주제의 범위를 좁혀야 합니다. 이것을 주제의 초점화라고 합니다.

쉽게 말하자면 이렇습니다. 지리산 종주를 하면서 멋진 사진을 많이 찍었습니다. 어느 사이트의 게시판에 그 사진을 올리고 싶은데 업로드할 수 있는 이미지 파일은 단 한 컷이고, 용량도 제한되어 있습니다. 한 컷 안에 지리산의 아름다움을 보여줄 수 있는 작은 사진들을 최대한 많이 넣어 편집한 사진을 업로드하는 것이 좋을까요, 지리산의 아름다움을 가장 잘 보여줄 수 있는 단 한 장의 사진을 골라 업로드하는 것이 좋을까요? 독자는 어떤 경우에 지리산의 아름다움을 더 잘 느낄 수 있을까요? 답은 분명하죠? 글을 쓸 때도 똑같이 하면 됩니다.

대표적인 사진 딱 하나만 골라야 하니 쉽지는 않을 겁니다. 그래서 초점화는 단순히 분량을 줄이는 문제뿐만 아니라 글의 밀도와도 관련 있어 글 전체의 성공 여부를 결정하기도 합니다.

분량 제한이 가장 엄격한 글은 자기소개서입니다. 글자 수를 맞추지 않으면 아예 입력이 안 되는 경우도 많죠. 수식어도 잘라내고, 불필요한 접속어도 빼보고, 어미를 줄여봐도 크게 변화가 없다면 내가 너무 많은 것을 이야기하고 있지는 않은가 살펴보세요. 나에게는 중요하지만 독자에게는 중요하지 않은 내용을 구구절절 설명하고 있을 수도 있습니다. 이럴 경우 정해진 분량을 지키는 것도, 주제를 분명하게 드러내는 것도 기대할 수 없게 됩니다.

자기소개서라면 자기소개서가 묻는 것이 있을 것입니다. 독자가 나에게서 듣고 싶어 하는 것이 무엇일까를 생각해야 합니다. 왜 나의 성장 과정을 듣고 싶을까, 왜 나의 성격을 알고 싶을까를 생각해보세요. 성장 과정에서는 '엄격하신 아버지와 인자하신 어머니' 등의 표현을 쓰지 말라고 하지요? 너무 관용적이다 못해 식상한 표현이기 때문입니다. 식상하다는 건 말하나 마나라는 의미겠지요. 게다가 독자가 알고 싶은 것이 부모님의 성격은 아닐 것입니다. 독자는 과거의 나, 내가 어릴 때 어떤 사람이었나를 알고 싶은 겁니다. 어릴 때부터 형성된 가치관이나 인성, 그런 사람으로 자랄 수밖에 없었던 배경 같은 것이 궁금한 것입니다. 거기에 초점을 맞추어 내용과 분량을 조절해야 합니다.

예를 들어 어릴 때부터 맞벌이하시는 부모님 대신 동생을 돌봐왔다면 배려심 깊은 성격이었다는 점을 강조할 수도 있을 겁니다. 나의 배려심이 돋보일 만한 인상 깊었던 에피소드를 이야기하면 좋겠죠. 독자가 그걸 너무 식상해하겠다 싶으면, 어린 나에게는 쉽지 않은 일이었고 지금은 나 스스로를 돌보고 배려하는 데도 힘을 쏟고 있다고 하면 됩니다. 그러면 배려심도 있고 자존감도 있는 사람으로 보이지 않을까요?

하나만 더 예를 들어보죠. 조직에서 리더십을 발휘한 경험을 쓰라는 질문에 답한다고 생각해봅시다. 보통 학생들은 너무 심각한 상황이었는데 자신이 활약을 잘해서 문제를 해결했다는 데 초점을 맞춥니다. 그런데 그런 내용은 정도의 차이가 있을 뿐 대개 비슷합니다. 독자도 이미 예상하고 있는 답인 거죠.

독자가 더 궁금해할 만한 것은 그 일이 어느 정도 규모의 조직에서 일어났는가, 지원자는 그 조직에서 어떤 역할을 담당하는 인물이었는데 어떤 역할을 함으로써 리더십을 발휘했는가, 그 상황은 얼마나 문제 상황이었는가, 리더십을 발휘한 결과 어떤 변화들이 일어났는가 등일 것입니다. 즉, 독자는 지원자가 리더십이 있는가도 중요하지만 그 리더십이 어떤 성격인지도 알고 싶은 것입니다. 진취적인 리더십도 있을 것이고, 조용하고 꼼꼼한 리더십도 있을 것이고, 포용하는 리더십도 있을 것이고, 추진력 있는 강력한 리더십도 있을 것입니다. 그것을 보여주는 데 분량을 할애해야 합니다. 중요한 것이 무엇인지 파악한다면 어디를 남기고 어디를 잘라내야 할지는 좀 더 분명하게 보일 것입니다.

독자는 다른 글에서도 중요합니다. 첫사랑에게 용기를 내어 고백했던 그 순간을 주제로 에세이를 쓴다고 생각해봅시다. 그 친구를 어떻게 만났고, 얼마나 좋아했고, 함께한 시간들이 얼마나 즐거웠고, 고백하기로 마음먹기까지 얼마나 망설였으며, 고백을 하기까지 얼마나 용기가 필요했는지, 하고 싶은 말이 너무나 많을 것입니다. 지금은 헤어진 첫사랑이라면 사랑하면서 행복했던 기억과 헤어질 때의 쓰렸던 순간까지, 글쓴이에게는 하나하나가 모두 별처럼 빛나고 소중할 것입니다. 그러나 자신에게 그 모든 것이 아무리 중요하고 독자에게 다 들려주고 싶다고 해도 참아야 합니다. 대하소설을 쓰려는 것이 아니라면 말이지요.

"내가 첫사랑한테 고백을 했는데 말야…"라고 누군가 말을 꺼냈다고 생각해보세요. 듣는 사람은 당장 이렇게 묻지 않을까요? "언제? 어떻게?" 거기에 집중하면 됩니다. 그게 여러분이 자세하고 구체적으로 써야 하는 내용입니다. "그 첫사랑은 어떻게 만났는데? 예뻐? 지금도 사귀어?" 이런 것들은 그다음에 물어보지 않을까요? 지금 독자에게는 덜 중요한 얘기라는 겁니다. 이런 내용들은 간단하게만 말하거나 아예 말하지 않아도 되는 경우도 있습니다. 모든 글은 분량 제한이 있으므로, 그 제한된 분량 안에서 독자가 가장 듣고 싶은 것이 무엇일까를 생각해야 합니다.

예전에 한 학생이 쓴 글을 본 적이 있는데요, 고백을 결심한 날, 하루 종일 입이 안 떨어져서 애를 먹었답니다. 그렇게 날이 저물고 밤이 되자 애가 타서 일단 운동장을 한 바퀴 돕니다. 그래도 입이 안 떨어져서 또 한 바퀴 돌고, 또 한 바퀴 돌고, 그렇게 몇 바퀴를 도느라 여자 친구가 너무 지쳐 짜증을 내는 겁니다. 그래서 하는 수 없이 고백을 했는데 여자 친구가 너무 선선히 고백을 받아들이는 바람에 내가 하루 종일 뭘 했나 싶으면서도 기쁨에 들떠 그날 밤은 잠을 이루지 못했노라는 글이었습니다. 수줍고 풋풋한 첫사랑이 너무나 아름다웠어요. 하고 싶은 말이 많았을 텐데 다른 내용들은 간략하게만 언급하고 딱 그 순간의 마음에만 집중해서 보여주었습니다.

여기서도 주제를 이야기하게 됩니다. 독자가 듣고 싶은 것은 사실 주제와 관련이 있습니다. 주제와 관련 있는 부분, 독자가 듣고 싶은 부분은 충분히 이야기하세요. 그것이 여러분에게 유리합니다. 여러분은 독자를 공감시키거나 이해시켜야 하고, 주제를 충분히 드러내야 하니까요. 그 주제와 관련이 적은 부분, 독자가 별로 관심 없어 하는 부분부터 지우거나 줄여보세요.

예를 하나 더 보여드리겠습니다.

21년을 살면서 내가 가본 곳은 정말 많다. 해외여행으로 11개의 나라도 가보고 국내에서도 다양한 곳을 많이 가봤다. 나는 여행을 많이 해봐서 다시 가고 싶은 곳은 정말 많다. 아마 다시 가기 싫은 곳보다 다시 가고 싶은 곳이 훨씬 더 많을 것이다. 하지만 그중에서도 가장 되돌아가고 싶은 곳은 여행 갔던 곳이 아닌 양천구 목동이다. 목동은 지금은 떠났지만 내가 초등학교 입학부터 대학교 입학까지 14년 동안 희로애락하면서 살았던 곳이다. 내 역사가 고스란히 담겨 있는 자서전 같은 추억의 동네이다.

'잊을 수 없는 장소'를 주제로 학생이 쓴 글의 일부입니다. 여행 이야기를 많이 하고 있는데 이 단락의 핵심은 여행이 아닙니다. 여행을 많이 다녀보았기 때문에 다시 가고 싶은 곳도 많지만 그중에서도 가장 가고 싶은 곳은 어린 시절을 보냈던 양천구 목동이라는 겁니다. 따라서 여행에 대한 언급은 대부분 군더더기라고 할 수 있습니다. 다음과 같이 줄이면 더 깔끔한 서론이 됩니다.

나는 여행을 많이 해봐서 다시 가고 싶은 곳은 정말 많다. 하지만 그중에서도 가장 되돌아가고 싶은 곳은 양천구 목동이다. 목동은 지금은 떠났지만 내가 초등학교 입학부터 대학교 입학까지 14년 동안 희로애락하면서 살았던 곳이다. 내 역사가 고스란히 담겨 있는 자서전 같은 추억의 동네이다.

독자가 궁금한 것은 단순히 얼마나 많은 곳을 여행했는가가 아니라 다시 가고 싶을 정도로 좋았던 곳이 얼마나 많은가일 겁니다. 그것이 설명되면 다른 좋은 곳이 많은데 왜 양천구 목동이 그렇게 좋을까, 궁금해질 것이고요. 따라서 분량이 문제가 되지 않는다면 서두에서 어떤 곳들이 그렇게 아름다웠는지를 추가로 서술해주어 평범한 동네인 양천구 목동과 대비를 보여주었어도 좋았을 것입니다.

## 버리지 말고 모아두세요

글을 다 썼는데 군더더기가 많다는 생각이 들 때가 있죠. 너무 걱정 마세요. 군더더기가 많다는 걸 알아차린다는 것은 글의 전체적인 균형을 볼 줄 안다는 뜻입니다. 어떤 부분이 군더더기라는 것을 알아차린다는 것은 그 글에서 자기가 말하고 싶은 바가 무엇인지, 주제가 무엇인지 명확하게 안다는 것을 뜻하는 것이기도 합니다. 말하고 싶은 것이 있는데 그것을 콕 짚어 정확하게 말하지 못하고 주변적인 것만 이야기하고 있는데, 내가 그걸 알고 있다는 뜻입니다. 알고 있으니 고치기만 하면 됩니다.

사실 자기 글을 보면서 군더더기를 찾기란 그리 쉬운 일은 아닙니다. 다 이유가 있어서 쓴 문장들일 거거든요. 그래서 문장 하나하나가 다 중요하고 의미가 있습니다. 한 구절, 한 문장이 금과옥조와 같아서 뭘 버려야 할지 판단이 서지 않을 때가 많습니다. 주제를 중심으로 중요한 것과 덜 중요한 것을 구분하라고 했지만 그게 무 자르듯이 되는 일도 아닙니다. 게다가 내가 생각해도 너무 멋진 문장이다 싶으면 어떻게든 남겨놓고 싶죠. 절대 버릴 수가 없습니다. 내 평생 한두 번 쓸까 말까 한 명문장을 써놓았는데 이걸 버려야 한다니요.

그래도 버리기는 해야 합니다. 아무리 아깝더라도 주제와 관련이 없다면 눈 딱 감고 지우는 것이 맞습니다. 좋다고 이것저것 다 넣으면 이도 저도 아니게 되어버립니다. 좋은 걸 다 모아놓았다고 멋진 글이 되는 것은 아니거든요.

패션에 비유할 수 있을 것 같아요. 예쁜 옷에 예쁜 보석과 장신구를 걸쳤다고 해서 전체가 예쁜 것은 아닙니다. 때와 장소에 맞는 콘셉트와 전체적인 조화 등이 중요하죠. 캐주얼한 복장에는 아무리 예쁜 진주 목걸이라도 어울리기가 쉽지 않을 겁니다. 아깝더라도 목걸이는 빼야 합니다.

그런데 진주 목걸이를 빼면서 "지금 옷에는 어울리지 않아. 쓰레기통에 버리겠어!" 이렇게 말하는 사람은 없을 겁니다. 보석 상자에 잘 보관해두겠죠. 진주 목걸이가 어울리는 원피스나 정장을 입을 때 착용해야 하니까요. 글도 마찬가지입니다!

필요 없는 걸 알지만, 지금 쓴 글과 잘 어울리지 않는다는 것을 알지만 버리기 아까운 문장, 버리기 아까운 단락들이 있습니다. 그런데 그것을 지워버리는 것이 아니라 다른 곳에 남겨둔다고 생각해보면 버리기가 조금 쉽지 않을까요? 그래서 저는 집필할 때는 원고 파일 외에 다른 파일을 하나 따로 만듭니다. '자투리'라는 이름의 파일인데요. 버리거나 삭제하는 문장을 거기 따로 모아두는 겁니다.

언제든 필요할 때 다시 가져올 수도 있고 다른 글에서도 재활용이 가능합니다. 그중에는 '신이시여, 이것이 정녕 제가 쓴 문장이란 말입니까' 싶은 문장도 더러 있습니다. 그런 문장을 지워버리려면 망설여질 수밖에 없죠. 그러니 버리지 말고 모아두세요. 자투리 파일에 말이지요.


## 인용으로 내 편을 과시하세요


어릴 때 친구들과 별거 아닌 일로 옥신각신 다투었던 경험이 한 번쯤 있을 겁니다. 서로 자기 말이 맞다고 우기다가 이런 말을 한 번쯤은 해봤을 겁니다.

"우리 엄마가 그랬어." 혹은 "우리 아빠가 그랬어."

아마 "우리 언니가 그랬어", "우리 형이 그랬어"라고 말해본 사람은 있어도 "내 동생이 그랬어"라고 말한 사람은 없을 겁니다. 왜냐? '내 동생'에게는 내 친구들에게 먹히는 존재감이 없거든요.

인용은 이래서 하는 겁니다. 내 주장에 힘을 실어줄 존재를 데리고 오는 겁니다. 아리스토텔레스도 그랬다고 하니 내 말이 맞을 거야, 공자님이 하신 말씀이라고 하니 믿어야지, 라고 하는 겁니다. 이미 우리가 너무나 잘 이해하고 잘 쓰고 있는 방법이지요?

기존 연구 성과에 바탕해야 하는 논문에서 인용은 두말할 것 없이 중요합니다. 어떤 글을 얼마나 인용하느냐에 따라 그 연구의 깊이나 수준을 파악할 수 있기 때문에 관련 자료를 적절히 인용하는 것은 논문이나 보고서에서는 필수입니다. 칼럼이나 에세이를 쓸 때도 인용은 매우 유용합니다. 서론이나 결론에서 인용을 활용하면 결정적인 한 방의 역할을 할 수 있습니다.

하지만 몇 가지 유의할 것이 있습니다.

첫째, 딱 맞는 인용을 찾아야 합니다. 얼마나 맞는 인용을 찾는가가 관건입니다. 적절하지 않게 쓰면 공연히 아는 척하는 사람이 될 수 있습니다.

둘째, 너무 많이 써도 좋지 않습니다. 내 말을 하고 그것을 뒷받침하기 위해 인용을 활용해야 하는데 주객이 전도되는 경우가 많습니다. 자료를 많이 찾고 공부를 많이 한 경우에 이런 문제는 더 두드러집니다. 다들 훌륭한 말씀이니 내 말보다 더 권위 있어 보일 수밖에 없지요. 그래서 내 말보다 앞에 세우고, 내 말보다 더 많이 쓰게 되는 겁니다. 과유불급입니다.

내 글에는 내 주장이 중심이 되어야 한다는 것을 잊어서는 안 됩니다. 아무리 멋지고 훌륭한 말이라도 그건 내 말이 아닙니다. 그런 멋지고 훌륭한 말을 너무 많이 인용하면 내 생각이나 주장이 없는 글이라는 인식을 줄 수 있습니다. 내 글의 주인은 나라는 사실을 잊지 마세요.

셋째, 인용을 했으면 그에 대한 설명을 붙이세요. 인용만으로 내용이 이어져서는 안 됩니다. 인용 뒤에는 인용문에 대한 설명을 덧붙여야 합니다. 그래야 내 글이 중심이 될 수 있습니다. 인용한 말의 의미를 설명해도 좋고, 인용한 말을 좀 더 쉽게 풀어서 써도 좋습니다. 내가 하고 싶은 말이 딱 그거였는데 훌륭하신 분이 말해준 겁니다. 그러니까 '내 말이 그 말이야'를 꼭 붙여야 합니다.

인용이 통계 자료나 수치인 경우에는 독자가 이해하기 쉽게 설명해주면 좋습니다. 예를 들어 전년도 물가지수가 몇이었고 올해 물가지수가 몇이라는 수치를 제시했다면 그 수치가 의미하는 바를 짚어주는 것이 좋습니다. 올랐다거나 내렸다거나, 올랐으면 몇 배가 오른 것인지, 그것이 소비자들에게는 어떻게 체감되는지 등을 부연 설명해주면 좋습니다.

넷째, 인용은 내 글이 아닙니다. 따라서 내 글과 인용의 구분을 명확히 해야 합니다. 독자가 내 글과 인용을 명확하게 구분하지 못하게 글을 쓰면 표절이 될 수도 있으니 이 점을 꼭 유의해야 합니다. 출처를 명확히 밝히는 것도 표절을 피하는 방법 중 하나입니다.

적절한 인용은 내 글을 든든하게 뒷받침하며 내 편이 되어줄 것입니다. 그러나 멋진 글을 많이 인용하면 내 글이 더 멋져 보일 거라고 착각하지는 마세요. 인용한 내용이 아무리 멋져도 그것은 내 글을 뒷받침하고 빛내기 위해서 존재하는 조연이라는 것, 내 글의 주인공은 나라는 것을 잊지 마세요.

④

그렇게 내 글을
완성해갑니다

# 뻔한 이야기를
# 피하는 법

자기만의 보물 상자가 있습니까

　글쓰기에 어려움을 겪는 사람들은 대개 글감 찾기가 어렵다고 하는데 사실 참신한 글감 찾는 일은 누구에게나 어렵습니다. 아무 노력이나 고통 없이 쉽게 글감을 찾으려고 하는 건, 봄에 밭을 갈아 씨 뿌리는 일 없이, 여름에 김매지 않은 논밭에서 수확을 기대하는 것과 같습니다. 곡식은 농부의 발자국 소리를 들으면서 자란다는 말도 있어요. 물이 부족하지는 않은지, 반대로 물꼬가 막혀서 썩지는 않는지, 잡초가 무성하지는 않은지 부지런히 살피고 가꾸어야 곡식이 잘 자란다는 뜻입니다. 좋은 작가와 그렇지 않은 작가의 가장 큰 차이는 바로 이 아이디어 메모입니다.

보통 자려고 누우면 좋은 생각이 떠오르잖아요. 이때 어설픈 작가는 내일 하자면서 잠을 잡니다. 반대로 좋은 작가는 벌떡 일어나서 생각나는 것을 메모해둔다고 합니다. 자기 전에 메모지와 펜을 머리맡에 두라고 하는 이유가 이 때문입니다. 저는 전자에 속하는 참을성 있는 작가였는데요, 요즘은 휴대전화가 있어서 좋더라고요. 우리는 휴대전화를 언제나 머리맡에 두고 자니 생각나면 손을 뻗어 메모해둘 수 있어서 아주 좋습니다. 그때 메모해놓은 것들 중에는 너무나 좋은 것도 있어서 내가 이렇게 창의적인 사람이었던가 싶은 경우도 가끔 있습니다. 그걸 글에 쓰든 안 쓰든 나의 그런 면을 발견하는 것은 매우 뿌듯한 일이고, 글을 쓰는 데 용기가 되는 일이죠.

한 브런치스토리 계정에 '3초 만에 글감 찾는 법'이라는 매력적인 제목이 있더군요. '그런 놀라운 방법이 있다고?' 저는 제목에 혹해서 그 글을 읽어보았습니다. 글감 찾는 방법을 잠깐 소개하자면, 매일 아침 노트에 글감이 될 만한 10가지 키워드를 적습니다. 그리고 그중 키워드 세 개를 골라 문장을 만듭니다. 그렇게 열흘 동안 날마다 메모를 하면 1백 개의 키워드와 30개의 문장이 생기겠죠? 이것만 있으면 금방 글감을 고를 수 있다는 겁니다. 결국 3초 만에 글감을 찾기 위해서는 열흘 혹은 그 이상의 꾸준한 노력이 필요하다는 거였습니다. 인터넷 글다운 제목이었던 거죠. 노력 없는 결실은 없습니다.

우리 시대를 대표하는 지성 중 한 분인 어느 노학자는 한 강연에서 학문과 글쓰기의 가장 중요한 바탕이 메모라고 조언하셨어요. 당신은 책을 읽으면서 글감이 될 만한 구절이나 아이디어를 적은 공책이 수십 권 된다고 하셨습니다. 그날의 강연 제목은 '천사여, 고향을 보라'였는데, 당신은 강연 오시기 전에 원고를 준비하는 등의 특별한 준비를 하지 않았노라고, 그 대신 그 작은 아이디어 공책들을 죽 넘기면서 이번에는 어떤 이야기를 하면 좋을까 고르기만 했노라고 하셨습니다. 정작 강의 내용은 기억나지 않지만 그 아이디어 공책은 제게 큰 충격과 교훈으로 남아 있습니다.

판타지 영화로 유명한 기예르모 델 토로 감독은 자신의 창작 노트를 책으로 출간하기도 했습니다. 놀라운 상상력에 기반한 글과 그림으로 가득 찬 그 창작 노트는 판타지 장르에 관심 있는 많은 사람에게 재미와 영감을 주었습니다. 판타지에 관심이 없더라도, 작가가 되려는 생각이 없더라도 《기예르모 델 토로의 창작 노트》는 꼭 한번 읽어보라고 권하고 싶습니다.

앞에서 예로 든 노학자처럼 아이디어 공책이 수십 권쯤 되려면 얼마나 많은 책을 읽어야 할까요. 기예르모 감독처럼 책으로 출간할 정도가 되려면 얼마나 오래 정성을 들여야 할까요. 3초 만에 글감을 찾을 수 있다고 호언장담하는 블로거도 최소한 열흘 이상은 준비해두지 않으면 안 된다고 이야기했습니다. 이들은 나름의 '보물 상자'를 가지고 있는 겁니다. 책을 읽고, 상상하고, 훈련하면서 하나하나 보물을 모은 겁니다. 여러분에게는 오래 공들여 모은 '보물 상자'가 있나요?

'보물 상자'에 들어 있는 것이 꼭 값비싼 보석일 필요는 없습니다. 좋은 글감이라는 것이 정해진 것이 아니라 글쓴이가 가치와 의미를 부여하면서 좋은 글감이 되는 것이기 때문입니다. 다들 어린 시절 빈 과자 상자에 소중한 것들을 모은 기억이 있을 것입니다. 막상 어른이 돼서 열어보면 별것 없습니다. 만화 카드나 구슬, 바닷가에서 주운 조개껍질, 친구와 나누어 가졌던 열쇠고리나 배지 따위들이죠. 그것들이 '보물'인 이유는 나만의 추억과 의미가 깃들어 있기 때문입니다.

박완서 선생님의 수필 중 〈꼴찌에게 보내는 갈채〉라는 글이 있습니다. 박완서 선생님이 버스를 타고 가다가 마라톤 경기를 보게 됩니다. 박완서 선생님을 비롯한 많은 사람이 우승자를 보면서 환호할 기대에 부풀어 버스에서 내려서 구경을 합니다. 그런데 우승자는 벌써 지나간 뒤였고, 남은 선수들은 뒤처진 후속 주자들뿐이어서 잠깐 실망하죠. 그때 박완서 선생님의 눈에 꼴찌의 모습이 들어옵니다. 고통스럽지만 고독한 자기와의 싸움을 이어가는 그 꼴찌가 위대해 보였던 박완서 선생님은 그를 향해 박수를 보냅니다.

버스에서 내린 모든 사람이 같은 경기, 같은 장면을 보았습니다. 마라톤 경기마다 꼴찌는 있었을 것입니다. 많은 사람이 마라톤 경기를 보면서 관심 두지 않았던 꼴찌의 완주 장면에 박완서 선생님은 '고독

하지만 아름다운 자기와의 싸움'이라는 의미를 부여했습니다. 누구나 볼 수 있는 사물이나 현상에 작가가 어떤 의미를 부여하면서 그것은 좋은 글감이 되는 것입니다. 마치 스포트라이트를 비추는 것처럼 말이지요. 이것을 글쓰기에서는 '의미화'라고도 합니다.

글감을 찾는 일을 '가을걷이가 끝난 들에서 이삭을 줍는 일'이라고 하기도 합니다. 꼿꼿이 서서 추수가 끝난 들을 둘러보면 아무것도 없어 보입니다. 그러나 허리를 굽혀 자세히 살펴보면서 땅에 떨어져 있는 낱알들을 주울 수 있습니다. 너무 문학적인 표현인 것 같습니까? 너무 막연하게 느껴지나요? 조금 다른 예를 들어볼까요?

알렉산더 플레밍이 페니실린을 발견했다는 사실은 우리 모두 알고 있죠. 곰팡이 때문에 세균 배양이 실패하자 플레밍은 그 이유에 주목하고, 페니실린이라는 항생 효과를 지닌 물질을 찾아냈습니다. 그리고 그 공적으로 1945년 노벨 생리의학상을 받았죠. 그런데 수상자는 플레밍 혼자가 아니었습니다. 에른스트 보리스 체인과 하워드 플로리라는 학자와 공동 수상했습니다. 플레밍은 페니실린을 발견한 후 인체에 적용하기는 어렵다고 판단하고 연구를 접었는데, 잊힐 뻔한 그 연구를 체인과 플로리가 이어갔습니다. 그 결과 체인과 플로리가 페니실린의 효과를 입증하고 대량으로 합성할 수 있는 방법을 찾으면서 우리가 지금 페니실린을 치료제로 쉽게 사용할 수 있게 된 겁니다.

남들이 놓치거나 버린 것을 한 번 더 들여다보고 보석 같은 가치를 찾아내는 것, 그것이 결국은 남다른 연구를 만들어냅니다. 수필이든 논문이든 좋은 글감을 찾는 것, 좋은 주제를 찾는 방법은 다르지 않습니다. 일상에서 맞닥뜨리는 사소한 경험들을 허투루 지나치지 않고 그것이 지닌 의미를 탐구하고 찾아내는 과정은 우리의 생각도 성장시킵니다. 일상의 경험이 어떤 의미를 지니는지 되짚어보고, 뉴스를 보면 다르게 해석할 여지는 없는지 생각해보고, 책을 읽으면서 다른 측면에서도 생각해보려고 노력하는 것, 이걸 다른 말로 '비판적 사고'라고도 합니다.

우리는 특별한 글감이 있어야 좋은 글을 쓸 수 있다고 생각하지만 꼭 그런 것은 아닙니다. 특별한 어떤 것이 떠오르는 행운을 누릴 수도 있지만 그것이 아니어도 허리를 굽히고 찬찬히 살펴보기만 하면 좋은 글감, 좋은 연구 주제들이 있습니다. SF와 판타지 문학의 거장이라 불리는 어슐러 K. 르 귄은 허공에는 곡조가 가득하고, 돌덩어리에는 조각상이 가득하고, 세상에는 이야기가 가득하다고, 예술가는 그것을 믿어야 한다고 했습니다. 우리는 비록 예술가는 아니지만 어디에나 글감이, 연구 주제가 있다는 것을 믿어보세요. 사소한 것에, 뻔해 보이는 것에 특별한 의미를 부여해보세요.

질문을 하나 해보겠습니다.

'봄'이라는 화제로 수필을 쓴다고 했을 때, 다음 중 봄과 관련해서 쓸 수 있는 글감이 아닌 것은 무엇일까요?

① 신입생 ② 햇살 ③ 벚꽃 ④ 개구리 알 ⑤ 실연

눈치 빠른 독자는 이미 알아챘겠지만 모두 정답입니다. 신입생의 싱그럽고 풋풋한 출발을 주제로 글을 쓸 수도 있고, 따뜻한 햇살 아래의 행복감을 주제로 쓸 수도 있습니다. 화려하고 북적이던 벚꽃 축제 경험을 주제로 글을 쓸 수도 있고, 어린 시절 친구들과 개구리 알을 찾으러 다녔던 추억을 주제로 글을 쓸 수도 있을 겁니다. 눈부시게 환한 꽃그늘 아래서 연인에게 이별 통보를 받은 이야기라면 기가 막힌 반전이 있는 좋은 글이 될 수도 있을 겁니다. 모두 고개가 끄덕여지는 좋은 글감이고 좋은 주제입니다.

그러나 저는 이 주제들을 가지고 글을 쓰지는 못할 것 같습니다. 왜냐하면 저에게는 관련된 경험이 단 한 가지도 없기 때문입니다. 평범한 수준에서 몇 글자 쓸 수는 있을 것입니다. 피상적인 내용으로 어찌어찌 분량을 채울 수도 있기는 할 겁니다. 그러나 누구나 다 알고 있는 수준의, 누구나 상상할 수 있는 정도의 뻔한 이야기를 쓸 수밖에 없을 겁니다. 자기만의 답이 아니라 누구나 인정하는 '정답'이어서 그렇습니다. 각기 다른 정답이란 없습니다. 정답은 하나입니다. 그러니까 내가 쓰든 누가 쓰든 똑같은 내용을 쓸 수밖에 없습니다. 그런 글은 참신할 수도 없고 독창적일 수도 없습니다.

글을 쓸 수 있을 것 같아서 시작했는데 실제로는 얼마 못 가 막히는 경우가 많습니다. 우리는 이럴 때 문장력이 없어서, 필력이 달려서 그렇다고 합니다. 그러나 필력이 없어서가 아니라 자기 경험에서 출발한 자기 이야기가 아니어서 그렇습니다.

익숙했던 친구들과 떨어져서 낯선 학교, 낯선 교실에 앉아 있는 것이 너무 힘들었던 저는 신입생 시절이 얼마나 힘들었는지, 그래서 봄이 내게 얼마나 혹독했는지 쓸 것 같습니다. 밝고 환한 봄 햇살 아래 내가 더 초라하게 느껴져서 움츠러들었던 기억에 대해 쓸 것 같습니다. 어서 빨리 이 생경한 봄이 지나가기만을 고대하면서 우울했던 기억에 대해 쓸 것 같습니다. 내게 봄이 얼마나 잔인했는지, 그 시간을 견디느라 얼마나 힘겨운 시간을 보냈는지 쓸 것 같습니다. 나와 같은 생각을 가진 사람은 반가워하며 공감할 것이고, 나와 다른 생각, 다른 경험을 가진 사람은 자신과는 다른 생각을 신기하고 새롭게 받아들이지 않을까요? 구체적인 경험은 뻔하지 않습니다.

너도나도 동의하는 내용은 사실 내 생각이 아닐 수 있습니다. 내 생각을 썼다고 해서, 내 표현으로 문장을 썼다고 해서 그것이 모두 자기의 생각이라고 착각하지 마세요. 배워서 아는 생각은 내 생각이 아닙니다. 내 경험에서 우러나온 것이 아니면 내 글이라고 하기 어렵습니다. 시험 답안지 쓰듯이 배운 만큼 쓰고 나면 쓸 말이 별로 없습니다. 뿐만 아니라 너도 알고 나도 아는 이야기는 독자들이 새롭고 참신하다고 느끼지도 않습니다.

경험을 통해 체득한 것이 자기 생각입니다. 내 경험에서 우러난 '내이야기'를 써야 합니다. 그래야 내 할 말이 생기고 글을 길게 이어갈 수 있습니다. 다른 데서는 들을 수 없는 나만의 이야기라야 독자들은 내말에 귀를 기울입니다. 뻔한 이야기가 아닌 자기만의 글을 쓰고 싶다면, 자기 생각을 쓰고 싶다면, 여러분의 경험에서 출발하세요.

## 자기만의 눈을 가지세요

'비'를 주제로 글을 쓴다고 생각해봅시다. '비' 하면 떠오르는 것은 무엇이 있나요? 우산? 장화? 비 오는 거리? 흐린 하늘? 보편적으로 흔히 떠올릴 수 있는 것들이죠. 그런데 비 오는 모습을 찬찬히 관찰해보면 더 섬세하고 다양한 것들을 발견할 수 있습니다. 빗방울이 춤추는 것을 볼 수도 있고, 바닥에서 튀어오르는 물방울과 흙덩이들을 관찰할 수도 있습니다. 젖은 흙냄새도 맡을 수 있죠. 좀 더 적극적으로 우산을 받고 나가보면 우산에 떨어지는 빗소리, 우산 끝에서 떨어지는 물방울, 우산 안쪽으로 들이쳐 팔에 떨어지는 빗방울, 빗줄기에서 퍼져나가는 포말들과 서늘하고 축축한 촉감까지도 느낄 수 있을 것입니다.

이처럼 관심을 가지고 유심히 살펴보면, 비를 막연하고 추상적으로 생각했을 때와는 다른 '구체적'인 것들이 보이고 느껴질 겁니다.

빗방울이 춤추는 것을 보면서 어린 시절 빗속에서 장화를 신고 찰방거리며 놀아본 기억을 떠올릴 수도 있을 것이고, 젖은 흙냄새를 맡으면서 비 오는 날 숲속을 산책했던 기억을 떠올릴 수도 있을 것입니다. 빗소리를 들으면서 전을 생각하는 사람들도 있겠죠? 여기서 어린 시절 비 오는 날 먹었던 전을 생각하는 사람도 있을 것이고, 자기가 좋아하는 바삭하고 고소한 전을 생각하는 사람도 있을 것이고, 자기만의 레시피가 있다면 그것을 떠올리는 사람도 있을 것입니다. 이것을 글로 쓰면 되는 겁니다.

너무 감성적인 것들만 있다고요? 안온하고 보송한 창 안쪽에서 편안하게 빗소리를 듣고 있다면 창밖에서 비를 맞을 수밖에 없는 사람들을 생각할 수도 있습니다. 겨울비라면 곧 봄이 오리라는 기대와 함께 겨울이 혹독한 이들에게 조금은 다행이라는 생각들로 이어지지 않을까요? 변덕스럽게 날씨가 추워져서 땅이 다시 얼어붙지 않기를 바랄 수도 있지 않을까요?

눈치채셨겠지만 '관찰'은 카메라처럼 '보는' 기능만 하는 것은 아닙니다. '본다'는 것은 인식하는 것, 사유하는 것과 연결되어 있습니다. 눈이 밝다는 것은 지혜와 관련을 지닙니다. '혜안'이라는 말이 있지요? '우주의 진리를 식별하는 마음의 눈'을 말합니다. 본래 불교 용어였습니다. 불교에는 천수천안관세음보살이라는 자비와 지혜의 신이 있습니다. 천 개의 손과 천 개의 눈으로 중생의 고통과 어려움을 보고 들어 구제해주는 신입니다. 손은 중생을 구제해주는 자비, 눈은 지혜를 뜻합니다.

'멍한 눈'이라는 표현이 있지 않습니까? 보고 있기는 하지만 인식하거나 사유하고 있지 않은 눈입니다. 뭐 눈에는 뭐만 보이는 이유는 바로 이 때문입니다. 본다는 행위는 우리의 사고와 연결되어 있는 것입니다. 즉, 보지 못한다는 것은 사고하지 못한다는 것과도 동일합니다. '~에 눈이 멀다'라는 표현도 많이 쓰죠. 생각하지 못한다는 뜻입니다. 사랑에 눈이 먼 사람은 사랑 외에는 보지 못하고 생각하지 못하는 겁니다. 돈에 눈이 먼 사람이 위험한 이유가 바로 그 때문입니다. 돈 말고는 보이지도 않고, 생각할 수도 없는 겁니다.

관찰에는 시각도 중요합니다. 시각이란 어느 방향에서 보는가 하는 것이지요. 원뿔 모양을 상상해보세요. 어떤 모양이 상상되나요? 혹시 동그라미를 상상한 사람이 있을까요? 동그라미 안에 점이 찍혀 있는 그림은요? 우리가 흔히 생각하는 원뿔은 측면에서 본 모양입니다. 아래에서 위에서 보면 또 다른 모양을 보게 되는 겁니다. 똑같은 것이라도 어느 방향에서 보느냐에 따라 우리는 매우 다른 것을 보게 되는 거죠.

〈송곳〉이라는 유명 웹툰에는 이런 말이 나옵니다.

"서는 데가 바뀌면 풍경도 달라지는 거야"

시각이 바뀌면 보이는 것이 달라지고, 보이는 것이 달라지면 생각도 달라지는 것이지요.

원뿔의 온전한 모습을 이해하려면 한쪽만 보아서는 안 되고 위, 아래, 옆 모두를 볼 수 있어야 하는 것처럼, 우리가 어떤 대상이나 현상을 온전하게 이해하려면 다양한 시각을 가질 수 있어야 합니다. 다양한 시각을 가질 수 있다는 것은 일면을 보지 않는다는 것, 단편적이거나 편협하게 생각하지 않는다는 것을 뜻합니다.

보는 것과 생각하는 것이 다르지 않다면 관찰과 시각이 글쓰기에서만 중요하지는 않겠지요? 예술을 하든 과학을 하든, 학문을 하든 어떤 기술을 배우든, 관찰하는 것, 좋은 눈을 가지는 것은 꼭 필요한 일일 것입니다. 글쓰기에서 가장 중요한 것은 매끈한 구조나 유려한 문장보다는 그 속에 담긴 사유입니다.

# 퇴고, 퇴고, 퇴고

퇴고를 꼭 해야 하냐고요?

그러게요. 저도 한때는 그렇게 생각했던 것 같습니다. 틀린 문장이나 오·탈자 몇 개 수정하고는 퇴고했다고 여겼던 적이 있죠. 핑계를 대자면, 퇴고라는 말의 유래 탓이 큽니다. 퇴고라는 말에는 재미있는(?!) 이야기가 전해지고 있어요.

옛날 중국 당나라 때 가도라는 승려 겸 시인이 있었습니다. 승려 겸 시인이라는 말은 그가 가난하고 보잘것없는 이였다는 뜻이기도 합니다. 하루는 가도가 길을 가다 말고 시구를 고민하느라 한유라는 벼슬아치의 행차를 막아서게 됩니다. 한유는 장안의 경조윤 벼슬을 하는 이였습니다. 장안은 당시 세계적 규모의 도시였고 경조윤은 시장에 해당하는 벼슬이니 대단한 위세를 지닌 인물이었던 것이지요. 게다가 한유는 중당시대(中唐時代)를 대표하는 유명 시인입니다. 그런데 보잘것없는 가난한 승려가 시를 고민하느라 요샛말로 '길막'을 하고 있었던 것입니다.

시구를 고민하느라 결례를 하였다 하니 흥미를 느낀 한유가 어떤 시구였는지를 묻습니다.

인적 드물어 한적한 집
잡초 우거진 좁은 길은 거친 뜰로 이어져 있다.
새들도 연못가 나뭇가지에 깃들어 잠들었는데
스님은 저무는 달빛 받으며 사립문을 민다[推(퇴)].

여기서 사립문을 민다[推(퇴)]고 해야 할지 두드린다[敲(고)]고 해야 할지 고민이라고 가도가 말하자 한유가 '퇴'보다는 '고'가 낫다고 조언했습니다. 그리고 두 사람은 우정을 나누는 친구가 되었다고 합니다.

저는 이 이야기를 들었을 때 두 가지 생각을 했더랬습니다. 하나는 "'퇴'면 어떻고 '고'면 어떻다고. 그게 그거구먼', 다른 하나는 '수정은 정말 피곤한 일이구나!'였습니다. 그래서 부끄럽지만 저는 글을 고치는 일을 게을리했습니다.

퇴고가 중요하다는 사실을 깨달은 것은 어린이를 위한 글을 쓰기 시작하면서부터였던 것 같습니다. 어린이를 위한 글은 일단 문장이 정확해야 하고, 독자가 이해할 수 있는지 어휘 수준도 확인해야 합니다. 내용이 간결하고 명쾌하게 정리되어야 하는 건 물론이고요. 그래서 문장을 쓰면서도 계속 확인하고, 전체 구성이나 내용도 독자의 수준에 맞는지, 독자가 잘 이해할 수 있는지를 계속 고민하고 수정했습니다.

수정을 하면 할수록 아쉬운 부분은 계속 나옵니다. 그래서 제게 퇴고하기는 글쓰기의 문제가 무엇인지를 알아채기도 하고, 내 글쓰기뿐만 아니라 사유까지 다듬고 정돈하는 과정이 되었습니다. 단순히 글을 고치는 데서 끝나는 것이 아니라요.

내친김에 옛날이야기를 더 해드릴게요.

옛날에 한 짚신 장수가 아들과 함께 살고 있었답니다. 짚신 장수는 아들과 함께 짚신을 삼아서 생계를 이어갔는데 똑같이 짚신을 삼아서 장에 팔러 갔습니다. 그런데 아버지 짚신은 잘 팔리는데 아들 짚신은 늘 팔리지를 않는 거예요. 아들은 똑같은 짚신인데 왜 자기 것은 팔리지 않는지 이해할 수가 없었죠. 아버지가 나이 들어 돌아가시게 되자 아들에게 귓속말로 비결을 일러주었답니다.

"거스러미."

작은 차이입니다. 신발을 신는 사람을 배려한 작은 차이가 큰 차이를 만드는 것입니다. 독자를 고려한다면, 내 글을 읽을 독자를 생각한다면 내 글을 한 번만 더 다듬어보세요.

퇴고는 여러분 글의 완성도를 높입니다. 더하여, 그 글을 쓰는 여러분의 사고와 삶의 방식마저도 돌아보게 됩니다. 이런데 퇴고를 하지 말아야 하는 이유가 있을까요?

## 내 글에 애정이 있다면 퇴고를 하세요

헤밍웨이는 퇴고를 많이 한 작가로 유명합니다. 그의 가장 유명한 소설 《노인과 바다》는 2백 번 퇴고했다는 말도 있고 4백 번 했다는 말도 있습니다. 헤밍웨이인들 그 횟수를 세봤겠습니까. 그만큼 많이 퇴고했다는 이야기겠지요. 하루에 한 번씩 퇴고를 했다고 치면 1년 이상을 퇴고만 했다는 얘긴데, 이쯤 되면 쓰는 것보다 퇴고에 걸리는 시간이 더 길었다고 할 수 있을 겁니다.

퇴고를 많이 한 작가로 황순원 선생님도 빼놓을 수 없습니다. 황순원 선생님은 문장이 간결하고 정확하기로 유명한데요, 황순원 선생님은 원고를 탈고한 후 출판사에 넘기기 전에 원고지에 다시 처음부터 끝까지 정서를 하셨다고 합니다. 예전에는 펜으로 원고지에 글을 썼거든요. 원고지는 줄과 줄 사이에 간격이 넓습니다. 수정하기 편하도록 만들어놓은 건데, 그 수정된 원고를 다시 한번 처음부터 깨끗한 원고지에 베껴서 쓰셨다는 겁니다. 한 글자 한 글자 당신이 쓴 글을 다시 베껴 쓰면서 흐름이나 문장에 오류가 없는지 최종적으로 확인하셨던 것이지요.

헤밍웨이도 황순원 선생님도 간결하고 정확한 단문을 쓴 것으로 유명합니다. 이것이 공교로운 우연이라고만은 할 수 없을 듯합니다. 두 분 외에도 작가라면 누구나 원고를 수정하고 수정합니다. 글쓰기에서 가장 중요한 것이 수정하기라는 것을 잘 알기 때문이죠. 요즈음은 대부분의 작가가 컴퓨터를 사용하지만, 원고지에 글을 썼던 작가들의 경우에는 빨간색 펜으로 빽빽하게 수정한 육필 원고가 많이 남아 있습니다.

대가들도 이러한데 우리는 얼마나 글을 공들여 수정하나요? 혹시 내 글은 그렇게 고칠 가치가 없는 글이라고 생각하나요? 고쳐봤자 별로 달라질 것이 없다는 생각 때문에 미리 포기하나요?

만약 이런 생각을 하고 있다면 자기가 쓴 글을 얼마나 수정해보았는지 생각해보세요. 혹시 한두 번 해보았는데 잘 안되어서 나는 안되는구나, 생각하는 건 아닌가요? 수정을 해도 해도 끝없이 수정할 부분이 나와서 아예 포기했던 것은 아닌가요?

원고를 수정하는 작가들은 알지만 우리는 잘 모르는 것이 세 가지 있습니다.

첫째, 세상에 완벽한 원고는 없습니다. 고쳐도 고쳐도 수정할 부분은 계속 나옵니다. 아무리 꼼꼼하게 보아도 놓치는 부분이 있습니다. 학위 논문 쓰는 사람들 사이에는 유명한 이야기가 있습니다. 인문사회 계열의 학위 논문은 분량이 책 한 권 정도인데, 수없이 수정을 합니다. 인쇄소에 논문을 맡기기 직전까지 고치지만 그래도 제본해놓고 보면 틀린 부분이 나옵니다. 그래서 선배들은 마지막에 세 가지만 확인하라고 합니다. 제목과 자기 이름, 그리고 지도 교수 이름. 이게 틀리면 큰일이거든요. 그런데도 세 가지 중 하나가 꼭 틀립니다. 인쇄 넘어가기 직전에 잡아내면 다행이고, 아니면 오려 붙여야 합니다. 세상에 완벽한 원고는 없고, 수정을 아무리 해도 원고가 완벽해지지는 않습니다. 다만 우리는 최선을 다해 고칠 뿐입니다.

둘째, 고치면 고치는 만큼 원고가 나아집니다. 한 번 고치면 좀 더 나아지고, 두 번 고치면 더 나아집니다. 아주 조금이라도 나아집니다. 그 때문에 작가들은 끊임없이 고치고 또 고치는 것입니다. 경험해본 사람들은 다 압니다. 만약 여러분 원고가 고쳐도 좋아지지 않는다고 생각된다면 얼마나 고쳤는가 생각해보세요. 딱 그만큼만 나아졌을 것입니다.

셋째, 내 글은 최고는 아니지만 나에게는 가장 소중하다는 것을 잊지 않아야 합니다. 여러분이 쓴 글은 최고의 글은 아니지만 가장 소중한 여러분의 자식입니다. 여러분이 쓴 글에 애정을 가져보세요. 그래야 최선을 다해 수정하면서 더 나은 글로 만들려고 노력하게 됩니다.

완벽하지 않아도 됩니다. 우리가 어떤 것을 사랑할 때 완벽해서 사랑하는 것은 아니니까요. 애정을 가지면 믿음이 생길 것입니다. 고치는 만큼 원고는 나아질 것이고, 다음번 원고는 또 더 나을 것이라는 믿음 말입니다. 자신의 글을, 자기 자신을 믿어보세요.

우리가 퇴고를 하지 않는 혹은 하지 못하는 현실적인 이유는 시간 부족인 경우가 많습니다. 원고 쓰기를 미루고 미루다가 마감 시간에 쫓겨 급하게 원고를 마무리하게 되죠. 사실은 제대로 마무리하지도 못하고 분량만 채워서 내는 겁니다. 제가 해봐서 잘 압니다. 핑계 같지만, 게으름 때문일 수도 있지만 아이디어가 잘 떠오르지 않아서 집필이 늦어질 수도 있고, 계획 단계에서 수정을 거듭하다가 마지막까지 마음에 들지 않는 개요를 가지고 집필하느라 속도가 잘 붙지 않는 경우도 있습니다.

학교에서 글쓰기를 해야 하는 학생들에게는 더 현실적인 이유가 있습니다. 글쓰기 과제는 마감 기한이 정해져 있고, 그 기한은 늘 촉박하기 때문이죠. 대부분의 글쓰기 교육이 단기적으로 글쓰기 이론을 배우고 실습해보고 피드백을 받고 마무리하는 방식이기 때문에 짧은 시간 안에 과제를 제출할 수밖에 없습니다. 제가 글쓰기 교육을 하면서 가장 안타까운 것이 학생들에게 퇴고할 시간을 충분히 주지 못하는 것입니다. 마음에 드는 글이 될 때까지 고치고 고칠 수 있으면 좋겠다는 생각을 많이 하지만 현실적으로 그렇게 되질 않는 겁니다.

핑계든 아니든 문제는 시간이군요. 그렇다면 해법도 시간입니다. 우리는 퇴고할 시간을 확보해야 합니다. 앞에서 세 가지 글쓰기 스타일을 언급했습니다만 사실은 사람 수만큼이나 글쓰기 스타일은 다릅니다. 계획하기 단계에 시간을 많이 쓰는 사람도 있을 것이고, 끊임없이 수정하면서 집필하는 사람도 있을 것입니다. 되도록 충분하게 퇴고할 시간을 확보하는 것이 좋습니다만 중요한 것은 자기 글쓰기 스타일입니다. 자기에게 적당한 퇴고 시간이 어느 정도인가는 자기만 아는 것이지요. 자기 스타일에 맞게 퇴고 시간을 안배하세요. 그렇게 해서 자기만의 시간표를 짜야 합니다.

완벽한 글은 없습니다. 마감 전까지 최선을 다해 수정하고 다듬는 것이지요. 글의 완성도는 퇴고 시간이 좌우합니다. 퇴고할 시간을 확보할 수 있도록 시간표를 짜세요.

# 퇴고는

# 실전입니다

제 경험을 돌아보면 퇴고를 하려고 해도 뭘 어떻게 고쳐야 할지 모르겠어서 막막했던 기억들이 있습니다. 시간을 할애해서 막상 퇴고하려고 해도 별로 고칠 게 없어 보여서 오·탈자 몇 개 고치고 말았던 것 같습니다. 남의 글은 잘 보여도 내 글은 잘 보이지 않는 경우가 많습니다. 다음과 같은 점을 고려하면서 글을 고쳐보세요.

**첫째, 묵혀두기**

글을 쓸 때 마음만 앞서고 잘 안 써지는 경우가 있습니다. 너무 기쁘거나 너무 슬프면 말이 잘 안 나오는 경우가 있잖아요. 글도 마찬가지입니다. 그 감정 속에서 내가 허우적거리고 있으면 글을 쓸 수 없습니다. 감정에서 빠져나와 자신의 감정과 거리를 두고 그것을 객관적으로 바라볼 수 있게 되었을 때 비로소 글을 쓸 수 있습니다.

내가 쓴 글도 마찬가지입니다. 지금 막 글을 끝냈다면 나는 내가 무엇을 말하려는 것인지 어떤 의도로 그 문장을 썼는지 너무나 잘 압니다. 나는 아직 그 글 속에 있거든요. 그 구성은 내 의도가 최대한 드러날 수 있는 구성이고, 그 문장은 내 생각을 최대한 정확하게 표현하는 문장입니다. 더 나은 구성, 더 나은 표현은 없어 보입니다.

그런데 신기하게도 시간이 지난 뒤에 글을 보면 다릅니다. 내가 어떤 의도로 이 문장을 썼는지, 왜 이런 구성이 논리적으로 타당하다고 생각했는지 이해되지 않는 경우도 있고, 어떨 때는 기가 막히게 잘 쓴 부분도 보입니다. 시간이 지나 내 글과 나 사이에 거리가 생긴 것입니다. 거리가 생겼기 때문에 객관적인 눈으로 내 글을 볼 수 있게 되는 겁니다. 나보다 다른 사람들이 내 글을 정확하게 잘 보는 이유도 나보다 객관적으로 볼 수 있기 때문입니다.

전문가들은 퇴고하기 전에 나흘에서 일주일 이상 글을 묵혀두라고 이야기합니다. 그런데 사실 그렇게 시간을 비우기가 쉽지는 않습니다. 마감 시간에 쫓겨 원고를 허겁지겁 마무리하는 일이 비일비재하니까요. 저도 물론 그렇습니다. 그래서 최대한 빨리 원고를 끝내고 묵히는 시간을 최대한 가지려고 노력합니다만, 잘되지 않을 때는 최소한 하루 정도라도 일찍 끝냅니다. 하룻밤만 자고 나도 원고는 다르게 보이거든요.

그건 마치 내 눈에 씌었던 콩깍지가 벗겨지는 것과도 같습니다. 신기하게도 하룻밤 사이에도 새로운 눈을 가지게 되고, 글은 다르게 보입니다. 이렇게 되어야 비로소 퇴고를 시작할 수 있습니다. 퇴고의 출발은 내 글과 거리 두기입니다.

### 둘째, 출력해서 보기

요즘은 글을 컴퓨터로 쓰고, 글을 읽을 때도 종이책보다는 웹이나 전자책을 더 많이 활용하죠. 그래서 굳이 종이에 출력해서 글을 읽을 필요가 없다는 사람들도 있습니다. 인터넷에서 텍스트를 읽는 데 익숙한 요즘 젊은이들은 더더욱 종이보다는 컴퓨터 화면이 익숙합니다. 종이는 한눈에 원고가 보이고 바로바로 메모도 할 수 있는 장점이 있다고 주장하고 싶지만, 필기 기능까지 있는 요즘 컴퓨터 기능을 생각하면 굳이 종이에 출력해서 보라는 주문은 옛날 방식인 것 같습니다.

그럼에도 불구하고 저는 한 번 출력해서 보라고 하고 싶습니다. 화면에서 놓쳤던 것들이 출력해서 보면 보이거든요. 전체를 조망하면서 볼 수 있어서 가독성도 높습니다. 사실 이것도 제가 종이에 더 익숙한 '옛날' 사람이라서 그럴 수도 있습니다. 그러나 다른 시각에서 글을 보는 경험도 나쁘지는 않을 것이라고 조심스럽게 권해봅니다.

### 셋째, 글의 구성 확인하기

첫 번째 읽을 때는 전체 주제와 구성을 확인해보세요. 글 전체가 일관된 주제로 통일되어 있는지, 제목, 주제, 제재가 상호 관련성이 있는지, 글의 구성은 설득력과 논리성을 갖추고 있는지 등을 확인해보고 더 추가할 부분이나 내용이 없는지, 삭제하거나 재구성해야 하는 부분은 없는지 등을 확인해보세요.

### 넷째, 문단 확인하기

두 번째 읽을 때는 문단을 확인해보세요. 문단은 잘 나뉘어 있는지, 각 단락의 핵심 내용은 분명한지, 문단과 문단의 연결이나 흐름은 매끄러운지, 주장과 근거는 타당한지, 오류가 있는 근거나 잘못된 내용은 없는지 등을 확인해보세요. 내용의 흐름을 생각하면서 문장의 위치를 바꿀 수도 있고, 단락의 핵심이 분명하게 드러나도록 중심 문장을 분명히 하거나 뒷받침하는 내용을 추가, 삭제하면서 세부 내용을 다듬을 수 있습니다.

### 다섯째, 문장과 어휘 확인하기

세 번째 읽을 때는 문장 단위로 글을 살펴보세요. 정확한 문장을 썼는가, 적절한 길이로 의미를 전달하는가 등을 살펴보아야 할 것입니다. 의도와 다르게 표현된 문장이 있는지 보고, 더 간결하고 분명한 표현으로 다듬어보면 좋습니다.

정확한 어휘를 썼는가를 확인하는 것도 중요합니다. 전문 용어를 써야 하는 경우에는 더더욱 어휘를 정확하게 확인해야 합니다. 어휘에서는 무의식적으로 쓰는 표현들에 특별히 유의해야 합니다. 무의식적으로 쓰기 때문에 퇴고에서 꼼꼼하게 걸러내지 않으면 놓칠 수밖에 없기 때문입니다.

문장 단위의 퇴고를 할 때 첫 번째로 할 일은 지나치게 반복되는 어휘가 있는지 살펴보는 것입니다. 사람마다 버릇이 있듯이 글에도 글버릇이라는 것이 있습니다. 접속어를 많이 쓰기도 하고, 특정한 단어나 어미를 많이 쓰기도 합니다. 말하기 습관이 글에서도 그대로 나타나 구어적 표현을 많이 쓰는 경우도 있습니다.

글버릇이 아니라도 본론에서 썼던 표현들이 결론에서 그대로 반복되는 경우도 있습니다. 본론의 내용을 요약 정리하거나 본론에서 했던 주장을 결론에서 한 번 더 강조하다 보면 흔히 생길 수 있는 일입니다. 그러나 같은 표현이 반복적으로 나오는 것은 좋지 않습니다. 어휘력이나 표현력이 부족하다는 오해를 줄 수 있기 때문입니다. 같은 의미의 다른 단어로 바꾸어 표현해주는 것이 더 좋습니다.

두 번째로 할 일은 무례하거나 차별적인 어휘를 썼는지 살펴보는 것입니다. 나도 모르게 말실수를 하는 경우들입니다. 예를 들어 장애인의 인권에 대한 글을 썼는데 '장애를 앓고 있다'라든가 '장애를 뛰어넘은 인물'과 같은 장애에 대해 부정적 인식이 깔린 차별적 표현을 썼다면 내용이 아무리 좋아도 독자들은 글쓴이의 진심을 의심할 수밖에 없을 것입니다.

너무 당연한 말이지만, 우리는 완벽한 인간이 아니기 때문에 언제든지 실수할 수 있습니다. 그런데 말과 달리 글은 한번 공개가 되면 그 실수를 알아차렸을 때 바로 고칠 수 없습니다. 그래서 혹시 모를 실수를 꼼꼼하게 확인하는 것이 꼭 필요합니다.

### 여섯째, 띄어쓰기 등의 맞춤법

네 번째 읽을 때는 띄어쓰기 등의 맞춤법에 틀린 부분이 있는지, 부호를 잘못 쓴 부분이나 오·탈자가 있는지 확인해보세요.

### 일곱째, 목표를 가지고 단계적으로 읽기

지금까지 총 네 번 읽었지요? 여러 번 읽으면서 많이 수정할수록 좋습니다. 그것이 불가능하다면 최소한 네 번 이상은 읽어보시기 바랍니다.

읽을 때는 목표를 분명하게 정해보세요. 읽을 때 주제도 보이고 구성도 보이고 문장이나 어휘도 보일 테지만, 한 번 읽을 때마다 목표를 분명히 하고 읽어보세요. 처음에는 주제와 구성으로 시작해서 단락, 문장과 어휘, 띄어쓰기 등의 맞춤법 순서로 점점 범위를 좁히면서 글을 세부적으로 다듬어보세요.

목표한 내용과 다른 것이 보이면 옆에 메모해놓으면 됩니다. 단, 목표를 정하고 글을 읽으면 조금 더 집중할 수 있고, 빠뜨리는 것 없이 고루 볼 수 있게 됩니다.

### 여덟째, 소리 내어 읽기

글을 소리 내서 읽는 것이 너무 오랜만이고, 특히 자신의 글을 소리 내어 읽는다는 것이 처음에는 부끄럽고 어색할 수 있습니다. 그렇지만 이 방법은 꼭 해보라고 권하고 싶습니다. 특히 문장과 어휘를 확인할 때는 소리 내어 읽는 것이 많은 도움이 됩니다. 눈으로 보면 문장이 어색한 것을 알아차리기 힘들지만, 소리 내어 읽으면 내 귀에 들리기 때문에 어색한 문장이 금방 발견됩니다. 문장이 지나치게 길거나 주술 호응이 맞지 않는 경우, 글버릇 때문에 반복되는 단어 등도 쉽게 수정할 수 있습니다. 꼭 해보세요. 강추!

## 다른 사람에게 내 글을 보여주세요

자기가 쓴 글을 다른 사람에게 보여주기 창피해하는 경우가 많습니다. 자기 글에 대한 자신감이 부족한 경우에는 더욱 망설여지고 두려운 일일 것입니다. 내가 쓴 글이 미완성 원고인 초고일 경우는 말할 것도 없겠죠.

헤밍웨이는 "내 초고는 쓰레기였다"라고 했다지요? 그래서 초고는 다른 사람들에게 절대 보여주지 않았다고 합니다. 헤밍웨이 같은 뛰어난 작가는 혼자서 자기 글을 수정할 수 있었겠지만 우리는 다릅니다. 자기 글을 혼자 수정하는 것보다는 다른 사람의 도움을 받는 편이 훨씬 수월합니다.

이렇게 생각해보면 어떨까요? 요리할 때 맛을 보면서 간을 맞추죠? 나 혼자 간을 보는 것보다는 다른 사람에게도 간을 봐달라고 하는 것이 안전하지 않을까요? 내 요리가 맛이 없으면 어쩌나 부끄럽고 용기가 없어서 나 혼자서만 간을 본다고 생각해보세요. 지혜롭지 못한 방법이겠죠? 어차피 그 요리는 다른 사람들과 함께 먹어야 할 테니 말입니다.

글도 마찬가지입니다. 혹시 완벽한 글을 쓴 다음에 독자를 놀래주겠다는 생각을 하고 있나요?(저는 사실 이런 생각을 했었습니다.) 그럴 수 없습니다. 완벽한 글은 없다고 앞에서도 계속 말씀드렸죠? 완벽한 글은 없으니 칭찬만을 기대한다는 건 어리석고 무모한 생각입니다.

혹시 내 글에 쏟아질 비평이 두려워서 글을 보여주지 못하는 건가요? 내 글이 부족해서 다른 사람들이 혹독한 비평을 할 수도 있습니다. 그러나 그건 내 글에 대해 이야기하는 것이지 나에 대한 비판이 아니라는 점을 기억해야 합니다. 사실 그것을 구분한다는 것이 쉽지는 않습니다. 우린 감정이 있는 인간이니까요. 그렇지만 칭찬보다는 비판이 약이 되는 때가 있습니다. 우리에게는 칭찬도 비판도 고루 필요합니다.

글쓰기는 고독한 작업이라고 생각하나요? 그렇지 않습니다. 이이디어 생성이나 개요 작성 등에서 다른 사람들과 함께하는 것이 얼마나 중요한지 우리는 잘 알고 있습니다. 혼자 하는 것보다 함께하는 것이 더 유리합니다. 글동무들과 글쓰기를 함께한다는 것은 글의 완성도에만 영향을 끼치는 것은 아닙니다. 어려움을 공유하고 서로 도우면서 해결해나갈 수 있기 때문에 글쓰기가 더 수월해지고, 서로 도와주고 용기를 북돋아줌으로써 글쓰기가 더 즐거워질 수 있습니다.

지금 당장 글동무를 만들어보세요.

## 피드백을 받았는데 어떻게 고쳐야 할지 모르겠다고요?

되도록 많은 사람에게 글을 보여주고 피드백을 받는 것이 좋습니다. 그런데 피드백을 받은 후에는 걱정이 생깁니다. 글을 보는 시각이 달라 각기 다르게 피드백하기 때문입니다. 같은 부분을 두고도 어떤 사람은 좋다고 하고 어떤 사람은 마음에 들지 않아 하는 경우가 있습니다. 어떤 사람은 이렇게 고치라고 하고 어떤 사람은 저렇게 고치라고 하니 어느 장단에 맞추어야 할지 혼란스러운 경우가 생깁니다.

누가 정답을 딱 이야기해주면 좋겠다 싶은 생각이 들 겁니다. 학생들의 경우에는 이럴 때 교수자의 피드백에 많이 의존합니다. 선생님은 다 알고 있을 것이라고 생각하는 것이지요. 그러나 이것은 오해입니다. 아무리 글쓰기 경험이 풍부한 사람이라 해도 글을 보는 독자 중

하나일 뿐이라는 점을 기억해야 합니다. 내 글을 처음 보는 선생님보다는 나와 함께 주제와 아이디어를 고민하고, 개요를 짜면서 글의 구성을 논의했던 친구가 내 글의 의도와 목적을 더 명확하게 알고 나에게 맞는 조언을 해줄 수 있습니다.

누구의 조언을 받아들이는 것이 더 타당할지 스스로 결정할 수 있으면 그나마 낫습니다. 문제는 다 맞는 말인 것 같아서 어떤 조언을 받아들여야 할지 결정할 수 없을 때입니다. 다 받아들여서 수정하려고 해도 그럴 수가 없습니다. 그랬다가는 길을 잃고 원고는 누더기가 되고 말 겁니다.

완벽한 글은 없고, 완벽한 수정도 없습니다. 누구도 답을 가지고 있지 않습니다. 각자 자기만의 시각이 있고, 자기만의 눈으로 평가합니다. 그렇다면 믿을 건 자기 자신밖에 없습니다. 맨 처음에 자기가 쓰고 싶었던 글이 있을 것입니다. 그것을 기준으로, 내 의도에 맞게 내 글을 읽고 조언해주는 사람의 피드백을 받아들이세요.

피드백은 최대한 많이 받는 것이 좋습니다. 내가 생각하지 못했던 다양한 측면에서 내 글을 볼 수 있기 때문입니다. 그러나 그 피드백들은 어디까지나 조언일 뿐입니다. 어떤 조언을 선택하고 받아들일지는 자기가 결정해야 합니다. 그리고 그 선택에 대한 책임도 자기가 져야 합니다. 자기 글이니까요. 자기 자신을 믿고 수정 방향을 결정하세요. 자기 글의 주인은 자신입니다.

# 잘 읽히는

# 문장 쓰기

생각이 문장이 됩니다

문장은 생각에서 나옵니다. 내가 말하고자 하는 바가 분명한데도 문장이 안 써진다면 너무 멋진 문장을 쓰려고 하는 것은 아닌가 돌아 보세요. 혹시 국어책에 나오는 아름다운 문장을 써야 한다고 생각하 고 있나요? 실제로 글을 좀 쓸 줄 안다 하는 학생들 중 일부는 문장을 너무 어렵게 쓰는 경향이 있습니다. 지나친 비유와 수식어를 사용해 서 문장의 의미가 잘 전달되지 않는 것은 물론 비문이 되어버리는 경 우도 종종 있고요. 너무 잘하려고 하니까 자연스러움을 잃어버리는 경 우입니다.

문장이 중요하기는 하지만 글 전체를 구성하는 요소 중 하나일 뿐입니다. 우리는 편집자도 아니고, 문장을 공교하게 다듬어서 써야 하는 소설가도 아닙니다. 내 글이 목적에 맞게, 편안하게 읽히는 정도의 문장이면 됩니다. 정돈된 생각이 정돈된 문장을 만듭니다. 우리에게 중요한 것은 글이지 문장이 아닙니다. 그러니 문장 하나하나에 애면 글면하느라 글 전체를 놓치지는 마세요.

## 한 문장에는 하나의 뜻이 담겨야 합니다

글 한 편에 하나의 중심 주제가 있고, 한 개의 문단에는 하나의 소주제가 있어야 하듯이 하나의 문장에는 하나의 핵심 내용이 담겨 있어야 합니다. 한 학생의 글을 보겠습니다.

> 졸린 몸을 이끌고 버스 자리에 앉아 '오늘은 뭐 하면서 놀지?', '이따 점심때 축구하자고 해야겠다'처럼 오늘 하루에 대해 상상하고 있으면, 버스는 열심히 달리면서 친구들을 한 명씩 태워주며 말동무를 만들어줬다.

이 문장에서 글쓴이가 꼭 하고 싶은 말은 무엇이었을까요? 버스를 타고 학교 가는 것이 지치고 힘든 일이었다? 버스에서는 주로 오늘 있을 하루를 상상했다? 아침 등굣길 셔틀버스에서는 한 명씩 한 명씩 반갑게 친구를 만나는 즐거움이 있었다? 이 문장에는 술어가 너무 많습니다. 술어는 메시지를 전달하는 기능을 합니다. 술어가 많다는 것은 그만큼 한 문장 안에 많은 내용이 들어 있다는 뜻이겠죠?

문장을 짧게 쓰라고 하는 것도 이런 이유 때문입니다. 초심자일수록 문장을 짧게 쓰는 것이 여러모로 유리합니다. 문장을 짧게 쓰면 비문을 피할 수 있고, 독자가 글을 읽기 쉬워 이해도 빠릅니다. 무엇보다 짧은 문장은 독자에게 신뢰를 줄 수 있습니다.

그러나 문장을 무작정 짧게 쓴다고 다 좋은 것은 아닙니다. 앞에서 나온 학생의 글을 짧게 끊어보겠습니다.

> 졸린 몸을 이끌고 버스 자리에 앉았다. '오늘은 뭐 하면서 놀지?', '이따 점심때 축구하자고 해야겠다' 오늘 하루에 대해 상상하고 있었다. 버스는 열심히 달렸다. 버스는 친구들을 한 명씩 태워주었다. 버스는 말동무를 만들어줬다.

비문은 없지만 내용이 잘 이해되지 않습니다. '졸린 나'와 '열심히 달리는 버스'가 대비되면서 글쓴이의 의도를 제대로 반영하고 있지 못합니다. '통학하느라 힘들었지만 즐거운 추억'이라는 핵심이 잘 전달되도록 다음과 같이 수정해보면 어떨까요?

셔틀버스 시간에 맞추려면 일찍 일어나야 했기에 졸리기는 했다. 그러나 버스에서 오늘 하루를 상상하는 것은 즐거운 일이었다. '오늘은 뭐 하면서 놀지?', '이따 점심때 축구하자고 해야겠다' 이런 생각들을 하고 있으면 정류장마다 친구들이 한 명씩 버스에 올라탔다. 어느새 버스는 친구들로 가득 차고, 나와 친구들은 왁자하게 떠들며 학교로 갔다.

문장은 얼마든지 짧게 쓸 수 있습니다. 그러나 길이보다 더 중요한 것은 메시지라는 점을 꼭 기억하세요.

## 고치기 어려운 글버릇

제가 글을 쓸 때 가장 많이 지적받았고 가장 고치기 어려웠던 것이 '~라고 생각한다'와 '~은 것 같다' 두 가지였습니다. 이런 표현을 쓰는 이유는 자기주장에 대한 확신이 부족하기 때문입니다. '-다'로 간결하게 문장을 마무리하세요. 그래야 주장에 힘이 실리고 독자는 여러분의 글을 신뢰합니다. 단순히 어미를 간결하게 쓴다고 해서 내 주장이 명징해지는 것은 아닙니다. 주장의 명징성은 어미가 아니라 내용에서 드러나야 하니까요. 그러나 이런 간결한 어미는 스스로에게도 자신감을 불어넣어줄 것입니다.

처음에는 어색하고 이상할 것입니다. 글을 쓰다 보면 여기서는 살짝 '~라고 생각한다'나 '~은 것 같다'를 써도 되지 않을까 하는 유혹도 있을 것입니다. 그래도 눈 딱 감고 버리세요. 진짜 추측이어서 '-다'라고 쓰면 아예 의미가 달라져버리는 경우를 제외하면 모두 '-다'로 바꾸세요.

익숙해지면 아무렇지도 않습니다. 좋은 글버릇의 시작입니다.

## 접속어를 조심하세요

① 접속어 남발은 논리의 문제

접속어가 많은 문장은 보기에도 부담스러울뿐더러 매끄럽게 읽히지도 않습니다. 접속어를 중심으로 내용을 짜 맞추면서 읽게 되기 때문입니다. 꼭 필요한 경우가 아니라면 접속어를 빼야 합니다. 그래야 글을 읽기도 편안해집니다.

그런데 접속어를 뺄 수 없는 경우가 있습니다. 다음 한 학생의 글을 보시죠.

> 세계적으로 신재생에너지를 적극적으로 도입하는 움직임이 확대되고 있다. 그러나 우리나라의 경우 신재생에너지 기술의 개발과 보급은 저조한 편이다. 왜냐하면 현재의 에

너지 시장 상황에서 기술의 경제성이 확보되지 않기 때문이다. 그러나 신재생에너지는 지속 가능한 발전을 위해 필수적이다.

앞의 예문은 문장마다 접속어가 있는데 뺄 수가 없습니다. 접속어를 빼면 글의 내용이 달라져버리기 때문이죠. 이런 경우는 접속어가 아니라 글의 논리가 문제입니다. 이때는 문장의 순서를 바꾸거나 내용을 정리해서 해결해야 합니다.

우리나라의 경우 신재생에너지 기술의 개발과 보급은 저조한 편이다. 현재의 에너지 시장 상황에서 기술의 경제성이 확보되지 않기 때문이다. 그러나 신재생에너지는 지속 가능한 발전을 위해 필수적이다. 세계적으로도 신재생에너지를 적극적으로 도입하는 움직임이 확대되고 있는 상황이다.

문장 쓰기가 어려울 경우 우리는 '문장력이 없다'라고 말합니다. 그러나 문장력이 부족해서가 아닙니다. 생각이 정리되지 않았기 때문에 글이 산만해지는 것입니다. 접속어를 너무 많이 쓰고 있다면 글의 주제나 논리부터 점검해보세요. 글의 핵심이 무엇인지를 확인하고 논리에 맞게 문장을 정리해보세요.

② '또한'과 '그리고'

내용을 덧붙일 때 '또한'이나 '그리고'를 편하게 많이 쓰는데 이런 접속어를 많이 쓰면 글의 구조가 모호해집니다. 다음 한 학생의 글을 보시죠.

> 또 세대 간의 올바른 소통이 부재하기 때문이다. 한국 사회에 이미 오래전부터 고착된 수직 문화는 평등하고 완전한 소통을 불가능하게 한다. 또한 효와 충을 중시하는 유교적 가치관은 자신의 주장을 내세우기보다 어른의 말씀을 수용하고 받아들일 것을 강요하면서 세대 간 소통을 불가능하게 하고 있다.

이 예문은 첫 문장에 '또'가 있고, 단락 중간에 '또한'이 있어서 글이 산만해 보입니다. 이 예문은 두 번째 이유를 말하고 있는 문단인데, '또' 대신에 '둘째'로 시작하는 것이 좋습니다. 그러면 뒤에 오는 '또한'과는 구별이 되어 내용 이해가 더욱 쉬워집니다. 원인이 달랑 두 개뿐이어서 '또'를 써야 한다면 앞에서 '두 가지가 있다'라고 밝혀 주고 시작하는 것이 좋습니다. 그러면 독자는 글이나 문단의 구조를 염두에 두고 글을 읽을 수 있습니다. 독자가 글을 이해하기 훨씬 쉬워지는 것이지요. 이럴 경우 뒤에 오는 '또한'은 '여기에 더하여'와 같은 표현으로 바꾸어 앞의 '또'와 구별되도록 하는 것이 좋습니다.

특히 결론에서 '또한'을 쓰지 않도록 조심하세요. '또한'이나 '그리

228

고'를 쓴다는 것은 내용을 덧붙이고 있다는 의미입니다. 결론은 주장을 강조하면서 갈무리해야 하는 부분입니다. '그리고'나 '또한'으로 내용을 덧붙여서 주제를 흐리지 않도록 조심하세요.

## '-의'를 아껴 쓰세요

올바른 문장 쓰기에서 단 한 가지를 강조해야 한다면 저는 '-의'를 줄이라고 하겠습니다. '의'는 일본어에서 명사와 명사를 연결할 때 주로 쓰는 표현으로 일제 잔재입니다.

전문 연구서나 논문들을 보면 유독 한자어와 '의'가 많은 것을 발견할 수 있습니다. 또한 격식을 차려야 하는 자리에 있는 사람이나 권위적 위치에 있는 사람도 한자어와 '의'를 많이 씁니다. 지식을 뽐내고 싶을 때 혹은 지식을 뽐내어 상대방을 압박하겠다는 의도가 있을 때 '의'를 많이 쓴다고도 할 수 있죠. 바꿔 말하면, '의'를 줄이면 문장이 쉬워집니다. 쉬워질 뿐만 아니라 의미도 더욱 명료해집니다.

① '의'를 빼라
나의 옷 → 내 옷
기술의 발전 → 기술 발전

② 불필요한 한자어를 줄여라

순백의 도자기 → 눈처럼 흰 도자기

불굴의 의지 → 꺾이지 않는 의지


③ 두 단어의 관계를 분명히 밝혀라

피부의 부스럼 → 피부에 생긴 부스럼

젊음의 아이콘 → 젊음을 상징하는 아이콘


④ 주어와 술어, 주어와 목적어의 구조로 바꿔라

평화의 상징이 되었다. → 평화를 상징하게 되었다.

식물의 성장을 돕는다. → 식물이 성장할 수 있도록 돕는다.


⑤ 동의어로 쓰였다면

철의 여인 → 강철 같은 여인

영웅의 칭호 → 영웅이라는 칭호


⑥ 조사에는 '의'를 붙일 수 없다

고독에의 초대 → 고독으로 초대

저자와의 대화 → 저자와 대화하는 시간

## 적확한 표현을 쓰세요

　적절한 표현을 쓰려면 정확한 표현을 알아야 합니다. 예를 들어 '욕을 먹다'는 모욕적인 말을 듣거나 비난을 받는 경우에 쓰입니다. 그런데 보통 학생들이 부모님께 꾸지람을 들었을 때 '욕을 먹었다'고 표현을 많이 하더라구요. 이럴 때는 '꾸중/꾸지람을 듣다', '걱정을 듣다'로 쓰는 것이 좋습니다. 이처럼 다음과 같은 단어들은 의미를 정확히 이해하고 구별해서 써야 합니다.

　결재/결제, 매어/메어, 매고/메고, 조리다/졸이다, 담다/담그다, 부치다/붙이다, 사이다/쌓이다, 낫다/낳다, 쌓이다/싸이다

　그런가 하면 자기 생각이나 감정을 잘 몰라서 표현을 잘못하는 경우도 있습니다. '짜증 나'라는 표현 많이 쓰죠? 화가 나는 경우, 속상한 경우, 슬픈 경우, 성가신 경우, 귀찮은 경우, 불쾌한 경우, 섭섭한 경우, 무수히 많은 경우를 우리는 '짜증 나'라는 표현으로 대신해버립니다. 편리하긴 하지만 감정을 세분화해서 적확한 표현을 찾을 필요가 있습니다. 그러기 위해서는 자기 생각이나 감정을 잘 들여다보는 것도 중요합니다.

## 개성 있는 문장을 쓰세요

제가 생각하는 좋은 문장은 쉬운 문장입니다. 읽기 쉬운 어휘를 써서 간결하게, 쉽게 이해되도록 쓰는 문장이 좋은 문장이라고 생각합니다. 그러나 모든 글을 이렇게 쓸 필요는 없습니다. 사람들과 이야기해보면 어떤 사람은 말을 너무 잘해서 듣는 재미가 있고, 어떤 사람은 재치가 있어서 웃음을 주고, 어떤 사람은 진중해서 귀를 기울이게 되고, 또 어떤 사람은 엉뚱한 말을 툭 던지는데 그것이 기가 막히게 예리해서 무릎을 치는 경우가 있습니다. 이런 것이 개성이겠죠? 말에 그런 개성이 있다면 글에도 개성이 있습니다. 그것을 '문체'라고 하죠. 문체 혹은 개성은 어떻게 만들어질까요?

일단 글에서 자기 스타일, 자기 목소리를 찾는 것이 필요합니다. 가장 편안한 누군가에게 이야기한다고 생각하고 글을 써보세요. 원래 내가 이야기하는 스타일대로 말하듯이 편안하게 문장을 써보는 겁니다. 아무래도 글을 쓴다는 부담이 있어서 힘들다면 실제로 녹음한 뒤에 그것을 글로 풀어도 좋습니다.

글을 쓸 때는 내가 문장을 정확하게 쓰고 있나 걱정하지 마세요. 틀린 문장이 있다면 나중에 수정을 하면 됩니다. 이 어휘가 정확한가, 맞춤법이 이게 맞나 하는 걱정도 하지 마세요. 그런 걱정 때문에 문장 하나하나를 쓰기가 더 어려워지는 겁니다. 우리가 친구들과 즐겁게 이야기할 때 문장 걱정을 하나요? 내가 잘못된 어휘를 쓰지 않을까 걱정을 하나요? '즐겁게 이야기'하는 것이 중요한 것이지 정확한 문장으로 이야기하는 것은 중요하지 않습니다. 그래야 개성 있는 글을 쓸 수 있습니다. 틀린 부분이 있으면 어쩌냐고요? 걱정 없습니다. 우리에게는 '수정하기'라는 비장의 카드가 있으니까요.

# 글이 안 늘어서
# 속상합니까?

임계점을 넘는 끈기와 용기

글도 곧잘 쓰고 재능도 충분한데 한 학기 내내 글이 잘 늘지 않는 학생이 있습니다. 글을 한 번도 써본 적 없어서 A4 용지 반 장 분량도 겨우 채우던 학생들은 금방금방 늡니다. 일단 분량이 늘고, 구성에 따라 체계가 잡히면서 틀이 확 잡힙니다. 거기에 좋은 글감을 만나기라도 하면 글에 대한 고정관념이 없기 때문에 통통 튀는 문장과 발상으로 창의력 넘치는 글을 써냅니다. 글이 잘 늘지 않는 학생들은 그런 친구들을 보면서 더 마음이 조급해집니다. 나는 왜 나아지지 않을까.

저는 이런 학생들에게 임계점을 이야기합니다. 물리학에는 임계점이라는 게 있죠. 물은 100도가 되어야 끓기 시작하고 액체가 기화되기 시작하지만 그전에는 아무 변화가 없어 보입니다. 10도나 20도나 30도나 똑같아 보이는 겁니다. 심지어 99도도 마찬가지입니다. 여기서 중요한 것은 그렇게 '보인다'는 것입니다. 사실 손을 넣어보면 10도는 차갑고 40도는 뜨끈할 거고, 99도는 손을 데어 화상을 입을 것입니다. 눈에는 보이지 않지만 분명히 다르다는 겁니다.

글쓰기도 그렇거든요. 글쓰기든 무엇이든 마찬가지입니다. 어떤 실력이든 사선으로 상승하지 않습니다. 크게 보면 사선으로 상승하는 것처럼 보이겠지만 미세하게 들여다보면 계단식으로 상승합니다. 임계점처럼 어느 지점에 도달하기 전까지는 겉으로 전혀 변화가 없어 보이는 구간이 있습니다.

그 구간이 얼마나 되는지, 그 구간을 벗어나는 데 시간이 얼마나 걸릴지는 아무도 모릅니다. 주변 조건과 환경이 제각기 다르기 때문이죠. 그래서 우리는 조급해지기도 하고, 그 사이 절망하고 포기하기도 합니다. 긴 터널이 언제 끝날지, 끝은 있는지 의심스러운 상황에서 스스로를 믿고 용기를 내기란 쉽지 않을 것입니다. 그러나 그렇다고 해도 자신을 믿고 가는 수밖에 없습니다.

글쓰기만 그런 것이 아니라 우리 삶 전체가 그렇습니다. 우리는 임계점을 넘어서서 도약하게 될 수도 임계점을 넘어서지 못할 수도 있습니다. 그러나 그렇다고 해서, 눈에 보이는 드라마틱한 변화가 없다고 해서 내가 변화하고 있지 않은 것은 아니라는 것을 믿어야 합니다. 우리에게는 믿고 기다리는 연습이 필요합니다. 기다림의 미학.

잘 풀리지 않을 때는 분위기를 전환해보는 것도 좋습니다. 책상을 정리하거나 컴퓨터 대신 잘 깎은 연필이나 좋은 만년필로 글을 써보거나 기분 전환을 하거나 음악을 틀거나. 달라진 상황에서 다시 시작하는 마음으로 기다림의 지루함을 잠깐 속여보는 겁니다.

아니면 우직하게 가는 방법도 있습니다. 날마다 일정한 시간에 책상 앞에 앉아 10분씩이라도 글을 써보라고 권하는 사람도 있고, 머리맡에 노트와 펜을 두고 아침에 눈뜨자마자 프리라이팅을 하라고 하는 사람도 있습니다. 공감 가는 자료를 참고하면서 자신만의 생각을 조금씩 메모하라는 조언도 있습니다. 눈에 보이는 변화가 없는데 우직하게 가기가 쉽지는 않죠. 그래서 자기 나름의 목표를 설정하고 그 목표를 달성했을 때 스스로를 칭찬해주고 보상을 해주는 것입니다.

날마다 10분씩 써서 짧은 글을 하나 완성했을 때, 목표한 기간 동안 하루도 빠짐 없이 프리라이팅을 했을 때, 생각을 메모한 내용이 작은 공책 한 권을 다 채웠을 때(그래서 되도록 작은 공책을 사라고 하더라고요) 얼마나 뿌듯하겠습니까. 글이 나아진 것이 보이지는 않아도, 실력이 나아지는 것이 보이지는 않아도, 내 눈앞에는 성과가 있는 겁니다.

잘했다고 스스로를 칭찬해주고 선물도 하나 해주세요. 격려도 잊지 마시고요. 잘하고 있어! 곧 좋아질 거야!

# 글이 도저히 안 써질 때

'글태기'라는 말이 있더군요. 장편을 쓰는 작가들이 주로 쓰는 말입니다. 잘 나가다가 어느 지점에서 콱 막혀서는 도저히 풀리지 않는 때가 있습니다. 그런 때가 있습니다. 장편 쓰는 작가들만 그런 것 아닙니다. 짧은 글도 막히면 절대 안 풀리는 때가 있습니다.

어쨌든 되든 안 되든 시간을 지키라는 사람들도 있습니다. 습관이 되어야 한다는 것이죠. 무라카미 하루키는 글쓰기만큼 달리기를 열심히 하는 것으로 유명합니다. 그에게 달리기는 삶 혹은 글쓰기와도 다르지 않다고 합니다. 힘들고, 그래서 그만두고 싶지만 습관처럼 꾸준히 하지 않으면 안 되는 것이지요.

자, 이것도 소설가들 이야기. 이제 우리 이야기를 해봅시다.

정 안될 때는 머리를 쥐어뜯고 괴로워하는 것보다는 컴퓨터를 끄는 것도 좋습니다. 어떤 작가는 여행이나 산책을 권하기도 합니다. 지금과는 다른 환경에서 다른 것들을 보고 다른 자극을 받으면 새로운 영감이 떠오르게 된다는 거죠. 실제로 걸을 때 생각이 잘 난다고 하더군요. 잠깐 낮잠을 자거나 가만히 누워서 머리를 식히는 것도 좋은 방법입니다. 이건 사실 제가 많이 쓰는 방법인데요, 잠깐 자고 일어나면 머리가 맑아져서 새롭게 힘을 얻어 글을 쓸 수 있게 됩니다. 가만히 누워 있는 것도 도움이 됩니다.

방금 예로 든 방식들은 사실 쓰는 작업과 그리 동떨어져 있지 않습니다. 더 잘 쓰기 위해서 아이디어를 모을 수 있는 방법이기 때문입니다. 그런데 이런 방식들이 아무리 글 쓰는 데 도움이 된다고 하더라도 마음에 들지 않는 사람들도 있을 겁니다. 글쓰기가 너무너무 지겨워서, 글쓰기 때문에 너무너무 스트레스를 받아서 터지기 직전이라면 글쓰기는 접고 좋아하는 다른 것들을 해도 좋습니다.

재미있는 웹툰이나 동영상을 봐도 좋고, 보고 싶었지만 미루어두었던 영화나 드라마를 보면서 머리를 식혀도 좋습니다. 그럴 확률은 적겠지만 전혀 관련이 없는 책을 읽어도 좋습니다. 노래를 좋아하는 사람은 노래방에 가서 목이 터져라 노래를 불러도 좋고, 춤을 좋아하는 사람이라면 클럽에 가서 미친 듯이 춤을 추어도 괜찮을 것 같습니다. 술을 마시고 싶다면 한두 잔 하는 것도 괜찮지 않을까요?

안될 때는 잠깐 쉬면서 덮어두는 것도 좋습니다. 글쓰기는 장기전이거든요. 오래 하려면, 시작한 것을 끝까지 밀고 나가려면 충전도 필요하고 긴장과 이완의 균형도 필요합니다. 글쓰기가 잘 안 풀려 마음이 괴롭고 힘들었다면 스스로를 위로할 수 있는 것을 찾아보세요. 달달한 과자? 정신이 번쩍 나게 하는 커피? 나쁜 방법이지만 담배가 없으면 안 되는 사람도 있죠. 무엇이든 내가 편안해지는 방법을 찾아보세요. 일단은 지나친 긴장에서 벗어나는 것이 필요합니다.

정신노동의 나쁜 점 중 하나는 육체노동과 달리 내가 견딜 수 있는 지점을 알아차리기 어렵다는 점입니다. 집중하다 보면 시간 가는 줄

모릅니다. 더 이상 집중하지 못하고 있는데도 미처 알아차리지 못하기 때문에 시간을 보내면서 앉아 있는 겁니다. 몸도 마음도 망가지는 거죠. 대부분은 몸이 견디지 못하고 반응을 하면 그제서야 스트레스가 심했다는 것을 깨닫게 됩니다. 너무 늦는 거죠.

스스로에게 시간과 여유를 주세요. 저는 누워 있을 만큼 여유가 없는 경우에는 설거지나 빨래 같은 다른 일을 하기도 합니다. 육체노동을 하면서 생각을 잠시 꺼두는 거죠. 그렇게 충전이 되면 어느새 천천히 생각이 떠오르기도 합니다. 아이디어가 더 필요한 걸까? 구체적으로 안 풀리는 부분이 뭐였더라? 구성이나 주제가 아니다 싶은데 억지로 끌고 가고 있는 건 아닐까? 지금이라도 확 갈아엎을까?

우리가 우리에게 시간적 여유를 주지 못하는 이유가 있습니다. 시간이 없기 때문이죠. 마감은 다가오는데 아직 초고도 안 나왔으니 여행이나 산책은 고사하고 생각할 겨를이 없는 겁니다. 그러나 너무 급하게 생각하지 마세요. 닥치면 쓰게 되어 있습니다. 마음을 조급하게 먹으면 오히려 더 생각이 나지 않습니다. 급할수록 돌아가라는 말도 있습니다.

완전히 방전되어 나가떨어지기 전에 쉬어 가는 것, 잠깐 한눈팔면서 새로운 에너지를 충전하는 것은 매우 중요합니다. 어디 글뿐이겠습니까. 삶도 마찬가지입니다. 막히면 막힌 지점에서 돌아봐야 합니다. 왜 막혔는가. 내 잘못이면 고치면 되고, 내 잘못이 아니면 내 잘못이 아니니 걱정할 일 없습니다. 내 잘못이 아닌데 잘 안되니 속은 상하겠지요. 어쨌든 내가 할 일은 없으니 조금 쉬면서 때를 기다리는 것이 좋습니다. 넘어진 김에 쉬어 가랬다고 새로운 에너지를 충전하는 시간으로 바꾸어보세요.

열심히 일을 하다가 느끼는 여유는 얼마나 꿀맛 같습니까. 저는 그럴 때 제가 프로라는 느낌을 갖습니다. 게으름은 창조의 원천이기도 합니다. 막힌 곳이 끝이 아니라는 생각이 중요합니다. 과정이 아무리 힘들어도 결국은 지나갑니다.

최악의 경우란 마감 시간 안에 글을 내지 못하는 것 정도겠죠. 설사 그러면 좀 어떻습니까. 그래도 너무 자책하거나 좌절하지는 마세요. 성적이나 졸업 혹은 업무에 조금 타격은 있을 수 있겠지만 그거 하나 놓쳤다고 큰일 나지는 않습니다.

다행인 것은 나에게는 쓰다 만 글이 남아 있다는 것입니다. 미완에 그쳤지만, 그 글을 다시 쓸 수 없다고 해도 그 글을 쓰는 과정에서 내가 얻은 것들, 아이디어, 자료와 공부 등은 고스란히 나의 재산으로, 나의 밑천으로 남는 것입니다. 다른 글을 쓸 때, 혹은 여러분이 성장하는 데 필요한 밑거름이 될 것이 틀림없습니다.

무엇보다 나는 실패라는 귀한 경험을 한 사람, 그리고 그 실패에 굴하지 않고 일어나 실패를 밑거름으로 더 나아가고 성장할 사람이라는 것이 중요합니다. 어느 시인이 그랬죠. 흔들리지 않고 피는 꽃은 없습니다. 젖지 않고 가는 삶은 없습니다.

다시 일어서면 됩니다. 금방 일어날 수도 있지만, 다른 사람보다 시간이 조금 더 걸릴 수도 있습니다. 그러나 중요한 건 더뎌서 그렇지 다시 일어서는 그 순간이 오기는 온다는 것입니다. 스스로를 믿는 것이 가장 중요합니다.

여러분을 성장시킬 것이 틀림없는, 여러분의 실패를 응원합니다.

# 자기만의 글을
# 쓰세요

유행어나 비속어를 써도 되냐고요?

여러분은 혹시 '글'이라는 것이 고상하고 고매하고 우아한 어떤 것이라고 생각하나요? 글쓰기라는 행위도 그와 크게 다르지 않아서 글을 쓰는 사람이나 글을 쓰는 태도도 그래야 한다고 생각하나요? 그래서 글이란 아무나 쓸 수 없는 것이고, 아무나인 우리가 글을 쓰게 될 때 올바르지 않은 말이나 비속어를 쓰면 큰일 날 거라고 걱정하나요?

글은 고매한 어떤 것이 아니라, 자신의 유식을 드러내는 도구가 아니라 자신의 생각을 전달하는 의사소통 도구일 뿐입니다. 허니, 유행어나 비속어를 써야 하는 상황이면 쓰는 것이 맞는 거겠죠. 맥락이 중요합니다.

요즘 젊은이들은 줄임말을 많이 쓰더군요. 나이 든 사람들은 이런 언어 습관이 우리 말을 파괴한다고 많이 걱정하기도 합니다. 그렇다고 친구들과 대화하는 중에 친구들이 "정건 뻐정에서 만나자"라고 하는데 나 혼자 "그래. 정문 건너편 버스 정류장에서 만나자"라고 하면 좀 이질적으로 느껴지겠죠? 이것이 언어의 사회성입니다. 사회와 동떨어져서 언어가 존재할 수는 없습니다. 글을 쓸 때도 그렇습니다. 친구들과의 대화를 글로 표현하는데 곱고 아름다운 표준어를 쓴다면 현실감이 떨어지는 글이 될 수밖에 없을 겁니다. 즉, 생생함을 주지 못합니다.

뉴스에 종종 보도되는 쓰레기 같은 인간들을 보면서 "저런 나쁜 사람 같으니라고!" 이렇게 소리치지는 않죠? 속어를 써야 하는 상황이면 써야 하는 것이 맞습니다. 글도 마찬가지입니다. 그런 사람들을 비판하는 글을 쓸 때는 나쁜 말을 쓸 수도 있습니다. 다만 그것이 꼭 필요한가 아닌가를 구별할 필요는 있을 것입니다. 감정을 싣지 않고도 비판할 수 있으면 그렇게 하는 것이 더 효과적입니다.

흥분해서 욕하는 사람보다 차분하게 조근조근 비판하는 사람이 더 무섭습니다. 욕을 한다고 해서 분노가 더 잘 전달되고, 존댓말을 한다고 해서 분노가 덜 전달되는 것이 아닙니다. 문제는 내용이지요. 불필요하게 비속어를 쓰거나 험한 말을 쓰지는 마십시오. 필요와 불필요를 구별하는 것이 어렵기는 합니다. 우리의 언어 생활은 불필요하게 많은 비속어를 사용하기도 하고, 잘못된 표현을 사용하는 경우도 많기 때문입니다. 꼭 필요한 부분에 적절하게 쓰는 것, 이게 제일 어렵습니다.

방법은 하나밖에 없습니다. 남들은 어떻게 쓰는지 보는 것. 많은 글을 읽어야 하는 것은 바로 이 때문입니다. 어떤 것이 올바른 표현이고, 어떤 표현은 허용되는지를 다른 사람의 글을 읽으면서 배우는 겁니다. 말을 혼자서 배울 수는 없잖아요. 남들이 말하는 것을 듣고 따라 하면서 배우는 겁니다. 글도 다르지 않습니다.

격식을 알고 있으면서 깨면 파격입니다. 그러나 격식을 몰라서 격식을 깬다면 그것은 무례가 되는 것입니다.


## 자기만의 색깔을 가지세요

옷을 입을 때 자신의 체형과 개성을 고려해야 하는 것처럼 글을 쓸 때도 개성이 살아 있어야 합니다. 우선 글감부터 그럴듯한 것보다는 자신이 좋아하고 관심이 가는 것을 고르는 것이 좋습니다. 운동을 좋아한다면 운동에서 글감을 찾고, 게임을 좋아하면 게임에서 글감을 찾으세요. 그러면 자기만의 색깔이 있는 글을 쓰기가 훨씬 쉬워집니다.

문체도 그렇습니다. 간결하게 쓰라고 하지만 간결체만 좋은 것은 아닙니다. 내가 화려한 문장을 좋아한다면 그에 맞게 화려한 문장을 쓸 수도 있습니다. 재치와 위트가 있는 성격이라면 글도 그렇게 쓰면 됩니다. 보통 말을 할 때 그런 개성들이 잘 드러나죠. 그래서 말하는 것처럼 글을 쓰라고 조언을 많이 합니다.

주장도 마찬가지입니다. 한번은 글쓰기 상담에서 어떤 학생이 "제 생각은 너무 쓰레기 같아서 주제를 잡기가 어려워요"라고 걱정을 털어놓았습니다. 일반적인 윤리나 도덕과는 다른 생각을 많이 하기 때문에 소신 있는 주장을 했을 때 다른 사람의 비난을 받을까 봐 두렵다는 것이었습니다. 사실 이 친구는 비판적인 사고를 할 줄 아는 학생이었습니다. 그런데 시험처럼 글쓰기에도 어떤 정답이 있다는 생각 때문에 자유롭게 주장하기를 두려워한 것이죠.

글을 쓴다는 것은 시험문제 정답을 쓰는 것이 아닙니다. 주장이 타당한가 그렇지 않은가는 주장 자체가 결정하는 것이 아닙니다. 얼마나 설득력 있는 근거가 뒷받침되느냐에 달린 것이지요. 예를 들어 지나친 배려는 오히려 차별이 될 수도 있다는 주장을 한다고 해봅시다. 고개를 갸우뚱하는 사람이 있을 것입니다. '배려'는 좋은 것이니까요. 그러나 장애인의 노동권을 생각해볼 때 배려보다는 노동할 수 있는 권리를 보장해주는 것이 더 타당합니다. 배려가 차별이 되는 지점을 짚어주는 것이 바로 남다른 시각이고, 정답을 찾는 경우에는 나오기 힘든 글입니다. 이런 글이 좋은 글입니다.

저는 여러분이 자신의 장점을 살려서 개성 있는 글을 썼으면 좋겠습니다. 수다를 좋아한다면 소소한 이야기들을 통해서 삶의 진실을 담아낼 수도 있고, 심플한 성격이라면 간결하고 건조한 문체로 문제점을 명쾌하게 정리할 수도 있고, 섬세하고 꼼꼼한 성격이라면 문제의 원인을 예리하게 지적할 수도 있을 것입니다. 목소리나 말투를 보면 누군지 알아맞힐 수 있는 것처럼 글을 보아도 그렇습니다. 모든 이가 자기만의 지문을 가지고 있듯이 자기만의 무엇을 가지는 것, 그것이 좋은 글일 수밖에 없습니다.

처음부터 쉽지는 않을 것입니다. 처음에는 다른 사람들의 글을 따라 하겠지만 차차 쓰면서 자기만의 색깔을 가지는 것이 중요합니다. 나만 쓸 수 있는 표현, 나만의 개성이 살아 있는 글, 나만 쓸 수 있는 글을 쓰세요.

# 글은 무엇으로
# 쓰는가

글은 너무 멋진데, 글을 읽어보면 너무나 훌륭한 사람 같은데, 그의 삶이나 생각은 그렇지 못한 경우가 종종 있습니다. 글을 잘 쓰는 사람일수록 그렇습니다. 우리는 일제강점기의 친일 작가들에게서 그런 경우를 많이 봅니다. 저는 이런 글은 남도 속이고 자신도 속이는 글이라고 생각합니다. 남들을 속이려면 우선 자신을 속여야겠지요. 이런 글은 좋은 글일 수 없습니다.

다행인 것은, 우리는 그런 사람들처럼 글을 잘 쓰는 사람이 아니어서 자신을 속이는 글을 쓰게 되지 않는다는 것입니다. 속이려고 해도 글에 자꾸 내가 드러납니다. 나의 얄팍한 양심이나 이기적인 마음이 드러나고, 이율배반적인 면이 발견됩니다. 놀랍습니다. 돌아보고 반성합니다. 그래서 다행입니다. 글을 쓰면서 성찰하고 성장하게 되기 때문이죠.

저는 학생들의 과제에 피드백을 많이 하는 편인데요. 사실은 제가 학생들의 글을 읽는 것을 좋아합니다. 학생들의 글은 서툴지만 진심이 담겨 있거든요. 제가 너무너무 사랑하는 자기소개서를 꼭 소개하고 싶습니다.

어느 대기업 인턴 지원 자기소개서인데요. 도전적이거나 진취적인 제안을 해서 조직을 변화시킨 경험을 쓰라는 항목이었습니다. 이 친구는 가정 형편이 넉넉하지 않았기 때문에 방학마다 고향에 내려가 학비를 벌어야 했습니다. 다른 학생들처럼 해외여행이다 연수다 하는 스펙을 쌓을 기회를 얻지 못했던 겁니다. 대기업 프랜차이즈 알바도 아니고 지방 소도시 복덕방에서 허드렛일을 돕는 아르바이트를 했습니다. 도전적이거나 진취적일 수 없는, 넓은 세상을 배우면서 식견을 넓힐 가망도 없는, 어떻게 보면 너무 소박한 일이어서 보잘것없다고까지 할 수 있는 일이었지만 시스템을 개선할 수 있는 제안을 하면서 그 일에 최선을 다하는 모습을 보여주고 있습니다. 정말 착실한 학생이지요? 여기까지 자기소개서가 요구하는 것에 완벽하게 대답하고 있습니다.

그런데 이 자기소개서의 백미는 마지막 부분이었습니다. 자신이 아무리 좋은 아이디어를 내었다고 하더라도 리더가 이것을 받아들이려는 열린 마음을 가지지 않으면 애초에 변화란 불가능한 것인데, 사장님은 한낱 알바생의 의견이라고 무시하지 않고 자신의 의견을 적극적으로 받아들여주셨다는 점을 강조하고 있습니다. 그런 사장님을 통해서 리더로서의 자질을 배웠노라고요. 나만 잘한다고 되는 것이 아니라, 나를 받아들여주는 사람 덕분에 내 아이디어가 빛을 볼 수 있었다고, 그분에게 감사하고 나도 그런 사람이 되겠노라고 이야기했습니다.

몸에 밴 겸손이 아니고서는 이런 글을 쓸 수가 없습니다. 이 글만 보아도 이 청년이 얼마나 훌륭한지 알 수 있지 않습니까? 이 글에서는 이 친구가 얼마나 뛰어난 문제 해결 능력이 있는지, 얼마나 창의적이고 합리적으로 문제를 해결했는지, 어려운 형편에도 얼마나 자기 삶에 최선을 다하는지가 보입니다. 그리고 얼마나 겸손한 사람인지, 세상을 보는 눈이 얼마나 다른지도 잘 보입니다. 이런 자기소개서라면 면접관들의 마음을 움직이고도 남지 않을까요?

봉사 활동을 해본 적이 없는데, 혹은 봉사 점수 때문에 중고등학생 때 대충 시간만 때웠던 게 다인데 봉사 활동에 대한 생각을 쓰라고 한다면 얼마나 막막할까요? 책이나 영화에서 본, 우리가 익히 아는 간접 경험을 그럴듯하게 쓸 수는 있을 겁니다. 이것을 AI에게 시키면 너무나 빠르게 잘합니다. 자기소개서 써주는 프로그램도 많습니다. 대부분의 프로그램이 비슷하게 쓸 것입니다. 매끈한 정답을요. 이게 정답이라는 것은 너도나도 똑같이 쓴다는 것을 의미합니다. 정답은 하나니까요.

　이런 글들은 형식에 맞추어서 독자가 원하는 바를 매끈하게 잘 써내기는 하지만 독자의 마음을 움직이지 못합니다. 시험지 정답을 보면서 설레는 선생님은 없을 테니까요. 다 틀리지는 않았다고 하더라도 의미 있는 글은 아닌 겁니다. 의미가 있으려면, 그래서 독자의 마음을 움직이려면 '진심'이 담겨 있어야 합니다.

　저라면 솔직하게 쓰겠습니다. 사실은 봉사 점수 따려고 건성건성 봉사 활동을 했다, 그래서 글을 쓰려고 보니 별로 쓸 말이 없어서 놀랐다, 내가 너무 내 성공만을 생각하느라 타인과 함께 살아가는 삶의 중요성을 잊고 있었다, 지금부터라도 내가 할 수 있는 작은 봉사 활동을 시작해보고 싶다, 라고 말입니다.

　진심이 담기지 않은 글은 독자의 마음을 움직일 수 없습니다. 글쓰기에 탁월한 재능이 있다면 독자를 속일 수는 있을 겁니다. 그러나 그런 거짓 글이 얼마나 의미가 있을까요.

　멋진 글은 여러분의 고민과 성장을 솔직하게 담아내는 글입니다. 어릴 적 쓴 서툰 편지가, 철없는 일기가 우리의 마음을 울리는 것은 그 때문입니다. 진심이 담겨 있기 때문입니다. 진심이 담기지 않은 글은 거짓말쟁이의 글입니다. 거짓말쟁이의 글은 아무리 잘 쓴 글이라고 하더라도, 진실이 밝혀졌을 때 쓸모없는 글이 되고 맙니다.

　우리는 부족하고 때로는 이기적이기도 한 나약한 인간입니다. 그러나 조금씩 배우고 성장해나갈 수 있습니다. 그것을 보여주는 것이 중요합니다. 글쓰기가 그 진실 어린 성장을 보여주는 것, 그 진실된 마음을 보여주는 것이면 좋을 것입니다.

## 품위 있는 사람이 품위 있는 글을 씁니다

아름다운데 이기적인 글이 있습니다. 자기만의 행복에 젖어 있는 글들이 그렇습니다. 타자의 고통을 외면하는 그런 글들은 누군가에게는 상처가 될 수도 있는 위험한 글일 수 있습니다. 그런가 하면 자기만의 편협한 주장을 펼치는 글들도 있습니다. 논리적으로 완벽한 글이라 해도, 글 자체로는 완성도 있는 글이라 해도, 세상을 바꿀 만한 놀라운 지식을 전달하고 있는 글이라고 해도, 위험한 글들이 있습니다. 일제 강점기 친일파들의 글이 그렇고, 원자폭탄이나 인간 복제 같은 연구들이 그렇습니다. 퀴리 부인은 '우리는 과학의 발전을 감당할 만큼 성숙한가'라고 질문을 던지기도 했습니다. 이것이 지식인의 무게이고, 글쓰기의 무게입니다.

우리가 알다시피 글은 힘을 가지고 있습니다. 글이 힘을 가지고 있다는 것은 글을 쓰는 사람이 힘을 가지고 있다는 말이기도 합니다. 그래서 글 쓰는 사람들, 양심적 지식인이라고 하는 사람들은 사회 변혁에서 주도적인 역할들을 해내기도 합니다. 그런가 하면 그 힘을 이기적으로 쓰는 사람들도 있습니다. 글로 자신을 미화하기도 하고, 의도적인 거짓말로 남들을 속이기도 합니다. 그들이 권력과 손을 잡았을 때는 권력의 첨병 노릇을 하기도 합니다. 그래서 우리는 내 글이 편견을 가지지는 않았는가 돌아보고 고민해야 합니다. 글이 가진 힘을 무서워할 줄 알아야 합니다.

글을 쓰는 일은 생각하는 일, 성찰하는 일입니다. 저는 여러분이 글을 쓰면서 생각이 성숙하고 품위를 갖추어나가는 사람이 되면 좋겠습니다. 좋은 글은 세상과 타자에 대한 따뜻한 시선이 있는 글입니다. 저는 여러분이 그런 품위 있는 글을 쓰기를 바랍니다.

부록

## 헷갈리는 맞춤법

### 1. 사이시옷

° 사이시옷을 붙이지 않는 경우

㉠ 발음 변화가 없을 때

　　개구멍, 배다리, 새집, 머리말

㉡ 뒤 단어의 첫소리가 된소리이거나 거센소리일 때

　　개똥, 보리쌀, 개펄, 배탈, 허리춤

㉢ 한자어일 때

　　개수(個數), 초점(焦點), 치과(齒科), 화병(火病)

㉣ 외래어가 결합된 합성어일 때

　　피자집, 커피집, 오렌지빛

◦ 사이시옷을 붙이는 경우

㉠ 뒤 단어의 첫소리가 된소리로 날 때

- '값', '길', '집', '빛', '말', '국' 앞에서

절댓값, 등굣길, 전셋집, 장밋빛, 혼잣말, 북엇국

- 그 외: 고양잇과, 그넷줄, 귓병, 홧김, 뱃가죽

㉡ 앞 단어 끝소리가 [ㄴ]으로 발음될 때

뱃놀이, 빗물, 깻잎, 뱃일, 나뭇잎, 아랫마을, 허드렛일

㉢ 한자어와 한자어가 결합된 합성어지만 예외인 경우

곳간, 셋방, 숫자, 찻간, 툇간, 횟수

## 2. 되/돼

'되어'로 바꾸어서 말이 되면 '돼'로 쓰면 됩니다. '뵈다'나 '쇠다' 등도 마찬가지로 쓰입니다.

모든 게 생각대로 돼(←되어)간다.

어느덧 가을이 됐(←되었)다.

내일 봬(←뵈어)요.

## 3. 던/든

'-던', '-던지' 등은 모두 지난 일을 회상할 때 씁니다. 반면 '-든', '-든지' 등은
일의 내용을 가리지 않는다는 뜻입니다. '-는지'도 같은 뜻입니다.

> 어찌나 덥던지(과거) 움직일 때마다 땀이 <u>흐르더군</u>.
>
> 먹든지 말든지 알아서 해라.
>
> 있는지 없는지 확인을 해보자.

## 4. 왠/웬

'왠지'는 '왜인지'의 준말로, '왠'을 쓰는 경우는 '왠지' 하나밖에 없습니다. 나머
지는 다 '웬'으로 써야 합니다.

> 왠지 찜찜함이 남는다.
>
> 이게 웬 떡이냐.

## 5. (으)로서/(으)로써

'(으)로서'는 '지위나 신분, 자격'을 나타낼 때, '(으)로써'는 '재료, 수단, 도구' 등
을 나타낼 때 씁니다.

어른으로서 책임을 다해야 한다.

의술로써 병든 세상을 구제하다.

## 6. 이었다/였다, 이에요/예요

앞에 오는 단어가 받침이 있을 때: 이에요, 이었다

앞에 오는 단어가 받침이 없을 때: 예요, 였다


빛나는 시절이었다(이에요). (O)

빛나는 시절이였다(이에요). (X)

실력만은 최고였다(예요). (O)

실력만은 최고이였다(이에요). (X)


'아니에요'는 따로 기억하세요.

## 1. 우리가 몰랐던 조사

○ 마저, 밖에, 에서, 나마, 처럼, 커녕, 보다, 부터, 조차, 마는, 이다, 라고, 같이

마음만큼은 아닙니다마는 그래도 만족합니다.

늦게나마 용기를 내었다.

세 시간째 회의 중이다.

○ 앞말과 붙여 쓰는 조사는 조사, 어미, 접사 뒤에도 붙여 씁니다.

집에서처럼           욕심부리기보다는

나가면서까지도      들어가기는커녕

○ 라고/하고, 같이/같은

'라고'는 조사라서 앞말과 붙여서 쓰지만 비슷한 의미의 '하고'는 '하다'의 활용형이라서 앞말과 띄어 써야 합니다. '같이'와 '같은'도 마찬가지입니다.

움베르토 에코는 은유를 '최상의 비유'라고 말했다.

둘은 동시에 "사랑해!" 하고 소리쳤다.

그 사람같이 바보 같은 사람은 처음 보았다.

## 2. 우리가 몰랐던 접미사

∘ -짜리, -째, -쯤, -어치, -끼리, -별, -투성이, -꾸러기, -상

(천 원)짜리        (이틀)째        (언제)쯤

(오십 원)어치      (우리)끼리      (계열, 직업)별

(흙)투성이        (장난)꾸러기     (인터넷)상

∘ '-하다', '-되다', '-시키다', '-당하다'

반짝반짝하다, 글로벌화하다, -ㄴ/은/는 듯하다, -ㄴ/은 체하다, -ㄹ/을 뻔
하다, 고착화되다, 금지시키다, 이용당하다

## 1. 조사는 붙여 쓰고, 의존명사는 띄어 쓰고

◦ 조사/의존명사: 뿐, 대로, 만큼, 만, 밖

형태가 같은 경우는 문장 내의 쓰임을 보고 띄어쓰기를 결정할 수밖에 없습니다. 조사는 체언(명사나 대명사) 뒤에 붙이고, 의존명사는 동사나 형용사 활용형 뒤에 띄어 씁니다.

> 우리나라에서뿐만 아니라 세계적으로도 유명하다.(조사)
> 운동신경이 뛰어날 뿐만 아니라 성실하기까지 하다.(의존명사)
> 사실대로 털어놓았다.(조사)
> 도착하는 대로 연락 바람(의존명사)
> 무대에서만큼은 누구보다 빛나는 사람이었다.(조사)
> 일한 만큼의 대가를 받아야 한다.(의존명사)

◦ 시간을 나타내는 의존명사 '만'

'만'이 시간 경과를 나타낼 때는 의존명사로 쓰인 것입니다. 이때는 앞에 시간을 나타내는 명사가 옵니다.

1년 만에 합격을 했다.(의존명사)

이게 얼마 만이야?(의존명사)

° -ㄹ 만하다/-만 하다

'만'이 '-하다'와 결합한 '만하다'는 보조형용사로, '-ㄹ 만하다' 꼴로 쓰입니다.
체언 뒤에 오는 '만'은 '하다'와 만나면 비교의 의미를 가지기도 합니다. '-만 하다', '-만 못하다'로 쓰입니다.

귀가 솔깃할 만한 제안(형용사)

잊을 만하면 찾아오는 불청객이 있다.(형용사)

형만 한 아우 없다.(조사: 비교)

맛이 예전만 못하다.(조사: 비교)

° 밖

'밖'이 부정을 나타내는 말과 함께 쓰인 경우, 조사로 쓰인 것입니다. 이때는 앞
말과 붙여 써야 합니다.

하나밖에 남지 않았다.(조사)

우주 밖에는 무엇이 있을까?(명사)

## 2. 어미는 붙여 쓰고 의존명사는 띄어 쓰고

○ 듯

어미는 어간 뒤에 붙여 씁니다.

용언(동사나 형용사)의 활용형 뒤에 쓰였으면 의존명사이므로 띄어 씁니다.

꽃을 보듯 너를 본다.(어미)

꽃 본 듯이 날 좀 보소.(의존명사)

'듯'에 '-하다'가 붙은 '듯하다'는 보조형용사입니다. '-ㄴ 듯하다', '-ㄹ 듯하다'
의 꼴로 쓰입니다.

굶기를 밥 먹듯 하다.(어미)

이유가 있는 듯하다/듯싶다.(형용사)

비가 올 듯하다.(형용사)

○ 지

시간을 나타내는 의존명사 '지' 뒤에는 시간을 나타내는 말이 옵니다.

그 외의 '-지'는 모두 어미이므로 앞말과 붙여 씁니다.

참사가 일어난 지 10년째다.(의존명사)

사실인지 아닌지 확인을 했다.(어미)


○ 데

장소나 곳, 일, 것 등의 의미를 지니면 의존명사이므로 앞말과 띄어서 씁니다.

연결어미 '-는데'로 쓰였으면 붙여서 써야 합니다. '그런데'로 바꾸어 자연스러

우면 어미로 쓰인 것입니다.


　　서는 데(곳)가 바뀌면 풍경도 달라지는 거야.(의존명사)

　　기후 위기는 심각해지는데(심각해진다+그런데) 문제 해결을 위한 실천이나

　　행동은 부족하기만 하다.(어미)



## 3. 단위명사

단위를 나타내는 명사는 앞말과 띄어서 씁니다.

단위명사 앞에 아라비아숫자를 쓰는 경우에는 붙여 쓸 수 있습니다.


　　구두 한 켤레　　　아홉 살 인생　　　대여섯 발짝

　　가진 돈이 100원밖에 없다.

　　3년 6개월 20일 동안 계속됐다.

## 4. 긴 부정문과 짧은 부정문

∘ 부정의 '못'과 '안'

'하지 않았다', '되지 않았다'와 같이 긴 부정문의 형태로 바꿀 수 있으면 띄어

씁니다.

고유한 의미가 있는 경우는 사전에 한 단어로 등재되어 있으므로 붙여 써야

합니다.


아직 시간이 안 되었다(=되지 않았다).(부정문)

그것 참 안됐군.(형용사)

100일이 채 못 되었다(=되지 않았다).(부정문)

못된 송아지 엉덩이에 뿔 난다더니.(형용사)


∘ 못 했다/-지 못했다

짧은 부정문은 띄어 쓰고, 긴 부정문은 붙여 씁니다.


구조를 못 했다.(짧은 부정문)

결정을 하지 못했다.(긴 부정문)

## 5. 그 밖에 하나의 낱말로 굳어져 사전에 등재된 단어들

◦ 함께하다

두 단어가 결합되어 하나의 낱말로 사전에 등재되었다는 것은 본래의 의미와
는 다른 의미가 생긴 것입니다. 따라서 '함께'를 빼거나 다른 부사어를 넣어서
말이 되면 띄어 쓰고, 말이 되지 않으면 새로이 생성된 의미로 쓰인 것이므로
붙여서 씁니다.

> 어려움을 함께했다.(\*했다, \*혼자했다, \*빨리했다.)
> 그 일을 함께 했다.(했다, 혼자 했다, 빨리 했다.)

◦ 첫째

> 첫째(수사)
> 첫 만남, 첫 번째(관형사)　　예외: 첫사랑, 첫눈

'첫째'는 수사입니다. '둘째', '셋째' 등도 모두 한 단어이므로 붙여서 씁니다.
'첫'은 관형사이므로 뒤에 오는 명사와 띄어 써야 합니다. 그런데 '첫사랑'과 '첫
눈'은 사전에 한 단어로 등재되어 있으므로 붙여 씁니다.

## 1. 마침표(.), 물음표(?), 느낌표(!)

마침표는 평서문, 청유문, 명령문의 문장 끝에 씁니다. 단, 제목에는 마침표를 쓰지 않습니다.

물음표는 의문문이나 의문을 나타내는 어구에 쓰지만 '그 많던 싱아는 누가 다 먹었을까', '정의란 무엇인가'처럼 의문의 정도가 약한 경우에는 물음표 대신 마침표를 쓰기도 합니다. 단, 어떤 내용에 대한 의심이나 반문을 의미하는 경우에는 물음표를 써주어야 합니다.

감탄문이나 감탄사에 쓰는 느낌표도 감탄의 의미가 약하면 마침표로 대신할 수 있습니다.


## 2. 인용은 큰따옴표(" "), 강조는 작은따옴표(' ')

다른 사람의 말이나 글을 인용할 경우 큰따옴표를 씁니다. 자신의 말이 아니라는 것을 표시해주는 것입니다.

강조는 작은따옴표를 씁니다. 일반적인 의미와는 다르니 여기를 눈여겨보라는 뜻입니다.

　○ 보조국사 지눌은 "땅에서 넘어진 자, 땅을 짚고 일어나라"라고 했다.

∘ 꽃길 '만' 걷기를 바라는 마음은 알겠으나 가시밭길을 헤쳐 나갈 수 있

는 용기와 담대함도 필요하다.


## 3. 책 제목이나 신문 이름은 겹낫표(『 』)나 겹화살괄호(《 》)

책 제목이나 신문 이름을 글에 언급할 때는 겹낫표(『 』)나 겹화살괄호(《 》)를 씁

니다. 잡지나 논문집도 책의 형태이므로 겹낫표를 씁니다.

책 속의 글이나 작품, 신문 속의 기사, 논문집 속의 논문 등은 홑낫표(「 」)나 홑

화살괄호(〈 〉)를 씁니다. 영화 제목이나 노래, 그림 제목 등도 홑낫표나 홑화

살괄호를 씁니다.


∘ 『훈민정음』은 1997년에 유네스코 세계 기록 유산으로 지정되었다.

∘ 윤동주의 유고 시집 《하늘과 바람과 별과 시》에는 〈서시〉를 비롯하

여 〈별 헤는 밤〉, 〈십자가〉, 〈자화상〉 등 주옥 같은 시들이 실려 있다.

∘ 《씨네21》은 〈기생충〉의 황금종려상 수상을 기념하여 특집 기사를

실었다.

# 실패할 권리

저는 한때 글쓰기가 너무 어렵고, 글쓰기 교육은 더더구나 막막하여 다른 일을 해야 하나 고민했던 적이 있습니다. 나도 잘 모르면서 가르치는 것이 맞는가, 좋은 글쓰기 책, 좋은 글쓰기 강의와 강연, 좋은 글쓰기 무료 영상들이 넘쳐나는데 내가 무엇을 할 수 있을까, 무엇을 해야 하는가 하는 고민이었습니다. 내가 글쓰기 교육을 계속해야 한다면 내 스스로 이유를 찾아야 했습니다.

그렇게 제가 얻은 결론은, 글쓰기를 가르치는 것은 삶을 가르치는 것과 같다는 것이었습니다. 선생이라는 직업을 가진 사람으로서 내가 학생들에게 글쓰기를 가르쳐야 한다면 글쓰기를 통해 삶에 대해서도 이야기해주어야겠다고 생각했습니다. 제 생각에 글쓰기는 삶과 크게 다르지 않기 때문입니다. 먼저 살아본 사람으로서, 먼저 글쓰기를 경험하고 고민한 사람으로서, 그 혼란스러움과 어려움, 지난한 노력과 무수한 실패에 대해 이야기해주어야겠다는 것이 제가 찾은 답이었습니다.

우리는 인생을 사는 데 필요한 윤리, 도덕, 교훈들을 잘 알고 있습니다. 이론적으로는요. 타인을 존중하고 사랑해야 하고, 정의로워야 하고 정직해야 하고, 성실해야 하고…. 그래서 배운 대로 어버이날에는 카네이션을 선물하기도 하고, 어려운 사람들을 위해 기부하거나 봉사 활동을 하기도 하고, 법과 질서를 지키면서 하루하루를 최선을 다해 살아갑니다. 그런데 부모의 바람과 내가 원하는 것이 충돌할 때 어떻게 하는 것이 좋을지 고민이 되고, 아프리카 어린이에게 기부를 할 때 5천 원을 할지 1만 원을 할지 고민합니다. 사회적 문제들에서 정의를 가리는 일은 또 얼마나 어렵습니까. 이처럼 우리는 이론을 알고 있지만, 늘 세부적이고 구체적인 문제에 부딪힙니다.

글쓰기도 마찬가지입니다. 주제를 초점화하라고 하는데 어느 정도까지 초점화해야 하는 건지, 서론에서는 독자의 흥미를 끌라고 하는데 어떤 내용으로 어떤 방법으로 독자의 흥미를 끌어야 할지, 비유를 적절하게 하라고 하는데 어느 정도가 적절한지, 책을 많이 읽으라고 하는데 어떤 책을 얼마나 읽어야 글을 잘 쓸 수 있게 되는지 알 수가 없기 때문입니다. 옆에서 누가 "이게 좋겠다"라고 딱 결정해주거나 "여기까지가 좋아. 이걸 넘어가면 안 돼"라고 분명하게 경계를 알려주면 좋겠는데 그런 사람이 없는 겁니다. 그래서 힘든 겁니다. 도움 청할 사람이 없으니 막막하고, 내 결정이 틀릴까 봐, 내 결정이 틀렸을까 봐 두려운 겁니다.

그런데 생각해보세요. 삶에서도 글쓰기에서도 우리는 혼자가 아닙니다. 손만 내밀면 언제든지 도움을 줄 준비를 하고 있는 부모님도 있고, 나와 같은 고민을 하는 친구도 있고, 제 역할을 하고 싶은 선생님도 있습니다. 낯선 사람들이지만 같은 뜻을 가진 사람들이 모여 힘이 되는 경우는 또 얼마나 많습니까. 걱정하지 말고 용기 내어 손을 내밀어보세요. 여러분은 혼자 살아야 하는 것도, 혼자서 글을 써야 하는 것도 아닙니다.

그들의 조언은 상충되는 경우도 있을 것이고, 여러분의 뜻과 맞지 않는 경우도 있을 것입니다. 그 조언을 모두 받아들일 필요는 없습니다. 누군가의 조언을 참고할 수도 있지만 자기 생각대로 밀고 나갈 수도 있습니다. 누구에게 의존할 수도 있고, 다른 사람의 결정에 끌려가는 경우도 있을 것입니다. 그러나 최종 결정과 책임은 언제나 자신에게 있습니다. 누구도 대신할 수 없습니다. 그 삶과 글은 오롯이 자신의 것이니까요.

여러분의 선택이 틀리면 어떻게 하나 걱정하지도 마세요. 우리가 살아가는 동안 수도 없이 선택하고 결정해야 합니다. 그 모든 선택이 성공적일 것이라고 생각한다면 큰 착각입니다. 안타깝지만 노력해도 안 되는 경우도 있을 겁니다. 그러나 우리는 실패가 끝이 아니라는 것을 잘 압니다. 실패를 딛고 일어나는 것이 바로 성장의 과정이라는 것을 잘 압니다. 이론적으로는요.

저는 여러분이 글쓰기를 통해서 실패를 경험해보시기를 바랍니다. 인생은 한 번뿐이지만 글쓰기는 여러 번 시도할 수 있습니다. 얼마나 다행입니까. 이론적으로는 잘 알아도 현실에서 맞닥뜨리는 문제들은 너무나 다양하다는 것, 실패를 통해서만 배울 수 있는 것이 있다는 것, 누군가에게 도움을 청하는 것도 용기라는 것, 비판이 내 성장의 원동력이 되기도 한다는 것, 아무리 애를 써도 안 되는 일이 있다는 것, 그러나 언젠가는 그 답을 받으리라는 것을, 글쓰기를 통해 배우시기를 바랍니다.

걱정 마세요. 실패만 있는 건 아닐 겁니다. 살다 보면 뜻밖의 횡재를 하는 경우도 있잖아요. 글쓰기도 그렇습니다. 번뜩이는 아이디어가 떠오르는 날도 있을 것이고, 생각지도 않았는데 술술 써지는 날도 있을 것이고, 대충 쓴 거 같은데 폭풍 칭찬을 받는 날도 있을 것입니다. 나도 몰랐던 뜻밖의 재능이 발견되는 일도 있을지 모릅니다. 글쓰기든 삶이든 그런 맛도 있어야 좀 살맛이 나지 않겠어요?

군소리가 많았습니다. 저의 이런저런 글쓰기 경험과 잔소리들이 여러분들에게 한 자락이라도 쓸모 있기를 바랄 뿐입니다. 저는 여러분이 이 책을 다 읽지 않아도 좋다고 생각합니다. 필요한 부분만 펼쳐서 읽어도 좋습니다. 이 책을 다 읽은 뒤 "저와는 스타일이 다르군요. 참고는 하겠지만 제게는 필요 없는 책이군요"라고 말하게 되면 더욱 좋겠습니다.

내 글을 쓴다는 것은 내 삶을 사는 것과 같은 일입니다. 이것이 내가 글쓰기를 하는 이유이고 글쓰기 선생 노릇을 버리지 않는 이유입니다. 여러분의 글쓰기와 삶을 응원합니다.

# 나의 첫 글쓰기 수업

**초판 1쇄 인쇄** | 2024년 12월 26일
**초판 1쇄 발행** | 2025년 1월 6일

**지은이** 진은진
**발행인** 박효상
**편집장** 김현
**기획·편집** 장경희, 이한경
**디자인** 임정현

**편집·진행** 김효정
**교정·교열** 강진홍
**표지·본문 디자인** 정정은
**마케팅** 이태호, 이전희
**관리** 김태옥

**종이** 월드페이퍼 | **인쇄·제본** 예림인쇄·바인딩 | **출판등록** 제10-1835호
**펴낸 곳** 사람in | **주소** 04034 서울특별시 마포구 양화로 11길 14-10(서교동) 3F
**전화** 02)338-3555(代) | **팩스** 02)338-3545 | **E-mail** saramin@netsgo.com
Website www.saramin.com

ISBN 979-11-7101-129-2 04800
　　　979-11-7101-044-8 (세트)

우아한 지적만보, 기민한 실사구시 **사람in**